Helig vrede

Kriminalroman av Ove Wahlqvist

Tillägnad musikanten Björn Hultsten
som tyvärr gick bort under tiden som boken skrevs

Omslagsbild: Annika Hellström

Av Ove Wahlqvist har tidigare utgivits:

Räcker denna sekund (dikter) 2011

Det sinnliga blåstället (dikter) 2013

Mannen som döpte midnatten till Elsa (noveller) 2015

Mordet på Musikcaféet (roman) 2017

Förlag: BoD – Books on Demand, Stockholm, Sverige
Tryck: BoD – Books on Demand, Norderstedt, Tyskland

ISBN: 978-91-7785-961-1

Prolog

"Almarna åt folket! Almarna åt folket!"
De halvt sjungna, halvt skanderade slagorden steg från den svåröverskådliga folkmassan i Kungsträdgården i Stockholm. Orden behövde inte musikgruppen Envoys musik; de levde sitt eget liv, samlade folk, gav dem liv, kraft, gemenskap.
Det var i alla fall så det verkade här uppifrån en av almarna. Hur många kunde de vara, de som samlats här? Tusen? Hon visste inte. Klängde sig bara fast i en gren, och började känna lite yrsel och svindel. Så här högt upp var hon sällan. Men rösten bakom henne manade på:
"Vi klättrar lite högre, va? Till den där grenen däruppe? Så är vi högst av alla, och kan verkligen leda folkets kamp!"
Hon såg uppåt mot grenen. Visst, det kunde de väl göra, det var ju bara några meter till. Men det började bli farligt högt...
Rykten om att polisen var på väg att inleda en aktion hade gått flera gånger under kvällens lopp, och man hade från den provisoriska scenen uppmanat alla att försöka locka dit ännu fler människor, så att de verkligen kunde manifestera sitt motstånd mot att de älskade almarna skulle fällas för att bereda väg för en ny tunnelbaneuppgång.
Kvinnan i trädet skakade på huvudet. En tunnelbaneuppgång! Som om det var det stockholmarna behövde, som om det var det Sverige och världen behövde!
Hon vilade sig lite, och betraktade hängmattorna som satt uppspända på grenarna under dem. Där brukade personer som bestämt sig för att aldrig överge träden ligga, personer som aldrig ville låta Hjalmar Mehr och hans gelikar få sin vilja igenom och fälla dessa mäktiga almar som nu blivit en symbol för något större, något viktigare. Just nu var dock hängmattorna tomma, eftersom alla samlats under träden för att möta den befarade polisinsatsen.
"Hur går det däruppe? Nu klättrar vi vidare, va? Nu tar vi

3

befälet över denna kamp!"

Hon fnissade till lite. Hon hade väl aldrig riktigt sett sig som en befälhavare i en folkets kamp, kanske. Men visst, lite högre kunde hon väl klättra.

"Almarna åt folket! Almarna åt folket!!"

De framsjungna slagorden ökade plötsligt i volym och styrka, och när hon tittade mot Kungsträdgårdsgatan förstod hon varför. De ridande poliserna hade anlänt! Hästarna plöjde in i folkmassan, och på varje häst satt en uniformsklädd ryttare med batongen i högsta hugg. Hon såg hur folk fick ta emot slag, hur de vek undan några sekunder, men sedan störtade fram igen, fast beslutna att inte ge vika.

Nu hade slutstriden börjat!

Hon tog ett stadigt tag i grenen ovanför sitt huvud, och hävde sig upp. Det var inte alls svårt att klättra, och hon hörde rösten bakom sig komma med uppmuntrande tillrop. Nu var de nästan uppe i almens krona. Vinden gungade trädet, men hon höll sig fast. Nedifrån hörde hon hur slagorden splittrades i kaotiska och fragmentariska vredesyttringar, och skrik av smärta när batongerna träffade.

Hon skulle just vända sig om och ge utlopp för sin vrede när hon kände det häftiga rycket. Det överrumplade henne totalt, och hon tappade genast greppet. När hon föll försökte hon fånga några kvistar, men de gled obönhörligt ur hennes händer.

Hon landade tungt på en av polishästarnas huvuden. Hästen, som redan var stressad av den upprretade folkmassan, ryggade tillbaka, och stegrade sig i panik. Sedan slog dess stålskodda hovar mot marken igen, de trampade, sparkade, och krossade den unga kvinnans skalle, innan ryttaren äntligen lyckades återfå kontrollen över sitt djur. Folk som stod runt omkring ryggade tillbaka, och stirrade på den blodiga kroppen.

Två män i klungan tyckte sig ha sett ur ögonvrån hur kvinnan föll. Dessa mäns blickar möttes en kort sekund, och de slöt då spontant en tyst överenskommelse om att aldrig nämna detta för någon. Det tjänade alm-försvararnas syften bättre om det som skett gick att skylla på polisens vettvilliga framfart.

Ännu en man som stod lite på avstånd hade sett fallet. Men

han brydde sig inte, han var redan på väg därifrån, på jakt efter ett ställe att tillbringa natten på.

Ingen såg personen som snabbt klättrade ned från almträdet, klädd i en mörk träningsjacka med huva som dolde nästan hela ansiktet.

Kapitel 1

Olle Gustafsson lyssnade på radions morgonnyheter vid köksbordet, som han alltid brukade försöka hinna göra innan han åkte in till sitt arbete vid länskriminalen i Eskilstuna, där han nu, våren 1971, hade arbetat i tio år. Att det redan hade gått så många år sedan han och Birgitta flyttade hit från Södertälje gjorde honom både glad och vemodig. Det var fint att de hade hittat en stad där de trivdes så bra att de inte kände något behov av att flytta någon annanstans, och dessutom en stad där deras barn funnit sig tillrätta.

Det som gjorde honom vemodig var just tanken på att tiden hade en benägenhet att gå så fort. Men det kunde han dessvärre inte göra något åt. Det var bara att gilla läget.

"Dödsfall vid oroligheter i Kungsträdgården!" hördes en allvarlig stämma från transistorapparaten säga. Olle hajade till, och lyssnade.

"Vid nattens oroligheter i samband med bråken kring de nu riksbekanta almarna i Kungsträdgården i Stockholm omkom en ung kvinna. Hon trampades ihjäl av en polishäst när polisen gick till attack mot demonstranter som slagit en järnring runt de almar som Stockholms stad har bestämt ska fällas för att ge plats åt en ny tunnelbaneuppgång, samt en underjordisk galleria. Kvinnan är identifierad, men polisen vill ännu inte gå ut med hennes identitet. Sture Andersson, presstalesman för Stockholmspolisen, betecknar händelsen som ytterst tragisk, men säger även att det är sådana här olyckor som kan inträffa när medborgarna tar makten i egna händer och anordnar utomparlamentariska aktioner som inte följer de beslut som fattats i demokratisk anda."

Olle stängde av radion. Nyheten hade gjort honom ännu mer vemodig. Det var sådant här som inte skulle hända, som inte *fick* hända! Att en ung kvinna omkommer vid ett bråk om några träd. Visst förstod han att just dessa träd i mångas ögon var extra viktiga, men ändå... En ung kvinna som hade hela livet framför sig...

Det var inte mycket trafik på gatorna den här morgonen, så det tog honom bara tio minuter att åka in till polishuset. I korridoren utanför arbetsrummet stötte han ihop med sin chef, förste poliskommissarie Greger Högstedt. Denne nickade en kort, butter hälsning åt honom. Han såg trött ut, och än en gång tänkte Olle att Greger borde klippa sig kortare – nu låg det gråsprängda håret som ett risigt fågelbo på hans hjässa.

"Hej Greger! Har du hört vad som hände i Stockholm inatt?"

"Nej", mumlade Greger. "Vadå?"

"En kvinna trampades ihjäl av en polishäst vid bråket om de där jäkla almarna i Kungsträdgården."

"Jaha?" Greger Högstedt lät ointresserad, tankspridd. "Jo du, kan du komma in på mitt rum lite senare? Vi skulle behöva prata lite om Sven."

"Sven Skougar?"

"Just den Sven, ja."

"Okej, jag kommer in till dig om någon timme."

Greger gick vidare, och Olle slog sig ned vid sitt skrivbord. Tio år. Så länge hade han haft detta skrivbord. Nästan hela sextiotalet. Ungdomsrevolter hade kommit och gått, ryssarna hade manglat sönder Pragvåren, jänkarna hade skickat astronauter till månen... och han hade suttit här, utrett både det ena och det andra, fångat några skurkar, och säkert missat andra.

Tio år! Ungarna hade vuxit, börjat skolan, och den äldsta, Gunilla "Lill-Gittan" skulle nu gå ut nian. När de flyttade från Södertälje hade hon bara varit sex, och Peter fyra. Olle och Birgitta hade oroat sig en hel del över hur det skulle gå när de slet barnen från vännerna i Södertälje. Men det hade gått över förväntan, de hade snabbt fått nya kompisar i den nya staden. Nu kändes det på sätt och vis som om de alltid hade bott här i Eskilstuna.

Så är det, tänkte han, tiden går, man anpassar sig, vänjer sig. Och så flyter livet på. Tills en dag... nej, sådana dystra tankar ville han inte hänge sig åt denna onsdag i maj när sommaren kändes nära och möjlig. Han hade några rapporter som skulle skrivas. Han beslöt sig för att skriva dem.

Någon timme senare knackade han på dörren till Greger Högstedts rum. Greger vinkade in honom.

"Bra att du kom. Stäng dörren!"

"Du ville prata om Sven…" Olle satte sig i den besöksstol som han hade suttit i så många gånger förut, och iakttog den tavla föreställande den förre kungen, Gustav V, som hängde på en av rummets väggar. Han hade aldrig vågat fråga varför tavlan hängde där, om det var för att Greger hyste beundran för denne monark, eller om det var ett uttryck för någon slags antirojalistisk humor. Monarki eller republik var en fråga som Olle och Greger aldrig hade diskuterat.

"Sven, ja…" Olle tyckte att Greger såg lite obekväm ut, och det förvånade honom. Greger brukade inte ha svårt för att komma med kritik, eller ta svåra beslut.

"Du vet ju säkert att Sven har… vissa sidor som inte fungerar så bra i arbetet."

"Vissa sidor?" Visst förstod Olle vad Greger pratade om, men han ville ändå tvinga chefen att förklara sig.

"Sven är ju på många sätt en utmärkt polis, och han har gjort utomordentliga insatser i många utredningar…"

"Jo, visst är det så."

"Men du måste ju vara medveten om att han ibland… spårar ur, eller hur man ska säga. Att han låter sina åsikter föranleda vissa uttalanden och handlingar som inte alltid… är de bästa."

Olle visste inte riktigt vad han skulle svara, så han hummade lite på ett sätt som kunde vara både jakande och nekande.

"Du Olle har väl jobbat ihop med honom mycket mer än vad jag har gjort, så du måste ju vara medveten om detta?"

Olle insåg att han inte längre kunde fortsätta att vara helt neutral, att han måste ge sin chef någon slags återkoppling.

"Visst är det så att Sven ibland kan skena iväg och både göra och säga saker som kanske inte är de allra bästa i vissa situationer. Och visst kan det ibland orsaka onödigt bråk och onödig uppståndelse. Men Sven är annars en utmärkt…"

"Jo, jag vet att Sven Skougar är en utmärkt polis! Det är inte för att påpeka detta som jag har kallat in dig till detta informella möte." Greger Högstedt ordnade pappren på sitt skrivbord så att de låg precis kant i kant, och borstade bort några dammkorn som bara han själv kunde se.

"Varför har du kallat hit mig då?"

"Jag vill bara att du ska veta att jag är medveten om detta problem, och jag vill att du ska vara vaksam på herr Skougars beteende. Vi kan ju inte ha en polis som går omkring och orsakar problem som vi har till uppgift att lösa och motverka!"

"Nej. Naturligtvis inte."

Greger kastade en blick ut genom fönstret, där majsolen glatt förgyllde det den kom åt att förgylla. "Vad jag försöker säga är bara att... håll ögonen öppna, och rapportera till mig om du anser att vi behöver... vidta några åtgärder."

"Vidta några åtgärder? Du menar att jag ska spionera på vår kollega, och så rapportera till dig så att han kanske blir avstängd från sin tjänst?" Plötsligt vällde den irritation som Olle ibland kände i umgänget med sin chef fram.

"Spionera?! Jag vill bara att du ska hålla ögonen öppna, och rapportera om du noterar något som gör att vi i Eskilstunapolisen inte kan utöva vår verksamhet på bästa sätt. Det är inte för mycket begärt, och det är dessutom din förbannade skyldighet!"

Olle Gustafsson nickade, och lät några tysta sekunder svalka ned stämningen.

"Visst ska jag hålla ögonen öppna. Och det gör jag ju faktiskt alltid."

"Det vet jag, Olle, det vet jag."

Med en gest lät Greger förstå att mötet var avslutat. Olle reste sig, och gav Gustav V en liten dold honnör. Hålla ögonen öppna? Hur skulle han kunna fungera som polis utan att hålla ögonen öppna? Herregud!

Kapitel 2

På torsdagskvällen invigdes vårsalongen på Eskilstuna konstmuseum, och för att förgylla denna vernissage skulle det lokala bandet Inka göra ett av sina framträdanden. Utanför entrén hade en ganska stor skara människor samlats, och när portarna öppnades strömmade folk in i museet. Inkas basist Lars-Gunnar stämde sin bas, och såg på publiken. Så många konstintresserade! Eller kanske så många rock-intresserade!

Han insåg dock att det nog fanns fler orsaker till publiktillströmningen. Några av tavlorna på utställningen hade funnits med i den inbjudan till vårsalongen som bland annat publicerats i pressen, och särskilt en tavla av den unga kvinnan Sylvia Sorander hade väckt uppståndelse, och ont blod hos en av prästerna i staden, Olof Sjögren, som var känd för att inte skräda orden, eller för att behålla sina åsikter för sig själv. Han hade skrivit en insändare som hade osat svavel, och krävt att tavlan, "Sakramenten saknar kön", skulle tas bort från utställningen.

Men detta bekymrade inte Sylvia Sorander. Hon gick in med alla andra när portarna öppnades. Visst var hon nervös, men ändå mest stolt. Hon såg på folk som trängde sig in runt omkring henne, och tänkte: "Ni vet inte att jag är en av konstnärerna! Snart kommer ni att se min tavla i verkligheten, och möjligen förstå den. Men ni kommer kanske aldrig att få veta att jag stod bredvid er när ni betraktade konstverket. Ni kommer kanske aldrig att få veta att jag hörde era kommentarer.

Sylvia var glad, detta var en speciell vernissage, och hon kände att även hennes tavla var speciell. Därför passade det så bra att hela utställningen inleddes på ett väldigt speciellt sätt, med att Inka spelade sin speciella form av rockmusik. När hon kom in i den stora salen såg hon att Lars-Gunnar, trummisen Jörgen och de övriga i bandet var redo. Hon såg även några klasskamrater från Rinmansskolan, och nickade åt dem. Det kändes fint att de snart skulle se hennes tavla, om de nu inte redan hade gjort det. Kanske skulle de diskutera den i skolan nästa vecka.

Tavlan hängde på en vägg ganska nära entrén. Sylvia smög sig fram till den, såg än en gång på dess, som hon tyckte, ganska djärva motiv; en kvinna i prästutstyrsel som vaggade en äldre, grånad biskop i sin famn, och placerade en napp i hans mun. Biskopen såg sur och arg ut, precis som det spädbarn som Sylvia hade velat att han skulle likna, och nappen hade just den lyster som hon hade eftersträvat. I hennes sinne var budskapet klart och kompromisslöst. Men hur andra tolkade tavlan hade hon ingen aning om, och hon såg fram emot att kanske få höra några spontana kommentarer ikväll.

En anställd vid museet inledde kvällens aktiviteter. Det var en mörkhårig medelålders dam som inte verkade så van vid att umgås med mikrofoner. Först hördes inte ett ord av vad hon sa, men när Lars-Gunnar uppmanade henne att gå närmare mikrofonen gick det bättre.

Kvinnan skrattade lite förläget, och sa sedan:

"Ja, jag vill bara önska alla välkomna hit. Vi öppnar ju årets vårsalong ikväll, och för att göra tillställningen lite extra festlig ska vi nu få höra musik med bandet… Inka", hon vände sig mot bandmedlemmarna. "För det är väl så ni heter?"

"Det stämmer bra det", sa Lars-Gunnar och övertog mikrofonen. Sedan inledde han konserten med att slå an en lång mörk ton, gitarristen Åke spelade ett enkelt men effektivt riff, keyboardspelaren Alar lade några ackord på orgeln, och trummisen Jörgen dunkade in den rytm som alla i salen redan kände. Sylvia Sorander blundade. Detta kunde bli en bra kväll. Konsten på väggarna, den rytmiska musiken, åskådarna och åhörarna som trängdes i museets stora sal… perfekt!

Just när hon hörde att bandet börjat spela sin alldeles egna version av Griegs "I bergakungens sal" såg hon att några av hennes skolkamrater från Rinmansskolan närmade sig hennes tavla. Nyfiket smög hon efter dem.

"Ha ha, det är Sylvias tavla!" sa någon. "Gulligt med en så liten biskop!"

"Ja, ibland behöver biskopar verkligen nappar!" sa en annan.

Sylvia log. Hon var så glad över att folk reagerade. Hon hade haft en tanke bakom tavlan, och det verkade som om den tanken spred sig i hennes skolkamraters sinnen, framkallade associationer och bilder inom dem. Hon stod en lång stund alldeles stilla, bara iakttog besökarna, och försökte verkligen suga in hela omgivningen, hela atmosfären.

Utifrån stora salen hördes ännu ett rytmiskt riff – Inka började spela en av gruppen Cream's låtar, "White room". "I'll wait in this place where the sun never shines", sjöng Lars-Gunnar, och Sylvia såg att ungdomarna därute rörde sig i takt med musiken. Den gav även henne lust att dansa, så hon började gå åt det hållet.

Men då hände det.

Plötsligt försvann ljudet från Inkas förstärkare. Lars-Gunnar, Alar, Åke och Jörgen såg förvånat ut över publiken, och började gestikulera mot den ljudansvarige. Men denne verkade inte förstå mer än vad de gjorde, han ryckte bara på axlarna.

Några sekunder senare rusade en ung museitjänsteman ut i den stora salen, och ropade med en röst som lät pressad, men ändå hade ett visst tillkämpat lugn:

"Hör upp alla! Vi blir tvungna att avbryta denna konsert, och skulle behöva be alla att lämna lokalerna. Men ingen panik, om alla bara går härifrån i lugn takt så kommer ingen att bli skadad."

Upprörda röster höjdes bland publiken som hade sett fram emot en trevlig stund tillsammans med Inka. "Va fan..? Vadå skadad? Vad är det som har hänt?"

Museitjänstemannen tvekade lite, men så sa han ganska tyst: "Museet har mottagit ett meddelande om att det ska finnas en sprängladdning här i lokalerna. Därför måste vi be alla..."

Det tog några sekunder innan folk förstod vad han hade sagt. Ett bombhot?! Mot Eskilstuna konstmuseum?!

"Ingen panik nu, om alla bara går lugnt mot utgången..."

Men han talade för döva öron. Skräcken hade slagit ned i publiken. Stolar välte när alla rusade mot utgången. Museitjänstemannen gjorde sitt bästa för att lugna ned stämningen, men det var försent. Tavlor föll från väggarna när

12

folk trängde sig fram, några flickor hade börjat gråta. Sylvia Sorander betraktade spektaklet med uppspärrade ögon, och drogs sedan med i strömmen. Snart var hon i foajén, och därefter snart utanför entrén. Hon drog ett djupt andetag, och började gå mot Fors kyrka. Hon hade klarat sig! Runt omkring sig såg hon andra som lättade vände sig om och tittade mot konstmuseet. Än hade ingen explosion hörts. Hennes skolkamrater från Rinmansskolan skyndade vidare, ännu längre bort från den byggnad som plötsligt hade blivit ett hot, som plötsligt påmint dem om deras egen dödlighet.

Så hörde hon sirenerna, och såg en polisbil snabbt komma körande på Kyrkogatan. Den bromsade in utanför museets entré, och en manlig och en kvinnlig polis steg ur. Mannen såg upprörd och förbannad ut, tyckte Sylvia. Han slängde igen bildörren och rusade mot museet. Den ganska småväxta och rödlätta kvinnan följde i hans släptåg. Sylvia stannade, och bedömde att hon nu var på relativt säkert avstånd. Även hennes skolkamrater saktade in stegen.

"Är alla ute?" hörde hon den manlige polisen gasta. "Bort från byggnaden alla! Genast! Gå mot kyrkan!"

I samma sekund hördes ännu fler sirener, och en piketbuss svängde in vid sidan av den andra polisbilen. Ur bussen vällde flera poliser, några med hundar. De grupperade sig vid motorhuven, och började diskutera hur de skulle angripa problemet.

Den koleriske polismannen grep tag i en flicka som han tydligen tyckte rörde sig för långsamt, och knuffade henne framför sig. Flickan snubblade och höll på att falla, men då fångade den kvinnliga polisen upp henne. Plötsligt höll den manlige polisen en megafon i handen, han riktade den upp mot museets fasad, och skrek:

"Finns det någon kvar därinne? I så fall är det hög tid att lämna byggnaden!"

Ingen reaktion. Byggnaden var tydligen tömd. Sylvia såg att musikerna stod samlade i en klunga och iakttog kaoset. Den här konserten hade nog inte blivit som de tänkt sig.

Polisen lade ned megafonen, och såg sig omkring. Sedan

13

började han hastigt gå mot den klunga där Sylvia Sorander stod. Redan på håll kunde hon se att han gick och muttrade för sig själv. När han var nästan framme grep plötsligt en yngling som Sylvia visste gick på S:t Eskils gymnasium tag i honom.

"Hur fan kan ni låta sådant här hända?!" skrek ynglingen. "Har ni ingen koll alls på offentliga arrangemang här i staden?"

Polisen stannade till och stirrade ilsket på ynglingen. "Och vad fan menar du med det? Vi har nog så bra koll vi kan ha. Men man kan inte gardera sig mot allt. Och när nu arrangörerna håller på som de gör..."

"Vadå håller på som de gör?"

Polisen slet loss ynglingens hand som fortfarande höll hans arm i ett hårt grepp.

"Tja, bjuder in ett satans rockband till en konstutställning. Det kan väl vem som helst förstå att det ställer till besvär."

Folk runt omkring stirrade först bara på polisen, sedan hördes protestrop.

"Inka är väl inget satans rockband!"

"Vad är det för en jävla kommentar?!"

Men polisen verkade inte bry sig om detta.

"Rockmusik har inget på ett museum att göra! Det fattar väl alla som har något att tänka med. Inka..! De är väl som Mecki Mark Men som snart ska spela här i staden... Satans musik!"

Sedan såg han sig omkring, och satte megafonen mot läpparna igen.

"Hör upp!" ropade han. "Finns det någon Sylvia Sorander här?"

Sylvia ryckte till när hon hörde sitt namn. Och så sträckte hon tveksamt upp en hand i luften, som om hon satt i en skolsal och ville svara på en fråga.

"Jag är Sylvia", sa hon osäkert.

Polisen banade sig väg fram till henne, och iakttog henne en stund. Hon såg att hans ögon var rödsprängda. Hade han druckit? Hon tyckte hela situationen kändes både obehaglig och absurd.

"Bra! Jag skulle vilja att du följde med in till stationen ett tag."

14

"Varför då? Jag har väl inte gjort något? Är jag misstänkt, eller..?"

"Nej, vi vill bara prata med dig. Kom nu så går vi till bilen. Mina kollegor har kontroll över situationen här."

Han lade sin arm över Sylvias axlar och föste henne mot polisbilarna. Sylvias skolkamrater reagerade starkt, och försökte hindra honom från att komma fram, och genast gick stämningen från att ha varit irriterad till att bli hotfull.

"Jävla fascist-snut! Släpp henne!"

Den koleriske polismannen tog fram sin batong, och började samtidigt kalla på undsättning i megafonen. Snabbt rusade några kollegor som anlänt med piketbussen fram, och lyckades skingra folkmassan. Den något lugnare kvinnliga polisen skyddade Sylvias huvud när hon tog plats i polisbilens baksäte, och när de körde därifrån med den manlige polisen vid ratten vände hon sig mot Sylvia och sa vänligt:

"Förlåt för detta. Det var inte meningen att det skulle bli sådan uppståndelse." Hon gav sin kollega en irriterad blick. "Du är alltså inte misstänkt för något, vi har bara fått i uppdrag att föra dig till stationen för ett samtal."

Sylvia lugnade sig lite, och nickade tacksamt.

"Jag heter Bitte Ludwigsson, förresten", sa den kvinnliga polisen. "Och det här är Sven Skougar."

Några minuter senare stannade de utanför polishuset på Nygatan, och Bitte ledsagade Sylvia in genom entrén. Sylvia var glad över att den andre polisen, Sven, tydligen inte skulle vara med under förhöret. När de stängde porten såg hon honom göra en rivstart med bilen, kanske för att köra tillbaka till museet.

De gick uppför en trappa, och in i en korridor, där Bitte knackade på en dörr. Gustafsson hann Sylvia läsa på en namnskylt innan dörren öppnades.

"Hej Olle", sa Bitte. "Jag är här med Sylvia Sorander nu."

"Bra!" hördes en röst inifrån rummet, och så kom en man med ett ganska sympatiskt utseende fram till dem. Han tog Sylvias hand, och presenterade sig som Olle Gustafsson, kriminalkommissarie.

"Var så god och sitt!" Både Sylvia och Bitte satte sig.

Olle Gustafsson gick rakt på sak. "Du undrar säkert varför vi bett dig komma hit."

"Bett..!", sa Sylvia med ett litet snett leende.

"Det är så att vi har en inspelning som vi vill att du ska lyssna på. Den har med bombhotet mot museet att göra. Du har ju med en tavla på utställningen där?"

"Ja, det stämmer. 'Sakramenten saknar kön'."

"Va?!"

"Den heter så. Tavlan", förklarade Sylvia.

"Aha! Och den föreställer..?"

"Den föreställer en kvinnlig präst som vaggar en äldre, manlig biskop i famnen, och placerar en napp i hans mun."

Olle log lite. "Naturligtvis!" Även Bitte drog på munnen.

"Och varför gjorde du en sådan tavla?"

"Vet inte riktigt. Det är väl någon slags protest mot gubbväldet inom kyrkan, antar jag", sa Sylvia med svag röst. "Men det är inte så genomtänkt, det är mest en målerisk bild, tror jag, om man nu kan säga så."

Olle gav Bitte en fundersam blick. "Okej, ja, men detta kanske kan förklara samtalet."

"Samtalet?"

"Bombhotet mot museet. Det ringdes in hit till vår växel för cirka fyrtio minuter sedan. Och ditt namn nämndes."

"Mitt?!" Sylvia förstod absolut ingenting. "Men... vad har det här med mig att göra?"

"Ja, det är ju det vi skulle vilja ta reda på. Är det okej om vi spelar upp samtalet för dig, för att kolla om du kan förklara det? Eller identifiera rösten?"

Sylvia svalde, och nickade. "Visst. Spela upp det, bara. Men jag förstår verkligen ingenting..."

Olle lutade sig fram, och höll ett pekfinger över Play-tangenten på en liten kassettbandspelare som låg på bordet. "Rösten låter lite... ja du får höra själv."

Han tryckte igång inspelningen. En avlägsen, sprucken röst fyllde rummet. Sylvia tyckte det var totalt omöjligt att höra om det var en man eller en kvinna som talade, och ett starkt sus gjorde det även svårt att höra orden. Men när Olle vred upp volymen lyckades hon urskilja dem:

"En bomb kommer att sprängas vid vårsalongen på konstmuseet. Må alla av kvinnokön frukta vreden, som är en förtärande lidelse i Guds hjärta! Ställ Sylvia Sorander till svars!"

Sylvia stirrade på bandspelaren. Olle Gustafsson spolade tillbaka bandet, och spelade upp meddelandet ännu en gång. Sedan föll tystnaden i rummet.

Efter vad som föreföll vara en evighet harklade sig Olle.

"Jaa... har du Sylvia någon förklaring till detta? Eller har du någon aning om vem det kan vara som har ringt in hotet?"

Sylvia skakade på huvudet, och kände sig helt nollställd. Meddelandets avslutande mening hängde kvar i luften, och den fick henne att rysa. "Ställ Sylvia Sorander till svars!"

"Jag har...". Hennes röst lät nästan lika sprucken som rösten på bandspelaren, tyckte hon, och hon försökte samla sig. "Jag har ingen aning, verkligen ingen aning. Det verkar ju som om någon har blivit sur över min tavla..."

"Minst sagt!" Ännu ett litet leende snuddade vid Olle Gustafssons mun. "Men du kan alltså inte tänka dig vem det kan vara som blev så sur? Ingen i din bekantskapskrets..?"

Sylvia försökte tänka efter. Men det var helt blankt. Hon hade ju gjort tavlan mer eller mindre som ett skämt, en liten ironisk kommentar, och hade inte alls föreställt sig att den skulle kunna orsaka något sådant här.

"Nä, jag är ledsen, men... jag har faktiskt ingen som helst aning."

"Då så..." Olle ville inte dra ut på samtalet längre än nödvändigt. "Nu smällde det ju inte på museet, i alla fall har det inte smällt ännu, så vi får väl hoppas att det var ett falskt bombhot. Men om du kommer på vem som skulle kunna ligga bakom det så vill jag att du hör av dig till polisen omedelbart."

"Det lovar jag att göra. Men det är nog inte så troligt..."

"Okej. Om du följer med Bitte nu så tar hon dina uppgifter så att vi vet var vi kan få tag på dig om vi behöver."

Olle tog Sylvia i hand, och så följde Sylvia efter Bitte in på hennes rum lite längre bort i korridoren. Hela tiden hörde hon

avslutningsfrasen från meddelandet i huvudet.
"Ställ Sylvia Sorander till svars!"

Kapitel 3

Olof Sjögren såg ut över Stålforsskolans aula. Den var till åtminstone en tredjedel fylld med folk. Det gladde honom. Det visade att fler än han tyckte ämnet var viktigt. Han var långt ifrån ensam i kampen.

Eftersom arrangemanget var en blandning mellan seminarium och studiedag så var de allra flesta bland åhörarna elever vid skolan. Men Olof såg också oväntat många lite äldre personer, och alla dessa kunde ju rimligtvis inte vara lärare. Alltså hade den relativt knapphändiga förhandsinformationen om arrangemanget faktiskt gett god utdelning.

Precis klockan 13 gick Stålforsskolans rektor, en ganska ung kvinna som Olof Sjögren glömt namnet på, upp i den talarstol som ställts på aulans scen och knackade på mikrofonen för att undersöka om den var på. Det var den.

"Hallå!", sa hon. "Jag skulle vilja börja med att hälsa alla välkomna till denna studiedag i religionskunskap, som vi har valt att genomföra i form av ett seminarium. Temat för dagen är dagens religionsutövning i Svenska kyrkan, med tonvikt på frågan om kvinnliga präster."

Sorlet i salen sänktes. Olof valde att tolka detta som förväntan, och han kände hur övertygelsen började bubbla inom honom. Nu gällde det bara att hålla sig på rätt sida om gränsen, att inte låta det hela gå över styr. För så vanns inga anhängare, så övertygades inga tvivlare. Det gällde att spara domedagsorden till rätt tillfällen. Även om det ibland var lättare sagt än gjort.

Rektorn kallade upp skolans religionskunskapslärare på podiet. Det var en grå liten man. Rent spontant tvivlade Olof på att han någonsin känt kraften, att han någonsin sett buskarna brinna. Men visst, även kyrkan behövde byråkrater, bladvändare, folk som hängde upp psalmnummer i kyrkan, fyllde nattvardskalkarna med vin, såg till att förrådet av oblatbröd inte sinade.

Läraren gick igenom eftermiddagens program och presenterade talarna. När han nämnde Olof Sjögrens namn, och presenterade honom som präst i Eskilstuna Klosters församling, tyckte Olof att sorlet i aulan steg lite, och flera blickar vändes åt hans håll. Han var alltså inte totalt okänd. Kanske hade hans ord och predikningar inte gått helt spårlöst förbi.

Den närmaste halvtimmen blev erbarmligt tråkig, tyckte Olof. Religionskunskapsläraren höll ett säkerligen väldigt pedagogiskt föredrag om olika strömningar inom det som han kallade "den moderna svenska kyrkan". Eleverna sjönk allt längre ned i bänkraderna, viskade till varandra, skrattade. Bara några få gjorde anteckningar i sina kollegieblock.

Det var ju det här han ville motverka, tänkte Olof. Likgiltigheten, ointresset, spridandet av meningslösa ord. Som att lyssna till en bakfull prästs predikan i en landsortskyrka någonstans en grå novembermorgon. Inte minsta skymt av brinnande buskar.

Så blev det då äntligen hans tur. Han tyckte att elevernas viskningar avtog när han gick upp på scenen.

"Då ska vi alltså få höra ett anförande av prästen Olof Sjögren, som alltså har sin lekamliga hemvist i Eskilstuna Klosters församling", meddelade rektorn. "Var han har sin andliga hemvist får han själv berätta."

Olof såg ut över publiken. Det var modigt av skolan och rektorn att bjuda in honom till detta seminarium, det insåg han mer än väl. Men de hade gjort det, och nu...

Kanske sporrades han av den blandning av likgiltighet och förväntan som han tyckte strömmade emot honom. Han väntade några långa sekunder, lät tystnaden ta plats i salen, byggde upp någon slags oro.

"Kvinnor", sa han sedan. "Kvinnor är underbara varelser. Kvinnor har medkänsla, varma händer, tid att lyssna..."

Några målbrottsskratt hördes från de bakre bänkraderna.

"Men... det finns saker som kvinnor inte är lämpade för..."

Oj, tänkte Olof Sjögren, det var väl inte riktigt meningen att han skulle gå så här rakt på sak. Han hade ju förberett ett långt stycke om verksamheten i Klosters och Fors församlingar, om studiecirklar i kyrkans regi, om viktiga insatser för stadens hemlösa och utslagna. Och sedan hade han tänkt sig att han långsamt skulle glida in på det här med kvinnliga präster.

Men nu hade han alltså provocerats av stämningen i aulan till att gå till frontalangrepp. Nåväl, det var försent att ändra sig nu, orden var uttalade, det var bara att fortsätta.

"Och en av dessa saker som kvinnor inte är lämpade för är att tjänstgöra som präster i Svenska kyrkan. Som diakonissor, gärna, men inte som präster."

Äntligen reaktioner från åhörarna! Olof hörde de protester som han ofta möttes av när han talade på olika möten, men tyckte sig även se några personer som nickade uppskattande. Det gjorde honom varm inombords. Han kunde gärna ta kampen mot dem som inte insåg sanningen om han bara hade några på sin sida. Och det visste han att han hade. Även om de ibland var ganska tystlåtna av sig.

Nu reste sig en ung kortklippt kvinna som satt på en av de främsta raderna.

"Vad är det där för jävla skitsnack?" skrek hon. "Vilket århundrande lever du i?"

"Samma som du, hoppas jag!"

"Det tvivlar jag på! Bakåtsträvare! Det här är faktiskt 1970-talet!"

"Ja, och även på 1970-talet är en sanning en sanning, eller hur?"

Kvinnan hånskrattade, skakade häftigt på huvudet, och började bana sig väg ut ur bänkraden.

"Sådant här skitsnack tänker jag inte lyssna på! Jag trodde vi skulle få lära oss något idag."

Olof såg att rektorn skyndade upp på scenen, och insåg att hans föredrag kanske just hade förkortats betydligt. Så det gällde att ta tillfället i akt.

"Om ni tänker efter lite förstår ni nog att jag har rätt!" ropade han. "Läs bara Bibeln, lyssna till patriarkernas och profeternas ord! Lyssna till era egna inre stämmor! En kvinna har inget i en predikstol att göra!"

"Det har inte du heller!" ropade den kortklippta kvinnan just innan hon lämnade lokalen.

Nu var rektorn framme vid talarstolen. Hon grep mikrofonen, och lyfte sina händer för att försöka lugna ned stämningen. Det gick inte så bra, upprörda röster hördes, vissa reste sig för att följa den kortklipptas exempel och gå därifrån. Men när Olof lyfte blicken såg han att folk längre bak i salen satt tysta, och att de fortfarande såg lika ointresserade ut. Som vanligt, tänkte han. Det var ju dem han måste nå. Hat kunde han tackla, ointresse var mycket värre.

Han gick ned från scenen, och hörde hur rektorn kallade fram nästa talare, en kvinnlig journalist från en av lokaltidningarna, som hade specialiserat sig på religionsfrågor.

Okej, tänkte Olof. Så hade det blivit. Han hade i alla fall fått uttrycka sin åsikt, och säkert blivit ännu lite mera känd, eller kanske snarare ökänd. Det var bra inför nästa möte, inför nästa handling. Det fanns ju så mycket han kunde göra, så många sätt han kunde verka på.

Han stannade till ute på skolgården, och drog ett djupt andetag. Låt dem bara fortsätta svamla därinne i aulan! Han visste att Den Helige Anden inte fanns där, utan härute i den friska, ganska kyliga luften runt Stålforsskolans strikta byggnad. Det gällde bara att öppna näsborrarna, öppna sinnet!

Sakta började han gå nedför trapporna mot Gillbergavägen. Han hade mycket kvar att göra!

Olle Gustafsson gick över tröskeln till Greger Högstedts rum, och slog sig ned. Sven Skougar satt redan i en annan stol. Olle kastade som vanligt en blick mot porträttet av Gustav V på väggen.

"Jaha", sa Greger, och gick som vanligt rakt på sak. "Det var ju en jäkla soppa igår. Bombhot är väl något som vi inte är så vana vid här i vår lilla stad. Som tur är. Det får de gärna hållas med i Stockholm, Berlin, New York och andra metropoler. Men igår hände det alltså. Vad kan vi lära oss av det?"

Sven teg, Olle harklade sig lite lätt. "Tja, att allt är möjligt? Att inte ens vi är förskonade? Att vi kanske skulle behöva förstärka vår beredskap för sådana här incidenter?"

"Kanske det, kanske det..." nickade Greger. "Nåväl, den här gången gick det ju bra. Våra bombhundar gjorde sitt arbete, och ingen bomb hittades. Men man vill ju inte gärna tänka på vad som kunde ha hänt om det verkligen hade funnits en bomb på museet."

"Nej, det är sant", instämde Olle.

"Och stackars lilla Sylvia Sorander. Hon såg ju alldeles chockad ut när hon fick höra inspelningen med den person som ringde in hotet."

"Ja, det är väl inte så konstigt. Vem skulle inte ha blivit chockad av något sådant?"

"Men du Sven", Greger vände sig mot Sven Skougar. "Vad är dina intryck från händelsen? Du var ju en av dem som var först på plats."

Sven ryckte på axlarna. "Tja, vad ska jag säga? En massa virriga ungar som låtsades vara konstintresserade, och som hönsade hit och dit. Och så ett gäng som kallade sig musiker. Inka... Lika virriga de. Ibland undrar man vart världen är på väg."

Greger kommenterade inte, men gav Olle en blick.

"Och du eller Bitte såg inget... misstänkt? Inget som skulle kunna sättas i samband med hotet?"

"Du menar om någon stod med en telefonlur i näven och såg skum och skyldig ut?" Sven skrattade ett fullkomligt glädjelöst skratt. "Nej, det gjorde vi inte."

"Kanske var det hela något slags skämt?" föreslog Olle.

"Underligt sätt att skämta på!" fastslog Greger.

"Det har inte framkommit något mer när vi granskat inspelningen?"

Greger skakade på huvudet. "Nej, det enda som framkommit är att vi lyckats spåra samtalet. Det ringdes in från en telefonkiosk i Eskilsparken. Våra tekniker med den ärade Lennart 'Fenan' Bengtsson i spetsen har naturligtvis varit där och dammsugit kiosken, men eftersom vi ju inte vet vad vi letar efter är det omöjligt att säga om de pinaler de plockat med sig därifrån kan leda oss till vår gärningsman, eller gärningskvinna. Telefonkiosken har ju använts av tusentals personer. Och ringer

23

man ett sådant här samtal och ser till att rösten inte är igenkännbar ser man nog också till att man inte lämnar fingeravtryck eller visitkort vid luren..."

"Jo, så är det nog." instämde Olle.

"Så, gubbar… om ni inte har något att tillägga föreslår jag att vi avslutar detta lilla möte, och fortsätter med våra sysslor", avslutade Greger.

Sven och Olle lämnade rummet. Ute i korridoren tyckte sig Olle höra hur Sven muttrade Inka, och såg hur han skakade på huvudet. Sedan gick han mot sitt rum längre ned i korridoren.

Kapitel 4

Olle Gustafsson hade inte tänkt åka in till jobbet på lördagen, men ändå satt han nu här på sitt arbetsrum och såg ut över den nästan fulla parkeringsplatsen på andra sidan gatan, där lördagsshoppare fyllde bagageutrymmena i sina bilar med livsmedel och alkoholhaltiga drycker. Han och hustrun Birgitta hade klarat av sina inköp redan under fredagskvällen, så den biten kunde han koppla bort.

Vad gjorde han då här? Han visste inte riktigt. Han hade känt ett behov av att tänka bara, fundera på det underliga bombhotet mot museet. Det bombhot som han tvivlade på att de någonsin skulle få någon förklaring på. Var det knutet till Sylvia Soranders tavla, eller var det verkligen bara ett skämt?

Han hörde steg utanför i korridoren, och såg till sin förvåning Bitte Ludwigsson komma gående på väg mot sitt arbetsrum.

"Hej Bitte! Måste du också slita och slava på helgen?"

Bitte vinkade åt honom. "Nja, måste och måste… har lite grejer jag skulle vilja avsluta bara. Ska vi börja med en fika?"

"Det gör vi! Jag kommer in till dig."

Bittes arbetsrum var oväntat opersonligt inrett, det hade Olle reagerat på förut, och nu gjorde han det igen. Inga personliga fotografier, och bara en krukväxt. Bitte hade berättat för honom flera gånger vad krukväxten hette, men han hade naturligtvis glömt det igen. Inte för att det spelade någon större roll. Han visste att Bitte var gift, men att hon och hennes make inte hade några barn. Nåväl, hon var ju inte så gammal än, hon skulle säkert hinna bli en alldeles utmärkt mor.

"Ja du, Bitte, du och Sven åkte alltså till museet i förrgår…"

"Ja. Det var ju en ganska ovanlig utryckning."

"Jo. Och Sven… skötte sig?"

Bitte tog en klunk av sitt kaffe, och vickade lite på huvudet. "Tja… Sven är ju… Sven…"

Olle skrattade till. "En alldeles utmärkt beskrivning! Sven är ju Sven!"

"Han har ju sina idéer… och sitt humör. Och han är kanske inte alltid världens mest lyhörda person."

"Nej, jag hörde att det blev lite upprörda känslor där vid museet."

"Det kan man säga, ja."

Olle iakttog krukväxten på Bittes bord, och funderade på om han än en gång skulle fråga vad den hette. Men han beslöt sig för att avstå. Han skulle bara glömma det genast igen.

"Hemskt det där som hände i Stockholm, förresten!" sa han istället.

"Du menar i Kungsträdgården?"

"Ja, den unga flickan som trampades ihjäl under almarna. Att det ska behöva gå så långt, att liv ska behöva spillas för några träds skull."

"Ja, det är helt sjukt! Har man gått ut med hennes identitet än?"

"Ja, idag. Elin Höglin hette hon, skulle ha fyllt tjugo om någon månad. Vänta ska du få se."

Olle gick ut till det gemensamma tidningsstället och hämtade ett exemplar av Aftonbladet, där en bild på Elin Höglin låg på förstasidan. Han räckte över tidningen till Bitte.

"Söt tjej. Studerade tydligen vid Sigtuna folkhögskola."

Bitte tog emot tidningen, och betraktade bilden på en leende flicka med långt mörkt hår. Hon suckade tungt. "Så meningslöst! Hon hade ju hela livet framför sig. Vad skulle hon i Kungsträdgården att göra?"

"Ja, det frågar man sig. Det kan ju inte heller vara så roligt för den polis som satt på hästen som trampade ihjäl henne. Jag skulle inte vilja vara i hans kläder idag."

"Nej, man får ju hoppas han får allt stöd han kan få för att bearbeta detta. Liksom Elins föräldrar."

"Hon hade inga föräldrar. Eller, jag menar, de är inte i livet. De omkom tydligen i en bilolycka i Karlstad för fem år sedan, står det i artikeln."

"Ja, det var ju… vad ska man säga? Skönt att de slapp uppleva detta i alla fall."

"Verkligen! Och om hon nu ville stoppa fällandet av almarna så kan man ju säga att hon kanske lyckades."

"Jaså?"

"Ja, de har skjutit upp hela projektet efter denna händelse. Ingen i stadsförvaltningen är väl så tokig att han plockar fram motorsågarna i första taget efter det här."

"Okej. Elin, Elin, stackars Elin…"

Olle Gustafsson reste sig, och svepte det sista i sin kaffemugg. "Nej du, Bitte, nu får vi inte deppa ihop totalt. Vi får väl se till att få lite vettigt gjort när vi ändå har tagit oss in hit."

Bitte nickade. "Okej, vi kör hårt några timmar så att Greger blir stolt över oss!"

"Det gör vi!"

Jan-Christer Larsson störtade in på sitt rum, och smällde igen dörren efter sig. Att hans farsa kunde vara en sådan idiot! Det var ju bara en konsert, ingen djävulsk sammansvärjning mot samhället!

"Du vet vad jag har sagt, Jan-Christer! Jag gillar inte att du umgås med den sortens människor, eller lyssnar på den sortens knarkmusik!"

Knarkmusik?! Mecki Mark Men? Än en gång insåg Jan-Christer att hans far Gustav inte visste vad han pratade om, och inte hans mor Cynthia heller. För hon höll ju med, på sitt vanliga försynta, tillbakadragna sätt.

"Det är jättebra att du gillar musik, och du får gärna gå på konserter och fortsätta ta lektioner i kommunala musikskolan, men den där konserten imorgon är inte bra för dig."

Tidigare under kvällen hade Jan-Christer försökt diskutera med sina föräldrar, försökt förklara varför han ville gå på konserten i Stålforsskolans aula. "Mecki Mark Men är ett spännande band", hade han sagt. "Och så ska ju Inka spela med ungdomssymfoniorkestern, och Bernt Staf ska uppträda. Honom gillar ni väl i alla fall?"

Då hade både Gustav och Cynthia nickat. "Ja, Bernt Staf är en fin trubadur. Förstår bara inte varför han ställer upp i sådana här sammanhang. 'Nu har jag gjort en melodi som vi kan sjunga…'

27

Den låten skulle vi gärna dansa till varje kväll!"

Då hade Jan-Christer Larsson gett upp. Föräldrarna var dansbandsfanatiker, det var ingen idé att försöka diskutera med dem. Jan-Christer själv var femton år. Han hade tusentals drömmar, om musik och poesi. Han ville utforska världen, både den yttre och den inre. Och här var han nu, instängd i en lägenhet på Sveavägen i Eskilstuna med föräldrar som bara nynnade på de senaste Svensktoppslåtarna. Ibland undrade han om han verkligen var deras son.

Nu knackade Gustav Larsson på dörren till hans rum. "Jan-Christer! Gör inte en sådan stor sak av det här nu! Du vet ju att vi bara vill ditt bästa. Du får lyssna på den musik du vill, men..."

"Inte Mecki Mark Men, va?"

"Nja, vi är lite oroliga för vissa psykedeliska grupper... Det förekom ju en hel del narkotika vid festivalen i Woodstock, och vi vill inte att du ska dras in i det."

"Genom att gå på konsert i Stålforsskolan? Men vad tror ni då, att jag ska tända på på skolgården? Ta en överdos till något utflippat orgelsolo? Ni får gärna lyssna på dansbandsmusik, och dansa öronen av er i Parken Zoo, men jag kanske vill något annat med mitt musiklyssnade!"

"Okej, det är bra, Jan-Christer, vi pratar mer om det här imorgon, okej?"

Jan-Christer svarade inte. Nu ville han bara vara ifred. Inom sig kände han att vreden kanske kunde föda fram meningsfulla ord. Så han tog sitt tummade kollegieblock, lade skivan "Sov gott Rose-Marie" med International Harvester på skivtallriken, och bestämde sig för att inte somna förrän han skrivit åtminstone tre bra dikter. Utifrån vardagsrummet hörde han föräldrarna skratta, det verkade som om de kopplade av nu när de räddat sonen från skadliga musikaliska influenser. Och snart hörde han rytmiska danssteg, än en gång hade Gustav bjudit upp Cynthia, än en gång svävade de fram över vardagsrumsgolvet.

Kapitel 5

Olof Sjögren gick ut genom portarna till Klosters kyrka. Predikan hade gått bra, han var nöjd. Och kyrkan hade varit ganska välfylld. Det var ju femte söndagen efter påsk, bönsöndagen, och han hade talat om dagens tema, bönen. Hur personlig den kunde vara, hur innerlig, hur viktig. Och när han skådade ut över sin församling från predikstolen tyckte han att han såg flera som nickade, som instämde. Det var bra. Mer kunde han inte göra.

Vädret var vackert, luften klar och ren. Det inbjöd till en promenad. Så han började sakta gå mot Eskilstuna-ån, mot centrum.

Det kunde ha varit en alldeles perfekt söndag, om det nu inte var för det som skulle äga rum om några timmar, i Stålforsskolan. Olof Sjögren erkände gärna att han hade vissa konservativa åsikter, men han ansåg inte att tanken om att man skulle hedra vilodagen var en extrem tanke. Och att anordna en sådan konsert som nu skulle anordnas i Stålforsskolan var inte att hedra vilodagen, det var hans alldeles bestämda åsikt, en åsikt som han framfört i flera olika sammanhang under de senaste dagarna.

Han hade egentligen tänkt ignorera arrangemanget idag, men när han började promenera märkte han att något i honom ville sätta kurs mot Stålfors. Vad han nu hade där att göra? Hade han inte gjort bort sig tillräckligt där? Skulle någon lyssna på honom om han ställde sig utanför ingången och började prata? Tveksamt. Fanns det något annat han kunde göra?

Plötsligt kände han sig lika villrådig som han ibland hade gjort under barndomen, när han ofta sökte tillflykt till Värnamo kyrka för att undkomma ett av moderns vredesutbrott. Då hade det varit skönt att luta en kind som hettade av örfilar mot en sval träbänk.

Men nu? Nu var han vuxen, och kunde inte längre gömma sig.

Konserten på Stålforsskolan började bra. Inka och Ungdomssymfoniorkestern inledde med att spela "Farandole" ur "L'Arlésienne" av Bizet. Samspelet fungerade fint, och Lars-Gunnar, Alar, Åke och Jörgen i Inka verkade njuta av stunden, av att skapa något relativt nytt musikaliskt. De möttes av applåder, och några hurrarop.

Sedan var det dags för Bernt Staf. Han fick kontakt med publiken, och lämnade ut sig själv. Han berättade om relationsproblem, han vågade gå nära scenkanten, sträckte fram gitarren så att någon i publiken kunde ställa en flaska med mineralvatten på den. Han sjöng innerligt och äkta. När "Familjelycka" kom sjöng större delen av publiken med. Och Bernt märkte att publiken reagerade på raden "och så min havre i en fåra efter plogen". Han tyckte det var fint att en sådan ekivok textrad fungerade, och skapade närhet mellan honom som artist och publiken.

Det var sedan, efter Bernt Stafs del av konserten, som det började gå på tok…

Mecki Mark Men kom just in på scenen. Mecki Bodemark testade sin mikrofon, och ljudteknikern drog snabbt ned en rundgång som började byggas upp i högtalarna.

Då kändes plötsligt röklukt. Publiken på de bakre bänkraderna reagerade snabbast. De reste sig, såg sig omkring, och började sedan gå mot utgångarna, medan musikerna på scenen fortsatte sina förberedelser. Det var först när en av arrangörerna, en yngling klädd i jeans och svart T-shirt, grabbade tag i en mikrofon som folk även på de främre bänkraderna reagerade.

"Hallå!" ropade arrangören. "Vi har upptäckt rökutveckling i en av korridorerna på nedre plan, och därför ber vi alla att genast lämna lokalen!" Som för att understryka allvaret i hans ord gick samtidigt brandlarmet.

Någon panik infann sig inte, folk såg sig mest omkring, som för att bestämma sig för om det var ett skämt, eller inte. Men när allt fler kände röklukten reste de sig, och började gå mot utgångarna. På scenen avbröt Mecki Bodemark sin soundcheck, och såg förvirrat ut över de bänkrader som snabbt tömdes.

"Ja, det gäller er i bandet också", sa arrangören.

"Men va fan..."

"Brandkåren är på väg hit, och de har bett oss utrymma lokalerna."

"Hela jävla aulan, för en liten eldsvådas skull?!" Mecki Bodemark både lät och var förbannad.

"Vad jag har hört är det inte direkt någon liten eldsvåda..." Mecki slog ut med armarna i en uppgiven gest, men bandets gitarrist, Kenny Håkansson, verkade mer benägen att inse situationens allvar.

"Kom, Mecki, vi går ut på gården!" sa han lugnt. Mecki fogade sig, och de lämnade scenen.

När brandkåren anlände till platsen några minuter senare möttes de av skolans vaktmästare, som visade dem vägen till brandhärden. Rökutvecklingen var då betydande, och man konstaterade snabbt att branden troligen startat i ett klassrum på nedre våningen. Nyfikna konsertbesökare motades bryskt bort från platsen, och brandmännen inledde snabbt släckningsarbetet. När de öppnade dörren till klassrummet slog stora lågor upp från några bänkar längst bak i lokalen. Vattnet som sprutades fick lågorna att fräsa, kvida, och slutligen dö.

Brandbefälet, Stig Svensson, konstaterade att branden var släckt. Han såg sig om, och försökte uppskatta skadorna. De var ganska omfattande. Men konstigt nog hade både katedern och svarta tavlan klarat sig. Han ryckte till lite när han såg texten på tavlan, och undrade vad det var för en lektion som hållits i salen innan branden. *"Bulta, så skall dörren öppnas!"* stod det skrivet med stora bokstäver.

Men innan han hann fundera mer på detta budskap kom ett nytt larm.

"Det brinner även i en toalett uppe på tredje våningen!" ropade skolans vaktmästare som kom rusande i trapporna, och trängde sig fram mellan folk som var på väg ut. Genast lämnade brandbefälet över ansvaret för eftersläckningsarbetet på nedre plan till en av sina underlydande, och tog några man med sig uppför trapporna. På tredje våningen såg de mycket riktigt att lågor slog ut från en av toaletterna. De öppnade dörren dit, konstaterade att ingen människa befann sig därinne, och började så spruta vatten även där.

Snart var även denna brand släckt. Brandmännen stängde av vattnet, och såg sig omkring därinne. Denna brand verkade ha startat i en papperskorg.

"Det är nog hög tid att få hit våra vänner poliserna!" sa brandbefälet Stig Svensson. "Var är de? De måste väl ha fått anropet?"

Polisen hade fått anropet. Det var polisassistent Henrik Berggren som först snappat upp det. Han hade jourtjänstgöring denna söndag, och genast när anropet kom kontaktade han både piketpatrullen, Olle Gustafsson och kriminalteknikern Lennart "Fenan" Bengtsson. Henrik körde en sväng och hämtade upp Olle vid villan i Brottsta, Fenan tog sin egna bil till Stålforsskolan.

"Men vad fan nu då?" sa Olle när Henrik Berggren stannade till utanför villan på Gravörvägen. "Mordbrand på Stålfors?"

"Det verkar inte bättre."

"Ta oss dit!"

När de anlände till skolan möttes de av en stor folksamling. Piketbussen och två ambulanser stod parkerade på gräsmattan vid utgången mot Gillbergavägen. Henrik parkerade bilen, och både han och Olle skyndade mot entrén. Ambulanssjukvårdarna rullade just ned en bår med en hostande människa från trapporna. Olle grabbade tag i en av dem.

"Hur är skadeläget?" frågade han.

Sjukvårdaren tittade upp med ett stressat uttryck i ansiktet. "Jaa, vi har ju inte allt under kontroll än, men dessbättre verkar det röra sig om endast lindrigare rökskador. Några har helt enkelt kommit lite för nära brandhärden. Eller brandhärdarna, får jag väl säga."

"Brandhärdarna?"

"Ja, det brann både i en lektionssal på nedre botten, och i en toalett på tredje våningen."

"Verkar som om vi har att göra med en flitig pyroman, alltså…" sa Henrik Berggren.

Olle gav honom en lite missbelåten blick. "Nu ska vi inte dra några förhastade slutsatser. Vi vet ännu inte alls vad det här handlar om."

"Nej, det är sant."

Olle Gustafsson såg att några poliskollegor höll på att fösa bort folk från byggnaden, och sätta upp avspärrningstejp. Precis innanför dörrarna stötte de ihop med brandbefälet Stig Svensson, och en man som Stig presenterade som skolans vaktmästare. Olle blev nästan lite orolig när han såg blodådrorna på vaktmästarens hals pulsera.

"Nu tar vi det lugnt", sa han, "berätta bara vad som hänt, vad du vet."

"Jaa...", vaktmästaren försökte besinna sig. "Efter att Inka och Bernt Staf spelat kändes röklukt. En av eleverna tog tag i mig, och drog ner mig mot korridoren på nedervåningen, och när vi kom dit strömmade rök ut från ett av klassrummen, det som oftast används till lektioner i religionskunskap. Jag gick in i korridoren, och öppnade dörren till salen, och såg då att det brann rejält därinne. Men jag såg ingen människa där. Så jag ringde larmnumret, och rusade sedan upp i aulan och påbörjade utrymningen."

"Det var bra gjort!" berömde Olle.

"Och samtidigt gick ju brandlarmet, vilket var i senaste laget, men... Och så dök brandkåren upp..."

Olle Gustafsson och Henrik Berggren följde vaktmästaren uppför trapporna, som nu var nästan helt utrymda. De tittade in genom dörrarna till aulan, där bänkraderna låg öde. På scenen brummade någon förstärkare, men alla musiker hade lämnat salen.

"Och så fick ni larm om att det även brann på tredje våningen?"

"Ja. I en toalett."

"Kan du visa oss den första brandhärden?"

"Visst. Kom!"

Utanför lektionssalen på nedervåningen möttes de av några brandmän som just var på väg därifrån, och några poliser. En av dem lade en hand på Olle Gustafssons axel. "Det står något ganska konstigt på svarta tavlan", sa han, och pekade.

"Bulta, så skall dörren öppnas!"

Olle Gustafsson rynkade på pannan. Han tyckte uttrycket lät vagt bekant, men kunde inte placera det.

"Kanske Bibeln", föreslog Henrik Berggren.

Olle nickade. Jovisst, Bibeln, det stämde nog. Och lektionssalen användes ju ofta för religionsundervisning. Men ändå… Han undrade om citatet hade skrivits idag, och om det hade något med branden att göra.

Just då kom Fenan Bengtsson skyndande, lätt flåsande.

"Bra!" sa Olle. "Vi behöver dig här! Kan du din Bibel?" frågade Olle, och pekade på skriften på spegeln.

Fenan nickade. "Visst! Dagens text."

"Va?" Olle kände sig plötsligt väldigt dum och obildad.

"Idag är det ju bönsöndagen, det vet du väl?"

"Nja…"

"Dagens kyrkliga tema är bönen. Och då brukar man använda en Bibeltext som går ungefär 'Be, så skall ni få… Sök… nånting, och så bulta så skall dörren öppnas'. Matteus, tror jag."

"Men, Fenan, du är en överraskningarnas man! Inte visste jag att du var så lärd!"

"Jo du, jag kan väl *något* annat än att meta i Norrlandsbäckar!"

"Tydligen!" Olle Gustafsson såg på sin kollega och log. "Ska vi gå upp till den andra brandhärden och kolla nu?"

Toaletten där en andra branden startat hade inte lika omfattande skador som skolsalen. Därinne fanns ju inte heller lika mycket brännbart material. Olle Gustafsson såg sig omkring, branden hade skapat ett märkligt svart mönster på kaklet. Lukten var inte så trevlig, och säkert ytterst skadlig att inandas, så Olle undvek att göra detta.

"Okej", sa han till Fenan Bengtsson, "gör ditt jobb nu, fotografera och undersök bägge brandplatserna. Som vanligt behöver vi säkra alla spår. Blotta tanken på att vi har en flitig pyroman som far som en skottspole mellan våningarna på Stålfors och tänder eld både här och där när byggnaden är fylld med folk är ju minst sagt skrämmande..!"

Fenan nickade, och tillsammans med sina män skred han till verket. Olle Gustafsson och Henrik Berggren gick nedför trapporna igen. Nu var byggnaden i stort sett helt utrymd, och doften av brandrök låg tung i trappuppgången.

Nere vid aulan möttes de av en av evenemangets arrangörer. "Musikerna skulle gärna vilja tala med någon ansvarig", sa han, och strök bort en inbillad fläck på sin svarta T-shirt. "De är ute på skolgården." Olle nickade, och följde med arrangören dit.

Den första han möttes av var Bernt Staf, som såg trött och ledsen ut. "Vad är det egentligen som har hänt?" frågade han med en röst som lät väldigt svag och skakig. Kenny Håkansson och Alar från Inka slöt upp bakom honom. "Ja, vad är det som har hänt?"

Olle Gustafsson vinkade avvärjande med armarna, och försökte låta lugn och förtroendeingivande på rösten. "Vi vet ännu inte vad som hänt. Det enda vi vet är att två bränder har anstiftats här i byggnaden idag, men att ingen har kommit till någon allvarligare skada. Konserten kommer dock att behöva avbrytas."

Kenny Håkansson nickade. "Ja, det var väl ganska väntat. Men vem i helvete…? Och varför..?"

"Ja, de frågorna återstår ju för oss att få svar på…"

Genom trappuppgångens fönster såg Olle Gustafsson en av ambulanserna lämna platsen, och han såg även att brandmännen började plocka ihop sin utrustning. Insatsens akuta fas verkade avslutad, men han visste ju att väldigt mycket återstod innan de skulle få klarhet i vad som hänt, om de nu någonsin skulle få det. Han lutade sig mot väggen, och pustade ut. Även om detta naturligtvis var en allvarlig händelse kunde det ju ha gått så mycket värre.

Men än var det för tidigt att pusta ut, det insåg han. Ännu återstod mycket att göra.

Han skakade på sig, och gick sedan mot den entrédörr där många av evenemangets åskådare hade samlats. Samtidigt bad han Henrik Berggren att hämta den megafon som de brukade ha med sig i bilen. När han kom ut på trappan utanför ingången sänktes volymen på sorlet en aning, och många blickar riktades åt hans håll.

"Hallå!" ropade han. "Mitt namn är Olle Gustafsson, jag är kriminalkommissarie vid polisen här i Eskilstuna. Som ni nog alla vet vid det här laget har vi tvingats utrymma Stålforsskolan eftersom en, eller snarare två, bränder har utbrutit i byggnaden. Vi misstänker att dessa bränder är anlagda, och vi skulle vilja uppmana alla som har gjort några iakttagelser som kan sättas i samband med bränderna under de senaste timmarna att anmäla er till oss, så att vi kan ta era vittnesmål."

Än en gång steg sorlet, och Olle tyckte sig höra flera som sade "*två* bränder?!"

"Och ni som inte har gjort några iakttagelser, jag skulle vilja be även er att lämna namn och adress, och sedan avlägsna er från skolan. Konserten är avbruten, och kommer inte att återupptas idag."

Han tyckte sig se några besvikna ansikten, men de flesta verkade förstå läget, och började långsamt gå mot piketbussen där några poliser stod redo att ta emot eventuella iakttagelser, samt namn- och adressuppgiter.

Han lade ned megafonen på trappan, och kände sig plötsligt lite villrådig över hur de skulle gå vidare. Just då kom Fenan gående nedför trappan, och räckte över en plastpåse med en papperslapp i.

"Hej Olle, tänkte att du kanske ville se detta på en gång", sa han. "Vi hittade den här tipskupongen på golvet på den toalett där den andra branden hade anlagts."

Olle Gustafsson tog emot plastpåsen, och tittade konfunderat på pappret i den. "Jaha, och vad är det då?"

"Det är en tipskupong som någon har skrivit men inte lämnat in. Ser du namnet?"

Olle lyfte upp plastpåsen, och tittade närmare på innehållet. Och då såg han ju tydligt namnet.

Sven Skougar, stod det, och så hans kollegas adress på Lagmansgatan i Råbergstorp.

Olof Sjögren stängde dörren bakom sig, sjönk ned vid köksbordet i lägenheten i Årsta. Det hade varit en lång dag, en lång innehållsrik dag. Från förmiddagens predikan till långpromenaden, till...

Att en söndag kunde rymma så många känslor, så många både inre och yttre händelser! Men så var det ju bönsöndagen, förstås. En av så många betydelsefulla helger, som inte skulle vanhelgas, profaneras. Ännu en helg som måste försvaras mot världens ointresse, mot samhällets brist på högaktning, brist på respekt.

Han tände ett ljus, och brände sig lite på tändstickan. Så slog han på radion. Där hamnade han mitt i en lokal nyhetssändning.

"En konsert på Stålforsskolan fick idag avbrytas på grund av att två bränder som tros vara anlagda bröt ut i byggnaden. Det lokala bandet Inka och trubaduren Bernt Staf hann uppträda, men det rikskända bandet Mecki Mark Men, som skulle avsluta konserten, fick ställa in. Några människor fick föras till sjukhus med lättare rökskador, men ingen kom till allvarligare skada. Polisen har ännu inte gripit någon misstänkt för dåden, och uppmanar alla som har gjort några iakttagelser under dagen att genast kontakta dem."

Olof Sjögren skakade på huvudet. Så går det, tänkte han, så går det när man inte hedrar vilodagen, när man inte hedrar bönsöndagen.

Han kände en svag bränd doft från sina fingrar, och gick ut i badrummet för att två sina händer.

Kapitel 6

Hur uppstår ett rykte?

Olle Gustafsson hade ingen aning, men när han kom in till jobbet på måndagen efter bränderna i Stålfors förstod han nästan omedelbart att något som borde ha varit dolt, och kanske föremål för en internutredning, hade läckt ut, och att det nu var känt av betydligt fler personer än som var nödvändigt.

Först var det den där lappen som satt slarvigt upptejpad på porten till polishuset. Texten, som var skriven med spretiga bokstäver, löd: "Här jobbar pyromanen och smygfascisten Sven Skougar". Olle slet hastigt ned den, och såg sig om, men ingen person med skyldigt utseende syntes i närheten. Han svor till och knölade ned lappen i rockfickan. "Pyromanen och smygfascisten, herregud..!" muttrade han irriterat.

Nästa sak som hände var att Ulrika i receptionen ropade honom till sig när han kom in genom dörren.

"Olle, hej! Här är en sak som du nog borde se." Och så höll hon upp en tändsticksask.

Olle Gustafsson förstod ingenting. "Jaha? En tändsticksask?"

"Det var ett gäng ungdomar inne här för en stund sedan. De var lite stökiga, och först när de gått såg jag att de hade lämnat den här på disken. Det står något skrivet på baksidan."

Olle vände på asken. På baksidan hade någon tejpat fast en liten lapp med texten "Till Sven Skougar, för framtida bränder!"

"Men va faan..?!"

I samma ögonblick kom Greger Högstedt in genom dörren. Olle visade tändsticksasken för honom, och vecklade ut den tillknycklade lappen.

Greger bara skakade på huvudet. "Är Sven här?" frågade han.

"Tror inte det", sa Ulrika. "Han brukar ju ibland komma in lite senare."

"Jo tack, det vet vi!" Greger bollade med tändsticksasken.

"Okej, vi ses på mitt rum om tjugo minuter. Kalla in dem som är

38

här."

Tjugo minuter senare samlades Olle Gustafsson, Bitte Ludwigsson, polisassistent Henrik Berggren, polisteknikern Lennart "Fenan" Bengtsson och presstalesmannen Jan Roth inne på Greger Högstedts rum.

Greger såg sig omkring. "Ingen Sven?"

Bitte skakade på huvudet.

"Ja, det hade ju varit bra om han var med här. Mötet handlar ju om honom. Eller i alla fall mest om honom." Han suckade lite. "Det har ju varit några händelserika dagar här i Eskilstuna..."

Henrik Berggren nickade. "Minst sagt! Bombhot och mordbrand..."

"Och nu rykten om vår käre kollega Sven Skougar som också verkar sprida sig som en brand. Man undrar ju hur det går till när sådana rykten sprids, och man kan inte annat än fascineras över hur snabbt det kan gå. Märkligt också, förresten, att det här bandet Inka har varit inblandat i två incidenter med bara några dagars mellanrum."

Bitte Ludwigsson instämde. "Jag har också tänkt på det. Ska vi kolla om det finns någon hotbild mot dem?"

"Ja, absolut. Tar du hand om det, Bitte?"

"Ska bli."

"Men det här med Sven..." Greger såg väldigt fundersam ut. "Man får ju hoppas att det blåser över lika snabbt som det startat. Men jag minns att vi hade en liknande situation för något år sedan, hade vi inte det, Olle?"

"Jo, det stämmer." Olle Gustafsson hade inga svårigheter att dra sig till minnes det som Greger åsyftade. "Det var i samband med ett av Sven Skougars ingripanden förra året, mot en ungdomsgård på Söder där en fest hade urartat, och där det förekom en hel del sprit. Han uppskattade inte alls det han såg när han kom dit, och han lät de stackars ungdomarna höra det. Det blev bråk, handgemäng, och ett tag var det väl tal om att några av ungdomarna ville anmäla honom för misshandel."

Greger nickade. "Men vi lyckades tysta ned det..."

"Nja…" den beskrivningen gillade Olle inte direkt. "Tysta ned låter inte helt korrekt. Det var väl snarare så att ungdomarna ändrade sig när de fått sova ruset av sig."

"Okej, ja så var det nog. Men summan av kardemumman är att vi vet att Sven kan rusa åstad och ibland orsaka mer skada än nytta."

"Jo, han har ju ett jäkla humör", sa Bitte med ett litet leende.

"Så vad gör vi? Hur är det med hans hemförhållanden, förresten? Han är änkling, va?"

"Ja, det stämmer", sa Bitte. "Hans fru dog för ganska länge sedan, tror jag."

I samma stund som hon sa det hördes buller från dörren, den öppnades, och in kom Sven Skougar.

"När man talar om trollen!" sa Greger, och vinkade in Sven.

"Jaså?" sa denne surt. "Sitter ni och snackar skit om mig?"

Greger skakade på huvudet. "Nej då, vi försöker bara förstå vissa… rykten som verkar ha spridit sig." Han pekade på lappen som suttit på porten, och som nu låg på hans skrivbord, och visade tändsticksasken med Svens namn på.

"Men va faan..!" Sven såg helt oförstående ut. "Menar ni att de där fjollorna på konstmuseet tog åt sig så till den milda grad..?"

"Kanske det. Men du ska nog vara lite försiktig med ord som 'fjollor'."

"Ja ja…"

"Det är ju tipskupongen också", fortsatte Greger.

"Tipskupongen?"

"Tipskupongen med ditt namn och din adress som hittades vid en av brandhärdarna på Stålforsskolan igår. Tipskupongen är från veckans omgång, men den hade aldrig lämnats in."

"Va?!" Nu såg Sven ännu mer oförstående ut. "En tipskupong? Med mitt namn? Men jag har ju inte varit på Stålforsskolan på tid och evigheter. Och jag var ju inte med under insatsen där igår."

"Du kan få kolla på kupongen själv." Greger ringde på Ulrika, som snart kom in med papperslappen. Sven studerade den noga.

"Jaa…", sa han, "visst ser det ut som min handstil. Men jag

har inget minne av att jag skulle ha skrivit den. Visst tippar jag ibland, men..."

"Och du har alltså ingen förklaring till varför kupongen låg på en toalett på Stålforsskolan?"

Sven Skougar skakade på huvudet. "Ingen jävla aning."

Sedan ryckte han till, och såg på sina kollegor. "Menar ni att ni misstänker mig för att ha tuttat på?!"

"Naturligtvis inte!" inflikade Olle Gustafsson. Men du måste ju förstå att det kan verka minst sagt misstänkt i allmänhetens ögon, särskilt om vissa delar av denne allmänhet är lite upprörd just nu, och tycker att du uppfört dig buffligt..."

"Fjollorna på konst..."

"Men håll käften nu, Sven!" röt Greger till. "Gör det inte värre än det redan är. Du har sagt att du inte vet hur tipskupongen hamnade på Stålforsskolan, låt det vara bra med det. Vi avslutar mötet nu, och försöker bedriva lite vanlig polisverksamhet."

Bitte Ludwigsson drog sig tillbaka till sitt rum, och såg på den hög med pågående ärenden som för henne utgjorde den vanliga polisverksamheten för tillfället. Snatterier, cykelstölder, ett fall av olaga hot med kniv vid Sporthallen. Jodå, visst hade hon att göra.

Men hon hade svårt att släppa det här med Sven Skougar. På något sätt tyckte hon synd om sin kollega, trots att han väl till stor del hade sig själv att skylla för att han råkat in i denna situation. Ja, inte tipskupongen förstås, kanske, den hade hon svårt att tänka sig att han skulle ha råkat tappa på den där toaletten, och ännu svårare hade hon att tänka sig att han skulle vara skyldig till mordbranden. Men hur kupongen hamnat där den hade hamnat hade hon ingen som helst förklaring till, och hon skulle bra gärna vilja att någon klok individ kom med en vettig förklaring till detta mysterium.

Efter lunch gick hon in till Sven på hans rum lite längre ned i korridoren.

"Jo du, hej Sven."

Sven grymtade något otydbart, och tuggade i sig den sista biten av en redig skinkmacka.

"Lätt lunch idag?"

"Äter mer ikväll. Ville du något särskilt?"

"Njaej..." Bitte satte sig lite försiktigt på Svens besöksstol, och iakttog hans skrivbord. Han hade en pappershög som faktiskt var större än hennes. "Ville bara prata lite. Jobbigt det här som händer."

"Vad är det som händer?"

"Ja, du vet... bråket på museet, branden..." Bitte ryckte på axlarna.

"Lappen på dörren, tändsticksasken..." fortsatte Sven uppräkningen. "Äh, va fan, lite får väl en karl tåla."

"Joo, kanske det, men..."

"Så lätt får de inte ned mig på knä! Jag har klarat konflikter tidigare. Fast det här med tipskupongen är ju lite oväntat sofistikerat, förstås. Där har någon tänkt till."

"Och det finns ingen naturlig förklaring..?"

"Hur fan skulle den se ut? Jag har aldrig i mitt liv varit på den där toaletten!" Sven svalde den sista smörgåsbiten, och knycklade ihop plastpåsen som han haft den i. "Har knappt varit inne på Stålforsskolan överhuvudtaget. Vad skulle jag där att göra, så länge som lärarna och eleverna sköter sig?"

"Vilket de ju brukar göra."

"Vilket de ju brukar göra."

Bitte Ludwigsson tvekade lite, hon visste inte hur mycket hon vågade fråga, men hon beslöt sig ändå för en liten trevare.

"Du är änkling, va?"

Sven Skougar ryckte till, som om hon petat till honom med ett spetsigt föremål. "Och va faan har du med det att göra?!" Men sedan lugnade han snabbt ned sig. "Förlåt, det var inte meningen att brusa upp. Men... ja, jag är änkling sedan ganska många år tillbaka."

"Vad hände? Blev din fru sjuk, eller..?"

Sven skakade på huvudet, och pressade ihop läpparna. "Jag är änkling, det är allt du behöver veta. Kan vi gå vidare nu, med vårt normala polisarbete?"

Bitte gav upp. "Det kan vi. Förlåt att jag trängde mig på."

"Ja, ni kvinnor är bra nyfikna ibland!"

Skymtade inte ett svagt leende på hans läppar?

"Men egentligen kom jag ju in för att vi skulle vifta med våra fantasiflaggor!"

Sven bara stirrade. "Vad snackar du nu om? Fantasiflaggor?"

"Syttende mai, Norges nationaldag! Har du glömt? Min far är ju norsk, och du är väl född i Trondheim, va?"

"Hur fan kan du veta det?!"

"Du sa det när vi var några stycken som var ute och tog en öl efter jobbet i fjol. Minns du inte det?"

"Nej, man snackar så mycket skit i fyllan och villan. Jo, det stämmer, men det var många många år sedan jag flyttade till Sverige. Fast visst kan vi väl vifta lite. Rent symboliskt."

Så det gjorde de.

Sedan gick Bitte därifrån med en känsla hon inte riktigt kunde tyda inombords – medkänsla, vemod? Sven Skougar behövde nog prata med någon, tänkte hon, men det var troligen inte med henne.

Sylvia Sorander gick in i sitt rum i föräldrarnas villa i Röksta, stängde dörren bakom sig, och såg på tavlan "Sakramenten saknar kön" som stod lutad mot väggen bredvid en stor spegel. Än en gång granskade hon sitt konstverk, och än en gång kände hon sig nöjd. Tavlan var bra, visst var den bra! Det tyckte ju även hennes föräldrar, och hon brukade lita på deras omdöme.

Den grånade biskopen med nappen i sin mun vilade förtröstansfullt i den prästklädda kvinnans famn. Kanske kunde hon ha gjort honom ännu mindre, gjort hans ögon ännu barnsligare, gjort hans hår ännu gråare. Men det var petitesser, hon hade lyckats!

Hon satte sig på sin säng, och såg ut över trädgården genom fönstret. Hennes far gick förbi på väg in i huset, och han vinkade åt henne. Hon vinkade tillbaka.

Här bodde hon bra. Hon gillade sina föräldrar, och de lät henne utforska sitt liv, lät henne försöka komma fram till vilken väg hon ville gå, vilken bana hon skulle välja.

Men det var ju inte ett svårt val. Hon skulle bli konstnär, det visste hon! Och inte skulle hon låta sig hindras av anonyma telefonhot och fega sabotage. Sådant sporrade henne bara, då visste hon att hon hade kraften att beröra och uppröra med sin konst.

Hon gav kvinnan och biskopen en ömsint blick. Där stod hennes framtid lutad mot väggen.

Hon var Sylvia Sorander, hon var 17 år, allt var möjligt!

Kapitel 7

På tisdagen den 18 maj var det ännu värre. När Olle Gustafsson kom till jobbet på morgonen möttes han av ett femtiotal demonstranter som skanderade "Branden släck, Skougar väck! Branden släck, Skougar väck!"

Han stannade till av pur förvåning, och stirrade på dem som samlats. Det var idel ungdomar, knappt någon såg ut att vara över tjugofem. Och de verkade arga. En relativt välklädd ung man bar ett plakat med texten "Rensa polishuset, kasta ut pyromanen och smygfascisten Sven Skougar!"

Olle beslöt sig för att ta tjuren vid hornen, han gick fram till mannen med plakatet, och pekade på texten. "Vet du om att det här kanske skulle kunna vara straffbart? Förtal. Man kan inte bara anklaga folk för vad som helst."

Mannen log hånfullt. "De här anklagelserna är nog inte direkt gripna ur luften, om man så säger."

"Och hur kan du, eller ni, veta det?"

"Vi har kanske råkat ut för herr Skougar, flera av oss."

"Jaså, det har ni? Och nu vet ni att han är både pyroman och... smygfascist?"

Mannen svarade inte, utan fortsatte bara le hånfullt.

"Och vad tror ni er kunna uppnå genom att stå här och skrika?"

"Kanske lite rättvisa."

"Rättvisa?!"

I ögonvrån såg Olle att Henrik Berggren var på väg från parkeringsplatsen mot polishusets port. Olle vinkade åt honom. Henrik besvarade hälsningen och fortsatte gå med målmedvetna steg. Snart var han framme vid Olle och plakatmannen.

"Och vad är det som händer här då?" frågade han.

"Gatans parlament har bestämt att vi ska avskeda vår kollega", svarade Olle.

"Jaså, jaha..."

Än en gång vände sig Olle mot den relativt välklädde unge mannen. Det var en sak som gjorde honom en aning konfunderad. "Var du med i gänget som lämnade in den där tändsticksasken igår?"

Mannen skakade på huvudet. "Nej, men jag vet vilka det var. Men det tänker jag inte…"

"Jag bryr mig inte om vilka det var! Jag undrar bara varifrån ni fick idén."

"Ja, det var ju den där tipskupongen på Stålfors som avslöjade honom."

"Tipskupongen? Ni känner alltså till tipskupongen?" Genast när han sagt det höll Olle på att bita sig i tungan av irritation. Frågan hade ju bekräftat tipskupongens existens. Men nu var det försent, sagt var sagt.

"Visst."

"Hur då, om jag får fråga?"

För första gången såg mannen lite tveksam ut, och leendet försvann från hans läppar.

"Tjaa… Det var någon som berättade."

"Någon som berättade?"

Olle Gustafsson visste med säkerhet att fyndet av kupongen hade behandlats ytterst diskret, och han kunde bara inte föreställa sig hur denna information hade läckt ut.

"Vilken då 'någon'?"

"Det vet jag inte. Och det spelar väl ingen roll. Sven Skougar tappade den när han tuttade på skolan för att han avskyr rockmusik. Den mannen är ju helt galen!"

Olle drog med sig Henrik Berggren in genom porten, och stängde den noggrant efter sig.

"Undrar vem det är som är galen här…", muttrade han.

En timme senare steg den femtonåriga flickan Yvonne av bussen från Skogstorp vid Fristadstorget, och tittade på klockan. Hon hade gott om tid, hon skulle inte vara hos tandläkaren förrän om tre kvart. Hon kunde gott ta en liten promenad, kanske gå förbi S:t Eskils gymnasium dit hon funderade på att söka om några år.

Hon gick Gymnastikgatan en bit åt samma håll som hon just kommit ifrån med bussen, och svängde så vänster på Nygatan. En bit bort, utanför polishuset, såg hon att en skara människor samlats, och att de verkade upprörda. Nyfikenheten segrade över försiktigheten, och hon gick närmare. Hon hörde att de skanderade något, men kunde inte urskilja orden. Hon funderade på att gå ännu närmare så att hon skulle kunna höra. Visserligen hade hennes föräldrar inpräntat i henne att hon inte skulle utsätta sig för onödiga risker, men att närma sig en folksamling utanför ett polishus kunde väl inte vara en onödig risk?

Hon såg en man med ett plakat, men texten på plakatet sa henne ingenting. Plötsligt kände hon hur en armbåge slog till henne i ryggen, och hon höll nästan på att falla omkull.

"Förlåt!" sa en ung man som nog inte var så många år äldre än hon, kanske sjutton eller arton. "Gick det bra?"

"Jadå", sa Yvonne, och tog ett litet steg åt sidan.

Killen skyndade vidare, mot polishuset, och Yvonne hade plötsligt tappat lusten att ta reda på vad som hände där. Hon gick tillbaka till Gymnastikgatan, och till S:t Eskils skola. Där stannade hon till utanför staketet, och såg på byggnaderna. Hon kände att här ville hon gå när hon skulle börja gymnasiet om två år. Det skulle nog bli bra. Nu åkte hon ju buss från Borsökna, där hon bodde med sina föräldrar, till skolan i Skogstorp. Det skulle säkert gå lika bra att ta bussen in till Eskilstuna.

Det var inte långt därifrån till tandläkaren, så hon kom dit alldeles för tidigt. Men det gjorde inget, hon hade skolböcker med sig, så hon kunde läsa lite på samhällskunskapsläxan till torsdag.

"Hej!" sa hon till kvinnan i receptionen. "Yvonne Jansson, född femtiosex noll två arton. Jag har en tid bokad här, har bitit sönder en tand."

Kvinnan nickade vänligt. "Bra att du är i god tid, slå dig ner bara, så ropar vi upp dig när det blir dags."

Yvonne slog sig ned i en skön soffa, och öppnade läxboken. Det gällde att utnyttja sin tid…

Bitte Ludwigsson hittade till slut numret till Lars-Gunnar,

basisten i Inka, bland sina papper. Hon slog det, och Lars-Gunnar svarade genast.

"Hej! Det här är Bitte Ludwigsson från polisen. Vi träffades…"

"Jo, jag vet. Vid konstmuseet, efter bombhotet."

"Precis. Måste ha varit en ganska hemsk upplevelse?"

"Snarare märklig, overklig. Det är ju inte direkt något man väntar sig ska hända i Eskilstuna."

"Nej, precis. Och tur är väl det."

Bitte lutade sig tillbaka i sin stol, och såg ut genom fönstret. Nu var det tyst därute, demonstranterna hade äntligen gått därifrån. Men hon var rädd för att de skulle återkomma.

"Jag undrar bara en sak. Det är ju ganska märkligt att ni i… Inka råkade ut för två incidenter inom loppet av bara några dagar, konstmuseet och Stålfors."

"Jo, det kan man ju tycka. Det är kanske någon som inte gillar oss."

"Just vad jag tänkte fråga. Har ni känt något hot, eller kan du tänka dig någon som vill bandet illa?"

Lars-Gunnar skrattade till. "Du menar att det skulle kunna vara riktat mot oss?"

"Tja, vi har ingen aning, men måste undersöka och utvärdera alla möjligheter."

"Låter inte så troligt. Visst, alla kanske inte tycker att vi är världens bästa band. Men därifrån till att bombhota ett museum och tutta eld på en skola… nja…"

"Och ni har inte märkt något konstigt, att någon dykt upp på era konserter och varit hotfull?"

"Nej, absolut inte. Och jag tror ingen av oss i bandet har en sådan personlighet som skulle kunna framkalla sådana känslor. Vi är nog ganska ordentliga och försynta av oss."

Nu skrattade även Bitte. "Okej, ja det är nog egentligen det intryck jag fått, också. Men jag ville bara kolla."

"Hur går det med utredningarna, då?"

"Nja. Vi har vissa trådar och uppslag, men något gripande är inte nära förestående", sa Bitte, och kände sig plötsligt som en presstalesman.

"Förlåt, det var inte meningen att låta så formell. Men, som sagt, vi har en bit kvar."

"Okej. Lycka till!"

"Detsamma! Med spelandet, alltså. Hoppas ni slipper bombhot i framtiden!"

"Ja, det hoppas jag med!"

Sven Skougar kom hem till lägenheten på Lagmansgatan i Råbergstorp bra mycket tidigare än han brukade. Han hade helt enkelt inte orkat vara kvar på jobbet, även om demonstranterna utanför porten lommat iväg vid lunchtid. Det kändes som om det var alltför många frågor som hängde i luften i polislokalerna, alltför många misstankar, alltför många halvdolda sidoblickar. Så han hade knackat på dörren till Greger Högstedts rum och sagt "Jag drar hem nu." Greger hade bara nickat lite frånvarande. "Vi ses imorgon."

Han slog sig ned i sin favoritfåtölj, och tände en cigarett. Det var han värd idag. Han kunde bara inte förstå denna uppståndelse. Visst, han var den förste att medge att han kunde brusa upp ibland, och att han inte alltid valde sina ord på guldvåg. Men va faan, lite måste väl människorna runt omkring honom tåla! Han hade sina åsikter, han stod för dem, och han tänkte inte hålla dem inom sig. Då skulle han nog förresten sprängas.

Han hade ju tyckt redan från första början när han hörde talas om det att det var en dålig idé att dra in rockband på konstmuseet, och att anordna en rockkonsert i en skola på en söndag. Okej, han var inte direkt religiös, men lite vanlig hyfs kunde man väl kräva av arrangörer och tjänstemän!

Han vägde cigarettändaren i handen, sträckte sig efter flaskan med Teacher's whisky, och slog upp en rejäl skvätt i det glas som alltid stod framme, och som sällan diskades.

Lite vanlig jävla hyfs! Lite sunt förnuft. Var det för mycket begärt? Överallt skulle dessa jävla ungdomar tränga sig in, ändra rutiner, bryta mot normer, göra uppror...

Whiskyn brände gott i halsen.

De behövde helt enkelt någon som sa ifrån, som väl deras

föräldrar var för fega för att göra. Någon som satte gränser, bestämde och vidmakthöll regler. Varför skulle han, Sven Skougar, bara finna sig i alla tokigheter? Varför skulle inte han kunna få ge uttryck för sina tankar och idéer, och försöka sätta stopp för vissa av tokigheterna?

En tändsticksask hade de lämnat in i receptionen! Som om han behövde en sådan! Han klickade med tändaren, och en blåaktig låga slog upp. Långsamt förde han fingrarna genom den, kände först värmen, sedan hettan. Rörde handen allt långsammare, försökte hitta den punkt där hettan blev alltför stark.

Men dit var det långt, väldigt långt.

Kapitel 8

Olof Sjögren såg fram emot onsdagens aktivitet, men samtidigt skyggade han för den. Visst var det en ära att ha blivit tillfrågad om han ville deltaga i radioprogrammet "Min tro", och visst var det säkert ett alldeles utmärkt forum för honom att torgföra sina tankar och idéer i, men... Han hade ju framträdandet i Stålforsskolan i fredags i färskt minne. Där hade han haft en plan för vad han skulle säga; han skulle börja försiktigt, linda in sina ord i bomull och humoristiska knorrar som skulle få ungdomarna att svälja hans budskap, och sedan, när de satt fast på kroken, skulle han öka sitt patos. Så var det tänkt. Och vad hade han gjort? Gått rakt på sak, gått rakt på sin avsky för kvinnliga präster, som en ångvält. Visserligen kanske en ångvält besjälad med himmelsk omtanke om kristendomens fortbestånd, men ändå en ångvält.

Nu fick han inte göra samma misstag i radion, när så många fler lyssnade! Han ville ju inte skrämma bort dem som hade tron och den rätta inställningen. De behövdes mer än någonsin i dessa ogudaktiga tider! Det var så lite han ensam kunde göra.

Taxin hämtade honom vid exakt det klockslag de hade avtalat. Sådant uppskattade han. Han sa "Till stationen", och sjönk ned i baksätet. Tjugo minuter senare satt han på Stockholmståget, och även detta avgick punktligt. Bra! Då skulle han inte behöva stressa till Radiohuset vid Oxenstiernsgatan.

Han gillade att åka tåg, att sitta och titta ut på det förbiilande landskapet, djupt försjunken i sina egna tankar. Så många fina formuleringar kunde födas under sådana resor, så många argument och uppslag till predikotexter. Men resor kunde även innebära utmärkta tillfällen till tupplurar. Han ryckte till när han såg ut genom fönstret och märkte att de redan var i Södertälje. Vaga minnen av en ganska obehaglig dröm skingrades snabbt i hans sinne, han mindes bara att den hade haft något att göra med en eld, att han bränt sig, och rusat genom en mörk skog.

Men den drömmen fick han koppla bort nu. Snart stannade tåget på Stockholms Centralstation, och han gick genom den stora väntsalen ut på gatan till taxibilarna som väntade i en lång kö. Snart var han framme vid Radiohuset. Där möttes han i receptionen av programledaren för "Min tro", en ung man med både helskägg och yvig mustasch.

"Hej", sa programledaren. "Bra att du kunde komma hit till Stockholm, och att du vill vara med i vårt program!"

"Nöjet är helt på min sida! Det ska bli roligt att få utveckla sina idéer lite."

"Precis, precis. Vi hade tänkt lägga upp det så att jag ställer lite korta frågor, och så får du prata på. Som du vet har vi inte så lång tid på oss, bara tjugo minuter, men jag hoppas det ska räcka."

"Det får räcka. Jag får väl prata fort." Olof Sjögren log lite, och kände sig ivrig att komma igång.

Radiostudion var mindre än han hade väntat sig. Genom en glasvägg såg han teknikern sitta och pilla med allehanda reglage. Han nickade, och fick en kort nick tillbaka.

Sedan var det dags.

Efter signaturmelodin, en vemodig melodislinga med tydliga drag av svensk folkmusik, lutade sig programledaren fram mot sin mikrofon och sa:

"Ja, nu ska ni alla vara välkomna till dagens sändning av 'Min tro', som faktiskt råkar vara det hundrade programmet i serien. Som gäst har vi idag en man som blivit ganska omtalad på senaste tiden, och som inte är helt okontroversiell. Olof Sjögren, präst från Eskilstuna, och utpräglad motståndare mot kvinnliga präster."

Olof Sjögren kände sig inte helt nöjd över att programledaren presenterade honom på detta, som han tyckte, ytliga sätt. Kvinnoprästmotståndare, visst, men han var ju så mycket mer!

"Det har ju varit en del skriverier om dig, och om de möten du hållit i, både i Eskilstuna och på andra ställen runt om i landet. Varför har man skrivit så mycket, tror du?"

Olof harklade sig lite. "Ja, det förvånar mig faktiskt lite. Jag har bara anordnat enkla sammankomster där jag berättat om mina åsikter, min syn på Bibeln…"

"Och på kvinnor?"

"Jo. Visst. Även om min syn på kvinnor." Så var de då redan där! Olof skakade på huvudet, och suckade lite. "Men…"

"Kan du inte berätta lite om din uppväxt?" inflikade programledaren.

"Jo, det kan jag väl. Jag är född i Värnamo 1916. Min far jobbade vid olika byggen runt om i den staden, och min mor, Beata… hon var hemmafru." Märkligt att moderns namn ännu fick honom att rysa till!

"Var de religiösa?"

"Nja, som folk var mest på den tiden, antar jag. Vi gick inte så ofta i kyrkan, om man säger som så."

"Så hur kom du in på den kyrkliga banan?"

Olof skruvade på sig lite. Han kände att samtalet höll på att bli alldeles för personligt.

"Jag brukade ibland smyga ut för att få vara för mig själv, och slippa… ja, jag behövde helt enkelt få vara för mig själv. Vi bodde inte så långt ifrån Värnamo kyrka, och jag tog till vana att slinka in där när porten inte var låst. Där kunde jag sitta en stund och vila. Prästen såg mig, och en dag kom han fram och pratade med mig. Och så ledde det ena till det andra…"

"Vad var det du ville slippa?"

Nej, tänkte Olof, där gick gränsen! Han var väl inte här för någon terapistund!

"Jag skulle hellre prata om nutiden. Det förflutna kan vi låta vara."

Programledaren såg lite förnärmad ut, men nickade bara.

"Okej, låt oss prata om nutiden, om dina möten, som ju samlat ganska många åhörare."

Olof kopplade av, och började utveckla sina tankar. Plötsligt märkte han att programledaren såg på studioklockan, och han insåg att tiden höll på att rinna ut.

"Men som sagt", fortsatte han, "kvinnor har inte i en predikstol att göra! Och rockmusik bör undvikas!"

"Rockmusik?" Olof såg hur programledaren ryckte till. "Du menar att rockmusik är skadlig?"

"Viss rockmusik är definitivt skadlig! Och vissa ställen är djävulens hemvist! I Eskilstuna finns till exempel ett ställe som heter Klubb Lucidor. Det skulle jag vilja döpa om till Klubb Lucifer, eftersom det där sprids den allra värsta avarten av musik, och ungdomar som kommer dit utsätter sig för stor fara!"

"Jaha… nu känner jag ju inte till detta ställe..."

"Ju mindre känt det är desto bättre! Klubb Lucifer borde jämnas med marken, sanna mina ord!" Olof funderade på om han skulle dra till med ett "Hallelujah!", men beslöt att utelämna detta uttryck i detta sammanhang. Det lämpade sig bättre för möten där han hade ögonkontakt med åhörarna.

"Ja…", än en gång sneglade programledaren på studioklockan. "Jag ser att vår tid nästan är ute, så vi hinner nog tyvärr inte utveckla detta ämne ytterligare. Men det var spännande och intressant att ha dig, Olof Sjögren, som gäst i vårt program. Kanske kan vi fortsätta samtalet vid ett annat tillfälle."

"Gärna! Jag har mycket att förtälja och förkunna!"

"Det tror jag säkert!" Lät inte programledaren lite spydig nu? Olof kände honom ju inte, så han var inte säker, men tyckte nog att den andres leende såg aningen ansträngt ut.

De skakade hand, och en ung kvinna på redaktionen visade Olof ut. Snart satt han i ännu en taxi, och funderade på hur det hade gått. Han tyckte inte att han hade hunnit säga så mycket.

Och *varför* skulle programledaren börja rota i hans uppväxt, och fråga om hans föräldrar?! De, och särskilt modern, fick gärna vila i frid!

Att inleda med en tjurrusning uppför Vilstabacken! Det var bra, då kom man igång. Då väcktes musklerna, och lungorna fylldes med stora mängder frisk luft.

Att sedan stanna däruppe, se ut över Vilstaområdet, husvagnarna på campingplatsen, längre bort badet. Bara stå där, flämta efter luft, känna hur musklerna snabbt återhämtade sig.

Och sedan ge sig ut på den vanliga slingan, där nästan varje sten och varje rot var välbekanta efter många tidigare rundor. Att kolla på klockan, och som vanligt notera att det gick fortare

än förra gången. Naturligtvis! Träning och envishet gav styrka.
Stanna till vid den lilla gläntan. Slänga sig på marken, göra
femton snabba armhävningar, känna blodsmaken i munnen. Och
så rusa vidare.

Snart ute ur skogen igen, nu vid sidan om backen.
Detta var fina trakter! Här skulle något kunna ske! Här skulle
vreden kunna spränga sig ut!

För det fanns ju så mycket vrede. Det var ju så många som
valt fel, som inte förstod, som måste tillrättavisas.

Omklädningsrummet var tomt, som så ofta. Vattnet kylde
kroppen. Det gällde att tåla kylan, att inte huttra, att ta till sig de
isiga strålarna som gåvor, som adrenalinhöjande spikar mot
huden.

Och så varmare vatten, en långsam närmast ritualmässig
tvagning. Tills renheten var där.

Utanför började mörkret falla över Vilsta.

Här skulle något kunna hända..!

Kapitel 9

"Bara misstanken om att de serverar mellanöl på stället!"

"Gör de det?" Polisassistent Henrik Berggren såg på sin kollega Bitte Ludwigsson där de satt i en bil utanför Klubb Lucidor.

"Det sägs så, men jag har personligen aldrig kollat."

"Nähä? Men de har inte tillstånd, va?"

"Inte vad jag vet. Har en känsla av att Greger Högstedt och andra chefer ser mellan fingrarna så länge som våra vänner på Lucidor sköter sig."

"Och det gör de väl?"

"Ja, för det mesta, verkar det som."

De var utkommenderade för att hålla koll på ordningen utanför klubben, som var inhyst i en liten träkåk på Nygatan 20. Det var torsdagen den 20 maj, Kristi Himmelsfärdsdag, och det skulle bli konsert på Lucidor. Ett band med namnet Helig vrede skulle spela, och på affischer på staden utannonserades konserten som "Far till himlen med Helig vrede på Kristi Him!". Bandnamnet hade fått Greger Högstedt att fnysa tidigare under dagen.

"Helig vrede! Varför i helskotta döper man ett band till Helig vrede?!"

Olle Gustafsson, som även hade varit närvarande, hade ryckt på axlarna. "Man kanske känner just helig vrede."

"Mot vadå?"

"Inte vet jag. Samhället?"

Ännu en fnysning. "Men det är väl bra om du Henrik och du Bitte har lite koll!"

Så nu satt de här, på Nygatan, och hade koll. Ännu så länge var det väldigt lugnt, de hade sett två långhåriga ynglingar, varav en var klädd i afghanpäls, bära instrument och förstärkare in i lokalen, och antog att de var medlemmar i Helig vrede. Och för en liten stund sedan hade några unga kvinnor iförda T-shirts med färgsprakande batikmönster dykt upp. De verkade känna ynglingarna i bandet väl.

"Ja, man kan ju undra hur gamla de där flickorna är..." mumlade Bitte.

"Om de har mellanölsåldern inne, menar du?"

"Precis."

"Ska vi kolla?"

"Nej, vi ligger lågt."

"Som vi brukar göra. Tur att inte Sven Skougar är här..!" Bitte skrattade till. "Ja, han skulle säkert ha gått till attack. Den mannen är som en osäkrad granat."

De blev bara tre ikväll, men det skulle nog gå bra, det med. Trummisen släpade in sina trummor, och Björn hjälpte gitarristen placera sin gamla slitna förstärkare i ett hörn på den yta de förfogade över. Sedan sträckte han på sig lite, och såg ut över lokalen. Gamla kära Lucidor, hans andra hem! Här hade han tillbringat många timmar, både som musiker och åhörare. Ibland hade han även övernattat här. Vissa kvällar hade ju blivit sena, och ibland hade det dykt upp människor som inte hade någonstans att tillbringa natten. Ibland hade han blivit kvar hos dem.

"Ja ni", sa han till de andra i bandet. "Är ni redo för ikväll, för ett riktigt psykedeliskt gig på tre man?"

"Naturligtvis!" sa gitarristen, och plockade upp sin gitarr ur lådan. "Alltid redo för lite psyk!"

"Det där med låtar behöver vi kanske inte ta så allvarligt på", skrattade Björn. "Vi kör väl på och ser var vi hamnar."

"Som vanligt, alltså?"

"Precis, som vanligt! Vi är bara tre, men oändligt många, och inspirationen är global!"

Han gick över till bardisken, där det redan stod tre skummande sejdlar och väntade. Det var länge sedan han hade behövt beställa här.

"Så ikväll blir det Vrede, och husbandet får vila?" frågade bartendern.

"Just så", sa Björn. "Spencer Olvis Kapell har en av sina

57

lediga kvällar. Det var faktiskt ett tag sedan vi lirade. Kanske har vi paus, vem vet?"

"Ja, du om någon borde väl veta."

"Det tycker du?" Björn bar de tre sejdlarna tillbaka till spelhörnan utan att spilla en droppe, plockade upp sin klarinett, och fingrade på tangenterna. Skulle det bli den ikväll? Eller skulle han köra bas, eller tamburin, eller kanske bara sjunga? Han visste inte, han ville inte veta. Det fick ge sig.

Sakta började lokalen fyllas, och sorlet steg. Björn kände de allra flesta, och han var snart indragen i flera olika parallella samtal med olika personer. Det var som det skulle vara, kaotiskt, varmt, oförutsägbart. Det var en av de saker han gillade med Lucidor, alla dessa människor som kom dit och bjöd på sig själva, öppnade upp, delade med sig, tunade in på samma våglängd. Det var de som fick stället att leva.

Och musiken förstås, den var speciell här. Den *blev* speciell här.

Jan-Christer Larsson kände hur hans 15-åriga kropp och själ fullkomligt drogs mot Klubb Lucidor. Visst, han skulle inte gå in. Det var tveksamt om han skulle bli insläppt, och han vågade dessutom inte riktigt trotsa sin dansbandstokige far så tydligt. Men han kunde ju gå förbi stället, kanske stanna till och lyssna lite på den musik som strömmade ut genom de halvöppna fönstren.

Redan på avstånd hörde han att volymen var hög. En ilsket skrikande elgitarr ekade över Nygatan, tunga trummor höll takten, och en mänsklig röst gjorde sitt bästa för att överrösta musiken. Vilket nästan lyckades. Jan-Christer kunde inte urskilja några ord, men han kände på sig att det inte spelade så stor roll. Känslan gick inte att ta miste på. Nu skulle hans käre far och mor ha varit här så hade de fått höra musik som *ville* något, som tog tag i åhörarna och trängde in i deras sinnen. Ingen utslätad dansbandslunk som var anpassad efter raggande halvfulla gubbar och kärringar.

Han hade hört Helig vrede förr, på samma sätt som ikväll, genom halvöppna fönster, stående här i kvällsmörkret på

Nygatan. De fick honom att drömma om en framtid som musiker, en dröm som kanske gick att kombinera med hans andra drömmar om att bli författare, en hyllad poet?

Tyst började han försöka forma ord som passade in i de tongångar han hörde genom fönstren. Men han avbröts bryskt av att någon knuffade till honom. Både irriterad och lite skrämd vände han sig om, och såg en man som han kände igen, men som han inte kunde placera. Det var ingen lärare, ingen kompis, ingen förälder.

Så kom han på det! För några veckor sedan hade han och en klasskamrat gått över Sveaplan och då sett ett slagsmål där. Eller egentligen inte ett slagsmål, snarare två män som verkade väldigt irriterade på varann, som knuffade, buffade och blängde. Klasskamraten hade tagit tag i hans arm och dragit honom framåt.

"Kom, vi skyndar oss lite. Han där till höger är inte direkt någon trevlig kille", sa klasskamraten.

"Känner du honom?"

"Nej. Vet bara att han driver omkring på gatorna, och ställer till med bråk. Och han ska visst vara släkt med en polis."

Jan-Christer Larsson hade skrattat till. "Ojdå, kan inte den polisen hålla koll på honom, då?"

"Tydligen inte."

Mer hade det inte varit, de hade gått vidare, och skulle väl aldrig få veta om gruffet hade utvecklats till ett regelrätt slagsmål.

Och nu var denne person här. Men han verkade inte ta någon notis om Jan-Christer. Han studerade bara Klubb Lucidors hus med en mörk och intensiv blick.

Jan-Christer tyckte det kändes obehagligt, så han gick därifrån, och skyndade sig hemåt. Det fick bli en kopp te, och någon bra musik på grammofonen.

Det blev en sen kväll på Lucidor. Musiken lyfte både musikerna och åhörarna. Björn kände än en gång att Helig vrede var ett band med stor potential, ett band som kunde krossa barriärer och överskrida gränser. Ett band som formade sig efter

59

hans visioner och hans inspiration. Ikväll hade en av låtarna blivit nästan en halvtimme lång, och han kände att den kunde ha fortsatt en bra stund till.

Men även denna kväll hade ett slut. Han kastade en blick på klockan, och såg att den var över halv ett på natten. Egentligen fick de inte ha levande musik efter midnatt, men den här gången hade grannarna tydligen inte klagat. Och publiken hade hållit igång bra, men nu började de visst både tackla och troppa av. Lika bra det.

Han lutade sig fram mot mikrofonen och skrek "Yeeeaaahh! That's all for tonight, folks! Helig vrede tackar för sig, för tillfället. Men... we'll be back!"

Applåder och någon busvissling. Björn kände plötsligt hur trött han var, och när åhörarna lämnat stället, sjönk han ned på en stol och pustade ut.

"Hörni", sa han till de andra bandmedlemmarna. "Vi skiter i att packa ihop, vi tar det imorgon, va?"

De andra verkade inte ha något emot det.

"Ses här runt ett?" sa gitarristen.

"Perfekt. Dra ni, jag ska bara hämta andan lite."

Bartendern plockade in glas, och torkade av bord. "Bra spelning ikväll!" sa han.

"Tycker du? Kul!"

"Ja, jag har ju hört er ganska många gånger nu, och ni är verkligen ett känsloband. Det märks direkt när det funkar, och ikväll gjorde det det."

Björn nickade. "Jo, jag tyckte också det."

"Jag tänkte dra hem nu, men du låser väl som du brukar, va?"

"Det gör jag. Ses!"

När Björn blev ensam kvar i lokalen slängde han sig i en av sofforna, och slöt ögonen. Inom sig försökte han återskapa konserten, men märkte att han hade svårigheter med det. Han mindes hur de hade börjat, men sedan..? Vissa låtar var som raderade i hans sinne. Kanske hade inspirationen gjort dem omöjliga att lagra?

Nåväl, det hade varit bra, jävligt bra! Helig vrede var ett band att räkna med!

Han log. Soffan var skön, och det var plötsligt väldigt tyst på Lucidor. Sakta försvann han bort bland sina tankar…

Att det blev ljust så tidigt i maj gjorde saker och ting svårare! De möjliga tidsintervallen blev smalare, risken för upptäckt och behoven av planering större.

Nu hade äntligen de sista gått därifrån! Nu var det dags!

Snabbt över Nygatan, från gömstället. Snabba stänk, flera flaskor bensin snart tömda.

Och så! Flamman! Lågorna som girigt åt sig in i trävirket. Hettan!

Att denna kraft fanns, och kunde användas!

Att elden kunde fullborda det som behövde fullbordas!

Sedan snabbt därifrån.

Det knastrande ljudet växte sig starkare, men blev alltmer avlägset.

Stoltheten över att ha gjort det värmde nästan lika mycket som lågorna.

Först var det bara en distraktion i drömmen. Ljud som av det undermedvetna omformades till groteska gestalter och skeenden som följde drömmens logik. Björns sinnen accepterade och tog till sig allt.

Det var först när lukten började tränga igenom som något i honom reagerade.

Och så sirenerna!

Han slog upp ögonen, och förstod först varken var han var eller vad det var som hände. Men snabbt kände han igen Klubb Lucidors välbekanta inredning, och nästan lika snabbt förstod han att han befann sig i dödlig fara. En tjock brandrök hade fyllt lokalen, och han hostade häftigt när han inandades den. Höll sedan andan, och for upp ur soffan. Samtidigt såg han en gestalt tränga sig in genom dörren, och vifta åt honom.

En del av honom var fortfarande kvar i drömmen, och han trodde först att det var något slags underligt monster. Men så förstod han att det var en brandman, och utifrån gatan hördes fler sirener som ökade i volym.

Brandmannen rusade fram till honom, och grep tag i hans arm, drog honom snabbt mot utgången. "Undvik att andas!" skrek han, och Björn gjorde gärna som han sa.

Snart var de ute på gården, där brandbilarnas blåljus svepte över fasaderna på husen runt omkring.

"Är det fler därinne?" frågade brandmannen som dragit ut Björn.

Björn skakade på huvudet, fortfarande omtumlad och yrvaken. Han försökte tänka efter. "Nej, jag tror inte det. Alla gick, och det blev bara jag kvar. Jag somnade visst i en soffa."

"Okej. Det kunde ha blivit en lång sömn…"

Just då bromsade en ambulans in och parkerade på gatan. Brandmannen ledde Björn dit, och han togs emot av en manlig ambulanssjukvårdare.

"Hej! Sätt dig här så ska vi undersöka hur det står till med dig."

Björn följde uppmaningen, och tittade på det hus han just lämnat. Klubb Lucidor var upplyst av lågor och spöklika skuggor. Men han tyckte det verkade som om vattnet som strömmade ut ur brandmännens slangar snabbt fick elden under kontroll. Det gladde honom, kanske skulle hans älskade Lucidor gå att rädda!

En kort stund senare var elden verkligen släckt, och Björn hade genomgått en första hälsokontroll. Ambulanssjukvårdaren gav honom en vänskaplig klapp på axeln.

"Det verkar ha gått bra det här", sa han.

"Ja, det var ju en jäkla tur!" sa Björn. "Men hur faan kunde det börja brinn…" Och så plötsligt förstod han. "Någon tuttade på! Någon jävel tuttade på Lucidor!"

Kriminalkommissarie Olle Gustafsson, som hade haft jourtjänstgöring inatt, och som anlänt till platsen bara några minuter tidigare, nickade. "Ja, det verkar dessvärre inte bättre än så. Detta är med allra största sannolikhet en mordbrand, även om jag naturligtvis inte vill föregå utredningen."

Han såg begrundande på Björn. "Som jag förstår det så spelade du här ikväll?"

"Ja, med Helig vrede."

"Och… har du någon förklaring till det som skedde?"
Björn skakade på huvudet. "Ingen alls. Det var en helt vanlig spelning, en helt vanlig kväll med god stämning på Klubb Lucidor."

"Inget bråk, ingen som blev utkastad, och sedan kanske fick för sig att komma tillbaka och hämnas?"

"Nej. Inte vad jag såg i alla fall. Visserligen spelade jag ju, men jag hade ganska bra översikt över lokalen hela kvällen."

Olle Gustafsson hummade lite. "Okej, jag ska låta dig åka iväg med ambulansen nu, så får du vila upp dig på lasarettet inatt."

"Men, är det verkligen nödvändigt? Jag mår ju…"

"Det är bra att du mår bra, men vi gör nog ändå såhär, så får de ta fler prover på dig i lugn och ro, och så kan vi prata mer imorgon."

"Okej." Björn fogade sig. Kanske kunde vara skönt att bli ompysslad lite efter en sådan här ganska otäck händelse.

När ambulansen åkte iväg slocknade den allra sista lågan. Återstod eftersläckningsarbetet. Olle Gustafsson visste att brandmännen skulle bli kvar en bra stund där. Själv gick han så nära han kunde och iakttog byggnaden. Som han kunde bedöma var skadorna ganska lindriga. Det syntes tydligt var branden hade startat, innanför ett av fönstren.

Men detta skulle polisteknikern Fenan Bengtsson och hans personal få undersöka när de anlände dit.

Olle Gustafsson suckade. Bombhot mot konstmuseet, mordbränder på Stålforsskolan, och nu detta! Vad var det som hände i Eskilstuna?!

Kapitel 10

Det var ju ingen tvekan om att det var en mordbrand. Lennart "Fenan" Bengtsson och de övriga kriminalteknikerna gick lika grundligt tillväga som de alltid gjorde, när de tidgt på fredagsmorgonen kom till platsen. Brandplatsen blev ordentligt fotograferad och genomsökt.

Bitte Ludwigsson och Henrik Berggren, som kommit dit samtidigt som teknikerna, iakttog intresserat platsen, nu i dagsljus.

Lennart pekade på ett av fönstren. "Det verkar som om det här har varit öppet, så vår pyromanvän har inte ens behövt slå sönder det för att få in bensin i lokalen. Som tur är verkar han eller hon inte vara sådär väldigt bevandrad i pyromanins vetenskap."

"En amatör, alltså?" frågade Bitte.

"Ja, jag skulle nog våga gissa att det är så."

"Ser du några likheter med mordbränderna på Stålfors?"

"Nja, sakta i backarna nu! Vi har precis börjat jobba här."

"Okej, ursäkta! Vi ska låta er arbeta ifred. Vi börjar knacka dörr så länge, så får vi höra om vår vän allmänheten gjorde några iakttagelser igår kväll."

De delade upp kvarteren runt Klubb Lucidor mellan sig, och satte igång.

När Olle Gustafsson kom in på den sjuksal där Björn från Helig vrede tillbringat natten hade denne just avslutat sin frukost. Olle tyckte han såg ganska välmående och belåten ut.

"God morgon, Björn! Hur mår du idag, då?"

"Helt okej. Men hur mår Lucidor?"

"Jag kan glädja dig med att skadorna inte verkar ha blivit alltför omfattande. Brandkåren var snabbt på plats, och de fick även branden snabbt under kontroll."

"Och så fick de ut mig!"

"Ja, det var väl det viktigaste."

Olle Gustafsson gick fram till fönstret som vette mot det vidsträckta skogsområdet Odlaren. "Tjusig utsikt du har här!" "Jo, det är inte illa. Nästan synd att jag snart ska åka härifrån." "Så de släpper iväg dig?" "Jepp. Alla prover tagna, så nu kastar de ut mig." "Och du har inte kommit på något mer om gårdagskvällen? Som kan förklara branden, menar jag." Björn skakade på huvudet. "Har verkligen försökt tänka efter, men nej, tyvärr. Det var en helt normal spelning, en av de bättre vi gjort, faktiskt. Men jag såg ingen mystisk person med bensinflaskor och tändstickor. Antar att det var någon sjuk jävel som inte uppskattade verksamheten på Lucidor." "Ja, så kan det ju vara. Nej, jag ska inte uppehålla dig om du vill klä på dig och åka hem. Hör av dig om du kommer på något!" "Det ska jag."

Greger Högstedt hade kallat till ett lunchmöte för att de skulle kunna dryfta attentatet mot Lucidor, och de övriga dramatiska händelserna. Olle Gustafsson anlände sist till mötet, han bugade lätt mot kungaporträttet på Gregers vägg, och sjönk ned i en stol. Han såg att de flesta kollegorna var närvarande, men inte Sven Skougar.

"Jaha", sa Greger. "Det händer saker i vår lilla stad. Nu har alltså något ljushuvud tuttat på den förnämliga nöjesinrättningen Klubb Lucidor."

Ett svagt fniss drog genom rummet.

"Ja, jag vet att det kanske inte är något ställe som ni, kära kollegor, brukar bevista så ofta, och stället har ju varit uppe till diskussion ibland. Men eftersom de skött sig relativt bra har vi inte behövt ingripa där så ofta. Nå, vad har vi? Fenan?"

Kriminalteknikern harklade sig, och redogjorde sedan snabbt för vad de hade hittat. Vilket inte var mycket.

"Den som anlade branden, eller kanske snarare *försökte* anlägga branden blev hjälpt av ett öppet fönster. Vi tror att personen eller personerna helt enkelt hällde in bensin genom detta fönster, slängde in en tändsticka, och sedan sprang därifrån. Vi vet inte om han, hon eller de var medvetna om att Björn, en av medlemmarna i bandet Helig vrede, fortfarande befann sig i lokalen, och hade slocknat i en soffa. Vi har dammsugit marken utanför fönstren, men inte hittat något som vi tror skulle kunna leda oss mot en gärningsman eller gärningskvinna."

"Ingen tipskupong?" frågade Henrik Berggren, efter att ha kollat att Sven Skougar inte var närvarande.

"Nej, ingen tipskupong. Och, som sagt, inget annat heller. Men vi fortsätter undersökningen."

"Bra! Och ni, Henrik och Bitte, ni har knackat dörr i området. Några intressanta iakttagelser?"

Både Henrik Berggren och Bitte Ludwigsson skakade på huvudet.

"Nej", sa Bitte. "Helt kort kan man sammanfatta vårt dörrknackningsresultat som så att ingen har sett något misstänkt, varken under gårdagskvällen, eller någon annan kväll heller, för den delen. Några var sura på att det hade varit ovanligt hög volym på musiken under kvällen, och att den hade hållit på väldigt länge. Men de som bor där i området verkar ganska luttrade, och jag tror inte någon hade ringt in till oss för att klaga."

Henrik kunde bara instämma i sin kollegas redogörelse.

"Okej", sa Greger. "Då går vi vidare. Kan vi koppla denna händelse till händelserna på Stålfors och på konstmuseet? Kan vi tänka oss någon anledning till att den person som upprördes över Sylvia Soranders tavla 'Sakramenten saknar kön' skulle ha någon anledning att bränna ned Lucidor, eller att den flitige pyroman som härjade på Stålforsskolan skulle ha någon sådan anledning? Och jag hörde att du Olle hade pratat med Helig vrede-medlemmen på sjukhuset?"

"Björn, ja. Ja, han mår bra, men har ingen förklaring till det som hände inatt."

"Då så, om ingen annan…"

"Jo", sa Henrik Berggren. "Det var en sak till. Jag fick ett samtal inkopplat till mig för en stund sedan. Det var från en dam

66

som är en flitig radiolyssnare, och ett av hennes favoritprogram heter tydligen 'Min tro'. Måste erkänna att jag har missat detta program. Nåväl, damen meddelade att i tisdags medverkade Olof Sjögren, prästen i Klosters församling här i staden, i programmet, och han talade då om Klubb Lucidor i mindre fördelaktiga ordalag."

"Jaså?" Greger Högstedt såg intresserat på Henrik. "Måste erkänna att jag också har missat detta program. Vad sa han då?"

"Damen verkade ha gott minne. Enligt henne hade Olof uttryckt åsikten att Lucidor var djävulens hemvist, att stället borde döpas om till Klubb Lucifer, och att det borde jämnas med marken."

Greger höjde på ögonbrynen. "Ja herregud, det var ord och inga visor, det! Jag antar att vi alla härinne känner till Olof Sjögren, som ju är en stridbar person inom den svenska kyrkan, så det är kanske inte så förvånande att han fäller sådana kommentarer. Men det är ju onekligen intressant att han gjorde det i radion bara några dagar före Lucidor-attentatet. Jag tror vi får prata med vår kyrklige vän. Kanske kan Olle och Bitte avlägga ett besök hos honom?"

"Det gör vi så gärna!" sa Olle.

Och så avslutades mötet.

Långdansen på Fristadstorget drog igång runt klockan fyra på eftermiddagen. Efteråt verkade det som om ingen riktigt visste hur det hade startat, vem som hade tagit initiativet till denna dans. Det hade börjat med att folk, mestadels ungdomar, hade samlats utanför Klubb Lucidor och sett på skadorna efter nattens brand. Bland dem som samlats fanns många stammisar som brukade besöka Lucidor ofta.

"Det är ju för jävligt!" sa någon. "Att försöka bränna ner ett av de få andningshålen i den här jäkla staden! Tur att han misslyckades!"

Allt fler folk kom dit. Någon hade med sig en tamburin, någon en gitarr, och sakta föddes en improviserad sång utan ord.

De poliser som placerats där för att bevaka avspärrningarna såg förundrat på folkhopen. Det fanns ilska i luften, men den var inte riktad mot dem, för en gångs skull.

Plötsligt hördes en klarinett, och Björn från Helig vrede anslöt sig till gruppen. Han fick många kramar och glada tillrop från de andra, och hans ankomst blev på något sätt startsignalen för långdansen. Folk fattade varandras händer, och snart rörde sig en lång böljande orm av människor från Nygatan ned mot Fristadstorget.

"Ge fan i Lucidor! Ge fan i Lucidor!" började plötsligt någon skandera, och genast stämde andra röster in. Torget var relativt tomt på folk såhär på fredagseftermiddagen, men de som befann sig där stannade upp och tittade nyfiket på de dansande ungdomarnas oväntade invasion. En äldre dam som inte hörde så bra vände sig mot en yngre dam som råkade passera henne, och frågade:

"Vad skriker de?"

"Något om Lucidor!" svarade den andra damen.

"Va? Lucior? Men det är ju snart sommar!"

"Nej, Lucidor! Jag tror de menar Klubb Lucidor, det var visst en brand där inatt."

Den äldre damen kände inte till stället, så hon skakade bara på huvudet och gick långsamt vidare.

Plötsligt hördes en något skrovlig mansröst från dansarnas led ropa: "Men hörni, vi vet väl alla vem som anlade branden? Samma person som tuttade på på Stålforsskolan, förstås! Sven Skougar!"

"Skougar! Skougar!" började då de som stod närmast skrika. Och som på en given signal satte sedan långdansen, som nu bestod av ett femtiotal ungdomar, kurs mot polishuset. Det tog mindre än en kvart att dansa sig dit. När de kom fram slöt de ringen på parkeringsplatsen, dansade allt vildsintare, och skanderade allt högre.

"Skougar ska ge fan i Lucidor! Skougar ska ge fan i Lucidor!"

Olle Gustafsson, som var inne i Greger Högstedts rum, hörde rösterna och gick fram till fönstret. Greger kom efter honom.

"Men va i helvet..!?" utbrast Greger. "Har de blivit helt jävla galna?! Vad skriker de?"

Olle Gustafsson öppnade fönstret, och försökte urskilja orden.

68

"Något om Lucidor, och om Skougar, tror jag."

"Okej, tack, det räcker, stäng fönstret! Ja, det är ju inte så svårt att förstå vad de menar. Men jag kan inte riktigt förstå varför Sven Skougar skulle försöka bränna ner Lucidor."

Olle ryckte på axlarna. "Antar att de tror att Sven avskyr det där bandet Helig vrede lika mycket som Mecki Mark Men. Eller något…"

"Ja, herregud…" Greger torkade sig i pannan med en näsduk.

"Gör han det då?"

"Vad vet jag? Vet inte ens om han känner till Helig vrede."

"Och var är han, förresten? Skulle han inte jobba idag?"

"Jo."

"Ring honom!"

"Okej."

Sakta lugnade dansarna på parkeringsplatsen ned sig. Slagorden tystnade, och några av ungdomarna såg nästan lite skamsna ut. Det hade gått ganska fort det här, från att misstanken om att Sven Skougar låg bakom branden hade fötts och tills de befann sig på parkeringsplatsen utanför polishuset. Nästan otäckt fort.

Sakta skingrades folkhopen, och tystnaden sänkte sig över parkeringsplatsen.

Sven Skougar svarade efter bara några signaler när Olle Gustafsson ringde.

"Skougar."

"Hej! Det är Olle Gustafsson. Var är du? Ska du inte jobba idag?"

"Nja, har sjukskrivit mig, mår inte bra. Eller… jag hade tänkt sjukskriva mig, men har kanske glömt det. Kan du meddela Greger?"

"Okej, men… vad är det med dig, då? Har det med… Stålforsskolan att göra?"

"Nej! Bara en förkylning."

"En plötslig förkylning?"

"Ja, en plötslig förkylning. Jag kommer till jobbet på måndag."

Och så lade Sven Skougar på. Olle iakttog luren i sin hand. "En plötslig förkylning? Ja, det var en väldigt plötslig förkylning..!"

Han gick ut till Ulrika i receptionen, där de förvarade telefonkatalogerna. "Du Ulrika har inte numnet till Olof Sjögren i huvudet, va?"

"Och vem är det?"

"Känner du inte till prästerna här i staden, va, du ogudaktiga kvinna?!"

Ulrika fnissade till. "Nej, jag erkänner. Nu hamnar jag säkert i helvetet!"

"Troligen!"

Olle hittade numret hem till Olof Sjögren ganska omgående, och memorerade det.

Olof svarade på tredje signalen.

"Sjögren."

"Hej Olof Sjögren! Mitt namn är Olle Gustafsson, och jag är kommissarie vid länskriminalen. Vi har några frågor vi skulle vilja ställa till dig, och undrar om du skulle vilja träffa mig och min kollega, gärna så snart som möjligt."

"Jaha, och vad gäller det?"

"Det gäller ditt radioframträdande nu i veckan."

"Oj, har jag gjort något brottsligt uttalande?"

"Nja, vi kanske kan ta det när vi ses. Skulle det passa dig att träffa oss idag?"

"Jaa, jo… Jag är hemma i min lägenhet nu, så om ni vill kan ni ju komma hit."

"Det bestämmer vi. Fristadsgatan i Årby, va?"

"Nummer 12 B."

"Då ses vi snart!"

Olof Sjögren visade sig bo i en ganska liten, och väldigt välstädad lägenhet. Både Olle Gustafsson och Bitte Ludwigsson såg sig nyfiket omkring. Inte varje dag man är hemma hos en präst, tänkte Olle.

"Slå er ned! Vill ni ha något? Kaffe, te?"

"Nej tack, det är bra."

De satte sig på varsin pinnstol vid köksbordet. Bitte tittade ut genom fönstret, och iakttog den ganska livliga trafiken på Torshällavägen, som gick parallellt med Fristadsgatan. "Bott här länge?" frågade hon.

"Sex år, ungefär. Ända sedan jag kom till Eskilstuna 1965." Olof Sjögren rättade till den blårutiga köksduken, som redan låg alldeles perfekt. "Ni ville alltså prata om min medverkan i radioprogrammet 'Min tro' i onsdags?"

"Just det." Olle harklade sig lite, och kände sig plötsligt osäker på hur de skulle lägga fram det. Han kände på sig att det var bäst att gå lite försiktigt fram. "Som du kanske förstår gäller det Klubb Lucidor."

Olof Sjögren log, nästan lite spefullt, tyckte Olle. "Ja, jag tänkte väl att det var därför ni kom hit. Men jag sa bara vad jag tycker, och det står jag för."

"Att Klubb Lucidor är djävulens hemvist..?"

"Och att stället borde brännas ner?"

"Jag tror att jag sa 'jämnas med marken'. Men detta ska ju naturligtvis inte tas bokstavligt, utan mest som en metafor…"

"Men det som hände igår var ju långt ifrån någon metafor!" utbrast Bitte.

Nu såg Olof Sjögren plötsligt helt oförstående ut. "Det som hände igår..?"

"Ja, att någon försökte bränna ned stället."

Olof såg fortfarande lika oförståendet ut. "Försökte någon..?"

"Har du inte hört på nyheterna idag?" frågade Olle.

"Nej, vissa dagar tar jag mig friheten att vila mig från alla olyckor som omger oss i denna på många sätt olyckliga värld. Jag har inte hört några nyheter idag."

Olle gav honom en lång, granskande blick. "Nåväl, någon försökte i alla fall bränna ned Lucidor, efter en konsert med bandet Helig vrede."

"Det var som..! Det visste jag faktiskt inte."

Såg Olof Sjögren besvärad ut, eller försökte han dölja sin förtjusning? Olle var ingen psykolog, och långt ifrån någon tankeläsare.

"Då kanske du förstår varför vi är här", fortsatte Bitte.

71

"Ni tror att det var jag..?"

"Vi har inte anklagat dig för någonting, vill bara höra dina tankar om detta."

"Tja, vad ska jag säga? Jag vidhåller min uppfattning om att Klubb Lucidor är ett mindre lämpligt ställe, och att rockmusik inte är någon andligt upplyftande musik. Men... kom någon till skada?"

"Som tur är räddades den person som befann sig i lokalen. Han ådrog sig endast lättare skador."

"Det var då för väl!"

Är han ärlig nu? tänkte Olle Gustafsson. Eller spelar han teater för oss? Hur långt är han beredd att gå för sin tros skull?

"Men du har alltså inga... ytterligare upplysningar att ge oss om denna incident?"

Plötsligt såg Olle hur prästens ögon blev liksom mörka, nästan svarta. Det varade bara en ytterst kort stund, men ändå skrämde det honom. Han undrade om Bitte hade sett samma sak.

"Och vad skulle det vara för upplysningar? Jag medverkade i ett radioprogram och talade om min uppväxt, min tro, och min uppfattning om att vissa sorters musik kan vara skadlig, särskilt för ungdomen. Det är allt."

"Okej. Och du tar inte ansvar för att vissa uttalanden kanske kan..."

Nu fnös Olof Sjögren till. "Vissa uttalanden..! Det stämmer att jag inte hört på nyheterna idag, och missat detta, men jag har hört andra saker på senaste tiden, och det är även så att vissa församlingsmedlemmar har kommit fram till mig och uttryckt oro för en kollega till er som inte uppfört sig helt klanderfritt. Kanske ska ni prata med denne kollega om branden på Lucidor."

Ack ja, Skougar, Skougar, ända in i kyrkan har ryktet om dig spridits, tänkte Olle missbelåtet.

"Vi inom polisen för ständiga samtal om alla ämnen, och särskilt sådana där våra kollegor misskrediteras", sa han, och hörde själv hur irriterad han lät. Han försökte lugna ned sig, och anslå en försonligare ton.

"Ja, vi ville bara höra din åsikt om detta, och ni har vi fått göra det, så vi tackar för oss. Och om du skulle höra något som kan föra våra utredningar, både den om Lucidor, och de om andra händelser på senaste tiden, vidare så hoppas vi att du hör av dig."

"Det lovar jag att göra. Sannerligen!"

När de gick därifrån stängdes dörren hastigt bakom dem.

"Nå", sa Bitte när de återigen satt i polisbilen. "Vad tror du om vår vän Olof?"

"Aningen skum typ, måste jag erkänna att jag tycker. Såg du när hans blick liksom förmörkades?"

Bitte nickade. "Jag såg den svarta blicken!"

"Men inte skulle väl en präst..?"

"Njaej, inte skulle väl en präst…"

Bitte lade i ettan, och snart rullade de in mot staden.

Kapitel 11

Tuula Kärpi, diakonissa i Skellefteå landsförsamling, lutade sig tillbaka i den slitna fåtölj som hon ärvt av sina föräldrar och slöt ögonen. Detta var ingen bra söndag. Vädret var uselt med ideliga regnskurar och en ilsken snålblåst. I vanliga fall gillade hon Skellefteå, men idag längtade hon härifrån.

Hon tänkte på dem hon mött efter gudstjänsten i Landskyrkan, och *hur* hon mött dem.

Den äldre mannen vars hustru på senaste tiden blivit alltmer senil. Hon hade lyssnat på hans förtvivlan och maktlöshet inför att plötsligt leva med en kvinna som knappt kände igen honom. Hon hade försökt trösta, men några goda råd hade hon ju inte kunnat komma med.

Och den mobbade flickan som sökt sig till kyrkan för att få styrka att orka möta sina klasskamrater som ständigt hånade henne för hennes övervikt, och för de kläder som hennes mor själv sytt, och som hon kände sig tvingad att bära för att inte göra modern ledsen.

Tuula hade lyssnat även på henne. Men ibland kände hon att hon inte räckte till, att hon inte lyssnade tillräckligt.

Så nu slöt hon ögonen, gick in i sig själv, försökte återknyta kontakten med den kraft som fört henne hit. Den kraft som fått henne att utbilda sig till diakonissa.

Det var inte lätt. Hennes inre var ingen självklar bevekelsegrund, ingen trakt där alla svaren fanns. Och det hade hon ju vetat under lång tid. För henne var yrket diakonissa ingen ändhållplats där hon kunde slå sig till ro och sprida sin tro till dem som tvivlade. Nej, kampen gick vidare, hon hade inte alla svar, inte tillnärmelsevis alla svar. Det hon kunde hoppas på var snarare att få kraften att fortsätta ställa frågorna.

Plötsligt var hon tillbaka i Karesuando. Hon såg sina föräldrar lämna kyrkan där efter en bönestund, hon såg dem sakta gå mot Laestadius pörte, utan att växla ett ord. Hon visste att de skulle falla på knä i pörtet, och tända ett ljus. Och hon följde dem, som alltid lite förundrad, lite tveksam, men samtidigt nyfiken. Då var hon ännu en liten flicka, ett barn med väldigt begränsad erfarenhet av livet och världen. Men hon följde sina föräldrar. Hon och de andra barnen.

Minnena både lugnade och oroade henne. Hennes föräldrar hade varit så övertygade. Eller det var åtminstone så hon hade uppfattat dem. De hade läst skrifterna, de hade känt hänryckningen. Liikutuksia, liikutuksia... hur många gånger hade hon inte vänt och vridit på det ordet inom sig, och känt sig både rädd och lockad?

Men det hade varit alltför stort, alltför svårgripbart! Hon och de andra barnen hade tytt sig till varandra, bildat liksom en hemlig klubb där tvivel var accepterade.

Nu öppnade Tuula Kärpi ögonen igen. Hon var i Skellefteå. Hennes föräldrar fanns inte längre kvar i den här världen. Hon måste själv möta utmaningarna, och tolka orden. Hon måste själv finnas där för mannen med den senildementa hustrun, och den mobbade flickan.

Men skulle hon orka?

Jo, hon måste orka!

Olle Gustafsson hade inte heller denna söndag kunnat hålla sig hemma från jobbet, trots att det ju faktiskt var hans fyrtiosjätte födelsedag idag. Han hade blivit firad på morgonen av sin hustru Birgitta, och barnen Peter och Lill-Gittan. Det hade varit ett bra firande, inga presenter, utan bara en lugn stund med lite kaffe och rediga frukostmackor följda av en tårtbit, precis som han ville ha det.

Han kände inget särskilt för att bli fyrtiosex, och det var ju långt ifrån något jämnt årtal. Efter lunch hade han känt suget efter att åka in till jobbet en stund. Birgitta hade vinkat av honom med ett nästan medlidsamt leende när han satte sig i bilen och lämnade villan i Brottsta.

"Det är bra, Olle, fånga busarna nu!" hade hon sagt, och Olle kände sig glad för att hon faktiskt verkade ha förstått hur viktigt hans jobb var för honom.

"Vi ses om några timmar!" hade han ropat, och hon hade bara lett till svar.

När han kom in till polishuset gick han till rummet där de förvarade bevismaterial, drog på sig de obligatoriska ljusblå plasthandskarna, och plockade upp den tipskupong med Sven Skougars namn och adress som hade hittats på golvet i toaletten där den andra branden på Stålforsskolan anlagts för en vecka sedan. Han iakttog den noga. Det var ju märkligt att den hade hamnat där, tänkte han, även om man mot all förmodan antog att Sven Skougar hade anlagt branden.

Han iakttog tipskupongen noga. Vad han kunde bedöma var det Sven Skougars handstil, och det hade ju även Sven själv nästan medgivit. Men varför hade den inte lämnats in? Vem fyller i en kupong efter konstens alla regler, och lägger den sedan i sin ficka och går ifrån spelbutiken? En förvirrad man, eller kanske en hetlevrad man som Sven Skougar som plötsligt får något infall? Men vad visste Olle Gustafsson egentligen om sin kollega och dennes vanor? Inte mycket, inte alls mycket måste han erkänna.

Han visste dock att Sven Skougar hade förnekat all inblandning i denna brand, och hans magkänsla gav honom rätt. Men hur hade då kupongen hamnat där?

Han lade tillbaka den i mappen där den förvarades, och återvände till sitt arbetsrum. Idag var det lugnt utanför fönstret, inga demonstranter skanderade slagord om Sven Skougar, inga tändsticksaskar lämnades in i receptionen. Det gladde honom. Om Sven var skyldig till mer än mindre lämpliga kommentarer i samband med polisingripanden skulle han naturligtvis utredas och kanske åtalas för detta. Men det vore hemskt om polisens interna utredning skulle påverkas av pöbelaktiga fasoner och dansande demonstranter!

Olle Gustafsson ville att allt skulle gå rätt till, det var därför han hade sökt sig till polisutbildningen 1946 och börjat jobba vid polisen i Södertälje 1948. Och han hoppades att han skulle få arbeta ett antal år till med att bekämpa brottsligheten i Eskilstuna och trakterna runtomkring. Men det oroade honom hur denna brottslighet hade utvecklats under den senaste tiden. Bombhot och mordbränder... och en kollega som befann sig mitt i händelseutvecklingen!

Och så denne märklige präst Olof Sjögren...

Olle Gustafsson tillbringade några timmar med att gå igenom andra fall som hade hamnat på hans bord. Det kändes nästan som en avkoppling. Och han såg fram emot att komma hem till sin hustru om några timmar, ha en skön och avkopplande söndagskväll i Brottsta.

Sådana kvällar behövde han för att inte bli bitter och cynisk, det kände han tydligt.

Tantolunden i Stockholm var en av de platser där han brukade hålla till, där han kände sig hemma och någorlunda trygg. Men idag hade det kört ihop sig. Verkligen.

Det handlade om skulder, gamla oförrätter, dålig personkemi. Och bakfylla, naturligtvis, en intensiv, bottenlös bakfylla som skulle ha krävt en kvarting som inte fanns.

Därför blev det bråk. Därför hamnade de på snutens radar.

Peter Stavrow fullkomligt avskydde när det gick så långt. Han ville bara ligga lågt, flyta med strömmen, sköta sig själv. Inte hamna i någon jävla fyllecell, eller på akuten. Han visste ju att snutarna kände till honom, men för det mesta hade de en relativt god relation. De lämnade varann ifred, och det var så han ville att det skulle vara.

Och så idag, ett fullständigt meningslöst bråk som hade eskalerat, passerat gränsen för när det kunde kontrolleras, för när det skulle uppmärksammas av förbipasserande och därmed polisen.

Nu var det försent att avbryta, tysta ned, polisbilarna hade redan anlänt, och några stadiga polismän som Peter Stavrow kände väl igen kastade sig över honom, och hindrade honom från att fortsätta slå. De bröt upp hans axlar på ryggen, och plötsligt satt han fast som i ett skruvstäd. Det enda sätt han kunde fortsätta att få utlopp för sin vrede var verbalt, med svordomar, skrik, brölanden.

"Ja ja, Peter, det är bra!" sa någon. "Lugna ner dig nu! Gör det

77

inte värre än det redan är."

Värre? Hur skulle det kunna bli värre? Efter några år på gatorna i Stockholm kände Peter Stavrow att han nått botten. Han hade frusit, gått hungrig, misshandlats, väntat i tröstlösa köer för en tallrik soppa, för en sängplats på något ogästvänligt boende som åtminstone kunde skänka lite värme under kalla nätter.

"Du får följa med oss in till stationen nu så ska vi reda upp det här."

Peter fräste till. "Naturligtvis! Alltid är det mig ni ska haffa och hacka på! Det vore bättre om ni hade koll på annat som hände här i staden!"

Polismannen som höll fast hans armar skrattade till. "Och det har vi inte, menar du?"

"Nej. Långt ifrån. Ta bara hon som föll!"

"Hon som föll?"

"Från träden!"

"Ja ja, kom med till stationen nu så ska du få förklara vad du menar."

Trettio minuter senare satt Peter Stavrow i ett förhörsrum hos Södermalmspolisen på Torkel Knutssonsgatan. Han var fortfarande lika bakfull, men hade fått röka några cigaretter för att lugna ned sig. Och han mindes knappt längre vad bråket i Tantolunden hade handlat om, varför han var här.

En av polismännen som gripit honom kom in i rummet.

"Okej, Peter, vi känner ju varann. Berätta nu!"

"Om bråket?"

"Nja, det är väl inte så mycket att orda om. Men vem föll?"

Peter Stavrow suckade. Han hade ju egentligen bestämt sig för att aldrig nämna detta.

"Nja, det var inte så…"

"Vi bedömer om det är viktigt eller inte! Vem föll?"

Peter gav upp. Och det spelade ju egentligen ingen roll, han hade inte haft något med fallet att göra.

"Det var när det var så mycket bråk i Kungsan, om de där träden…"

"Almarna? Almarna i Kungsträdgården? I förra veckan? Var du där?"

"Jag gick förbi."

"Och du såg något?"

"Ja. En flicka föll från träden, rakt ned på en polishäst. Vet inte hur det gick för henne."

Polismannen ryste till, och kände kalla kårar fortplanta sig nedför ryggraden.

"Det är ju så...", sa han lite tvekande, "att en ung kvinna trampades ihjäl av en polishäst i samband med kravallerna..."

Peter Stavrow skakade sorgset på huvudet. "Så hon dog alltså? Ja, det ante mig nästan. Efter det fallet."

"Men... ingen har nämnt att hon skulle ha fallit från en av almarna."

"Nehej. Men det gjorde hon i alla fall."

Polismannen gick i sitt inre igenom alla fakta han kände till om det tragiska dödsfallet i Kungsträdgården. Han visste att en kvinna vid namn Elin Höglin, nitton år gammal, hade trampats ihjäl av en häst i tumultet när polisen försökte skingra demonstranterna vid almarna. Och han visste även att den polisman som hade ridit på hästen som dödade henne hade chockats svårt av händelsen. I förhören hade han även sagt att han inte riktigt förstod varifrån kvinnan hade kommit. Visst hade det varit väldigt tumultartat och kaotiskt, men han hade sagt att han ändå hade försökt styra sin häst så att folk inte skulle komma till onödig skada.

Och så hade de trampat ihjäl en ung kvinna, Elin Höglin.

Polismannen som nu satt mitt emot Peter Stavrow visste inte vad han skulle tro. Han iakttog Peter, som han kände som en ibland väldigt stökig person, men som han ändå tyckte att han brukade kunna få kontakt med när de ibland stötte ihop. Och han förstod inte varför Peter skulle ljuga om detta, han hade väl inget att vinna på det.

"Okej", sa han, "Du menar alltså att Elin Höglin hade klättrat upp i en av almarna, att hon föll ner därifrån, och sedan trampades ihjäl under en av polishästarnas hovar?"

"Ungefär så, ja. Jag tycker det är sådant som ni poliser borde

79

känna till, och jobba med."

"Och du har inte funderat på att nämna din iakttagelse för oss?"

"Varför skulle jag det? Det här rör ju inte mig."

"Nej, men för denna Elin Höglins anhöriga vore det kanske ganska viktigt att få veta detta?"

Peter Stavrow skakade på axlarna.

"Visst…".

Han brydde sig inte om att ens försöka förklara att han ju knappt orkade hålla sig själv levande, hur skulle han då kunna sätta sig in i hur människor som var fullständiga främlingar för honom tänkte och kände?

Men nu hade han berättat, i alla fall.

"Och dessutom…", sa han tyst.

"Ja?"

"Dessutom såg jag hur en person klättrade ned från trädet en stund senare."

Kapitel 12

På tisdagen den 25 maj återvände han till Lucidor. Det kändes just så, som att han återvände. Men han gick inte fram till polisens avspärrningsband, och han höll sig undan för polisernas blickar. För de fanns ju fortfarande där, trots att brottsplatsundersökningen nu borde vara avklarad för länge sedan. Han såg en ganska kortvuxen kvinna i polisuniform som lutade sig mot en bil och pratade med en man som verkade vara någon slags chef för teknikerna på plats.

Finn tände en cigarett, och drog ett djupt bloss. Än en gång fick han betvinga vreden, motstå impulsen att ge sig tillkänna, släppa ut allt som bubblade inom honom, allt som skållade och plågade.

Men han iakttog bara, och gick sedan långsamt därifrån.

Det fanns ju så mycket han inte förstod. Saker hände när han inte hade väntat sig att de skulle hända. Ibland kände han som om det fanns en eller flera personer som delade hans vrede. Och han kunde inte bestämma sig för om det var en behaglig eller en obehaglig känsla. Visst, vreden var ju en universell kraft som alla kunde få tillgång till. Men ingen annan hade hans bevekelsegrunder. Ingen annan hade upplevt det han hade upplevt. Ingen annan hade blivit berövad det han hade blivit berövad. Åtminstone inte på det sättet, på det fega, skamliga sättet.

Eller? Vad visste han egentligen om det? Och vad brydde han sig egentligen om det?

Han visste bara att någon skulle få betala, någon skulle fås att känna åtminstone en bråkdel av den smärta han känt. Och han visste också vem denne person skulle vara.

Naturligtvis.

Olle Gustafsson stängde dörren om sig och sjönk ned i sin skrivbordsstol. Det var så många saker som hände nu, på många olika plan. Han kände ett behov av att försöka sortera sina tankar och känslor.

Sven Skougar, bombhot, mordbränder... Det var så mycket han inte kände igen, så mycket som avvek från det polisarbete han varit van vid sedan han och hustrun Birgitta flyttade till Eskilstuna. Han gillade sitt jobb, och tyckte att han började behärska det. Men detta? En kollega som blev misstänkt för både det ena och det andra, folk som försökte bränna ned ställen där människor var samlade? Han tyckte det vittnade om en hänsynslöshet som gjorde honom väldigt illa till mods.

Och så denna Elin Höglin...

Olle Gustafsson hade ju läst rapporterna som kollegorna vid Södermalmspolisen i Stockholm hade skrivit, om hur en uteliggare sett Elin falla från almarna, och sedan trampas ihjäl under en polishästs hovar. Det var ju bara så... otroligt. Så otroligt att det troligen var sant. För vem skulle väl kunna dikta ihop en sådan historia?

Och han ryste till när han läste sista meningen i den interna dokumentationen av förhören med uteliggaren, Peter Stavrow: " Dessutom såg jag hur en person klättrade ned från trädet en stund senare..."

Nej, Olle Gustafsson sköt ifrån sig dessa tankar, och försökte koncentrera sig på det som hände i Eskilstuna. Det räckte gott och väl! Han visste att Sven Skougar var sjukskriven, och han förstod mycket väl varför. Olle kunde bara inte föreställa sig hur det skulle vara att gå till jobbet när man visste vilka misstankar allmänheten och kanske till och med en del av kollegorna hyste mot en.

Men fick inte Sven skylla sig själv? Hur okänslig och osocial kunde man vara som polis? Hur oemottaglig för signaler från sin omgivning?

Han kände ett plötsligt behov av att prata med sin kollega Bitte Ludwigsson, och gick till hennes rum. Hon var upptagen i ett telefonsamtal, men gjorde ett tecken åt Olle att det snart skulle vara avslutat.

När hon lade på luren nickade hon åt Olle, och bad honom slå sig ned.

"Hej! Något särskilt?"

"Nja… Behövde bara prata med en vettig person."

"Och så fick du gå in till mig för att någon sådan inte var närvarande?"

"Precis!"

Hennes kommentar och hennes blotta närvaro fick Olle att koppla av lite.

"Gäller det Sven?"

"Jo, delvis. Han har ju sjukskrivit sig…"

"Ja, vem kan klandra honom för det? Tändsticksaskar, dansande demonstranter på parkeringsplatsen…"

"Nej, jag vet. Men borde vi inte göra något? Tycker inte du också att Greger är för slapphänt, som om han trodde att det här skulle lösa sig av sig själv?"

Bitte nickade. "Jo, jag vet. Men vad ska vi göra? Jag har försökt prata med Sven, men det är ju inte så himla lätt, som du vet. Han gör det inte så enkelt för sig."

"Nej, han gör ju inte det. Men det här med tipskupongen… Inte tror du väl att han tuttade på på Stålfors?"

Bitte skakade på huvudet. "Nej, jag tror faktiskt inte att han är fullt så tokig. Men hur vi ska kunna övertyga allmänheten om detta är ju en annan fråga…"

"Jo, en helt annan fråga. Och förresten, har du hört om det här i Stockholm? Elin Höglin?"

"Hon som blev ihjältrampad i Kungsträdgården?"

"Ja. Och nu verkar det ju som om hon föll från almarna."

"Helt otroligt. Tror du på det?"

"Vet inte. Men vad skulle den här uteliggaren ha för orsak att ljuga, egentligen?"

"Nej, det är sant. Det är en märklig värld vi lever i!"

Olle gick tillbaka till sitt arbetsrum, och återupptog dagens arbete. Visst var det en märklig värld de levde i, det kunde han absolut instämma i. Och då kändes det skönt att ha en kollega som Bitte Ludwigsson som man kunde dryfta problem med.

Björn från bandet Helig vrede såg på de sotsvarta

83

fönsterkarmarna inne på Klubb Lucidor och ryste. Det kunde ju ha gått så mycket värre! Han kunde ha blivit kvar här, sövts av brandröken och sedan somnat in för alltid.

Bitte Ludwigsson som släppt in honom på Lucidor, trots att det nog var emot bestämmelserna, såg lite oroligt på honom.

"Är du okej?"

Björn nickade. "Ja då. Det känns bara så overkligt. Här låg jag och sussade i allsköns ro, och så…"

"Jo, jag förstår att det känns hemskt. Men du får väl vara glad för att du vaknade i tid."

"Det är jag, tro mig!"

Björn sparkade till några förkolnade träbitar på golvet, och suckade djupt.

"Dagens samhälle, va. Dagens jävla materialistiska skitsamhälle. Ett sådant här ställe passar helt enkelt inte in, och måste därför förgöras."

"Nja, nu vet vi ju inte vad som ligger bakom detta…" invände Bitte.

"Nej. Men ändå, det är väl ganska solklart. Det finns ingen plats för det udda, livsbejakande som inte följer mönstren. Så varför inte bara slänga in en tändsticka?! Det är ju så enkelt. En liten eldsvåda bara, och så har man tagit kål på ännu ett ideellt och okommersiellt alternativ."

Han strök tillbaka det långa håret från ansiktet och fångade det i en hästsvans med hjälp av en gummisnodd som han hade hittat i fickan.

"Men de kommer inte att vinna! Vi som representerar de alternativa krafterna är många fler och mycket starkare!"

Bitte Ludwigsson visste inte riktigt vad hon skulle svara, så hon svarade ingenting alls. Hon tänkte att Björn kanske fortfarande befann sig i något slags chocktillstånd efter branden.

"Okej", sa hon bara. "Nu vet du hur det ser ut härinne. Skadorna är ju inte så omfattande, som tur är."

"Nej. Och stället borde väl snart kunna öppnas igen?"

"Ja, som jag bedömer det i alla fall."

"Då ska vi öppna Lucidor så snart vi bara kan! Det får bli vår känga och vårt långfinger åt de förgörande krafterna."

"Jaa, du får väl kolla med mina överordnade när det skulle kunna bli…"

"Förresten…" Bitte tvekade lite, visste inte hur mycket hon kunde eller borde säga. "Har du hört talas om misstankarna mot min kollega?"

"Din kollega?" Björn lät helt oförstående.

"Ja… Det har gått vissa rykten om att en polisman skulle ha varit inblandad i både detta attentat, och det som hände på Stålforsskolan och på konstmuseet…"

Björn såg fortfarande lika oförstående ut. "Jaha...?"

"Okej, det är bra, då behöver vi inte prata mer om det. Ville bara höra om du uppsnappat något."

Björn skrattade till. "Nej, här har inte uppsnappats någonting!"

"Okej. Ska vi gå?"

"Det gör vi. Men jag kommer snart att vara tillbaka här för att ge de negativa krafterna som florerar i samhället ännu en musikalisk känga!"

Kapitel 13

Olof Sjögren såg den lilla gruppen som samlats när han närmade sig Klosters nyinvigda församlingshem torsdagen den 27 maj. Han förstod genast att detta var en av de negativa grupperna, en av de grupper han måste ta strid emot, och förhoppningsvis kämpa ned. Han visste att de inte hade kommit hit för att delta i det möte han hade utannonserat, utan bara för att jävlas med honom.

Visst, de levde i en demokrati, och var och en hade rätt till sin egen åsikt, till sin egen tro. Men ändå avskydde Olof Sjögren de stämningar som fullkomligt strömmade mot honom från denna grupp, och från många andra liknande grupper som han mött under årens lopp. Så mycket hat, så mycket trångsynthet!

Men han fortsatte gå, han drog upp mungiporna till ett brett leende.

"Hej! Vad trevligt att så många kommit hit för att deltaga i denna enkla torsdags-sammankomst! Jag antar att många har kommit hit för att ryktena om församlingshemmets utsökta kanelbullar har spridit sig."

Ingen besvarade hans leende, och ingen verkade uppskatta hans försök att skämta. En ung man som Olof visste hette Tomas i förnamn tog ett steg framåt. Olof hade stött på honom flera gånger under den senaste tiden, och inom sig hade han börjat kalla honom Tomas Tvivlaren. Tomas var en man vars åsikter avvek radikalt från Olofs egna.

"Vi har inte kommit hit för några bullars skull! Du, Olof Sjögren, vet mycket väl varför vi är här – för att ifrågasätta dina vidriga åsikter, och för att få dig att krypa tillbaka ned i det hål där dessa åsikter hör hemma!"

Olof Sjögren suckade. Jo, visst visste han. Tomas och de andra ungdomarna som omgav honom var så övertygade, ville så mycket. Det var bara det att det de ville var så fel.

"Det är bra, Tomas..?"

86

"Ja, jag heter Tomas, Tomas Augustsson, och det är kanske ett namn som du borde lägga på minnet. För jag kommer aldrig att sluta bekämpa dina otidsenliga och väldigt gubbiga ideal."

"Men snälla Tomas... jag följer bara Bibelns bud." Olof Sjögren iakttog den unge mannen framför sig – han verkade så ivrig att han nästan lyfte från marken. "Kan inte du och dina vänner komma med in i församlingshemmet så kan vi prata om detta i lugn och ro?"

"I lugn och ro?! Du, Olof Sjögren, vet mycket väl att både jag och andra som tänker som jag har försökt prata med dig många gånger, men du fortsätter bara att sprida din hatiska och bakåtsträvande propaganda. Varför skulle vi lyssna mer på dig, och varför skulle vi försöka diskutera med dig? Du är ju redan så fast i dina kvinnofientliga åsikter."

Olof Sjögren skakade på huvudet. "Jag är långt ifrån kvinnofientlig. Men jag läser Bibeln, jag vet att vi människor kan och ska tjäna Herren på olika sätt."

"Du läser Bibeln som Fan själv! Du måste väl förstå att så gamla skrifter måste tolkas på ett humant sätt, att de måste anpassas till dagens samhälle och verklighet!"

"Som sagt, jag läser Bibeln. Kom med in på församlingshemmet nu, mötet ska snart börja."

Tomas Augustsson såg sig omkring. "Jag hindrar ingen annan från att delta i mötet, men själv tycker jag inte det känns meningsfullt."

Och så vände han tvärt om och gick därifrån. Ungefär hälften av de andra som samlats följde hans exempel, och de andra följde efter Olof Sjögren in genom dörren.

Tomas Tvivlaren, tänkte Olof. Ja ja... det hade i och för sig varit skönt att ha en ung man med så tydliga och välformulerade åsikter på sin sida, men nu var det som det var.

Mötet blev ganska kort. Olof kände egentligen inte att han hade något nytt att komma med, men det var kanske inte så konstigt. Han byggde ju sin tro på en väldigt gammal bok.

Och kanelbullarna var som vanligt alldeles utsökta.

Peter Stavrow infann sig faktiskt hos polisen på Torkel

Knutssonsgatan den här torsdagen. Södermalmspolisen hade varit tveksamma till att släppa honom efter söndagens förhör, och man hade försökt komma i kontakt med honom de senaste dagarna genom att utnyttja det vidsträckta lokala kontaktnät som man arbetat fram under årens lopp, men utan framgång.

Men nu kom han alltså bara inspatserande på stationen!

"Hej Peter!" hälsade den polisman som förhört honom i söndags glatt. "Så bra att du hade tid att titta in idag! Vi har försökt få tag på dig de senaste dagarna."

"Tjaa… tid har jag väl gott om, men…" Peter Stavrow avstod från att vidareutveckla resonemanget.

"Ja ja, nu är du här i alla fall. Sätt dig."

Peter Stavrow såg mer sliten ut idag än han hade gjort i söndags, tyckte polismannen, och han undrade hur Peter hade tillbringat de senaste dagarna, var han hade sovit, hur mycket han hade druckit, vilka andra droger han kanske hade kommit i kontakt med. Men han lät dessa funderingar förbli outtalade. Andra saker var viktigare för tillfället.

"Som du förstår har jag, eller vi, lite fler frågor om dina iakttagelser i Kungsträdgården natten mellan den elfte och den tolfte maj i år."

"Jo, jag förstod nästan det. Skulle aldrig ha nämnt det!"

"Tvärtom! Det var alldeles utmärkt att du berättade om det. Annars hade vi ju aldrig fått veta, och en ung kvinnas död skulle troligen ha förblivit ouppklarat."

"Ja, ja…"

Polismannen sköt över ett cigarettpaket och en tändare till Peter Stavrows sida av bordet, och Peter tände girigt en cigarett.

"Du vidhåller att du såg Elin Höglin falla från almarna?"

Peter nickade.

"Och du nämnde också att du såg en person klättra ned från träden en kort stund senare. Är det korrekt uppfattat?"

Peter log ett litet snett leende. "Det är korrekt uppfattat."

"Jag försökte ju ställa några frågor om den här personen i söndags, men du sa då att du inte alls kunde beskriva honom eller henne."

"Det är också korrekt." Peter drog ett djupt halsbloss.

88

"Min enkla fråga är bara varför. Varför kan du inte beskriva personen?"

"Därför att jag stod ganska långt ifrån platsen, och därför att det var väldigt kaotiskt i kungsan den natten."

"Jo, jag vet. Men ändå, kan du inte göra ett försök? Säg bara vad som spontant dyker upp i ditt sinne när du tänker på situationen."

Peter blundade. Hade han sagt A kunde ha ju lika gärna säga B, särskilt eftersom detta inte alls rörde honom.

"De ord som spontant kommer fram är… vältränad. Personen klättrade raskt och kraftfullt, liksom väldigt målmedvetet."

"Och du kan inte avgöra om det var en man eller en kvinna?"

Peter skakade på huvudet. "Nej, jag kan ju inte det. Troligen en man, men… nej jag vet inte."

Han fimpade cigaretten, och såg sig omkring i det kala förhörsrummet. "Som du märker har jag inte så mycket att komma med."

Polismannen trummade lite med en blyertspenna mot ett kollegieblock.

"Nej… Längd?"

"Jag skulle uppskatta att personen var av normallängd."

"För en man eller en kvinna?"

"Absolut för en man. Kanske lite längre än normallängd för en kvinna."

Peter skruvade på sig. Han kände att ruset som han kommit hit i höll på att avta, och han längtade plötsligt tillbaka till sina vänner utanför Systembolaget.

"Det här är allt jag har att säga. Kan jag gå nu?"

Polismannen funderade lite. "Vad var han eller hon klädd i?"

"Det sa jag ju i söndags! Någon slags träningsjacka med en huva som dolde ansiktet. Mörkgrön."

"Ingen logga eller något annat märke på jackan?"

Peter blev alltmer otålig. "Som jag har sagt så stod jag ganska långt bort, och jag såg bara den här personen en ytterst kort stund…"

"Okej, det är bra. Det vore fint om vi kunde få tag i dig om vi har ytterligare frågor att ställa."

"Ja, ni vet väl var jag brukar befinna mig."

"Jo, vi gör väl det. Det var bra att du kom hit, Peter. Vi hörs!"

"Och ersättning..?"

Polismannen skrattade till. "Ersättning? Du menar för din insats här idag? Ja... vi brukar ju inte betala för förhör, men... ä va fan, här har du." Och så plockade han fram några tior från sin egen plånbok. "Bra jobbat, Peter!"

Peter nickade, och gick snabbt därifrån. Nu hade han i alla fall pengar till en sketen Beyaz.

Kapitel 14

Tuula Kärpi, diakonissa i Skellefteå landsförsamling, slöt ögonen med något som nästan liknade tillfredsställelse. Ibland kände hon att hon var på väg åt rätt håll, att hon kom ganska nära att uppylla den kallelse som fört henne hit. Den här fredagen var en sådan dag.

Den mobbade flickan hade sökt upp henne på nytt. Bara detta att flickan fann det mödan värt att söka upp Tuula, att prata med henne, gjorde Tuula väldigt glad, trots att det samtal de sedan hade haft hade varit svårt, och trots att flickans problem gjorde Tuula osäker på hur mycket hon själv kunde hjälpa.

Men hon hade gjort sitt bästa. Hon hade försökt få flickan att känna sig nöjd med sin egen kropp, och hon hade även försökt stärka hennes självkänsla när det gällde kläder, försökt intala henne att hon inte alltid behövde bära de kläder hennes mor lade fram, att hon måste påbörja kampen för att hitta sig själv, sin identitet i världen.

Och det var inte lätt, det visste Tuula själv alltför väl.

Tankarna förde henne återigen tillbaka till Karesuando. Till barndomen. Till de gudfruktiga föräldrarna. Till de andra barnen.

Och då såg hon blicken som hon ju faktiskt alltid burit med sig. Hennes tystlåtna väninna, hon med flätorna och de alltid välstrukna klänningarna.

Tuula ryste till, som så ofta när hon tänkte på detta. Flickan hade inte varit hennes bästis, ja hon hade nog inte varit någons bästis. Men hon hade hela tiden funnits med, liksom någonstans i utkanten. Och det var ju blicken hon mindes bäst, de mörka ögonen med den liksom gränslöst svarta blicken som fokuserade på allt och på ingenting. Blicken som gick rakt igenom alla sammanhang, som skapade plötsliga oväntade tystnader mitt i flicklekarna.

Hon hade någon gång försökt prata med sina egna föräldrar

91

om den tystlåtna flickan, men kände att de aldrig riktigt hade lyssnat. De var nog alltför upptagna av att finna sin egen frälsning, av att leva som Lars Levi Laestadius krävde att de skulle göra, för att ha tid att verkligen lyssna på sin dotter. Så Tuula hade fått kämpa med de där ögonen på egen hand. Och därför fanns de fortfarande kvar någonstans i hennes medvetande. De dök upp när hon minst av allt väntade det.

Mitt i en fnissig lek – den tysta blicken som for iväg över snövallarna vid Muonioälven, som liksom hämtade upp vattnets iskyla och sprinklade in den kylan i deras medvetanden.

Som så många gånger förr undrade hon vad det hade blivit av den flickan.

Men så skakade hon på sig, och återvände till dagens tankar och uppgifter, här i det Skellefteå hon kommit att betrakta som sin hemstad.

Det gick ganska bra. Idag var en fin dag för diakonissan Tuula Kärpi.

Peter Stavrow plankade in genom spärrarna vid Skanstulls tunnelbanestation. Det kändes i luften att det var fredag eftermiddag, att helgen närmade sig. Folk orkade liksom lyfta blickarna, orkade le åt sina medpassagerare. Det karakteristiska klonket när två vinflaskor stötte ihop i en plastkasse fick flera att skratta, som om man delade en hemlighet, som om man var med i en fredagskonspiration, ett veckoligt återkommande uppror mot arbetstider och oförstående chefer.

Men Peter brydde sig inte om detta. För honom var alla dagar likadana. En evig jakt efter något medel som kunde få honom att koppla av för några timmar, flyta bort, glömma, känna någon sorts lycka, även om den nu var tillfällig och framkallad på kemisk väg. Och dessutom en evig jakt efter någonstans att sova.

Sådant var hans liv. Det hade han accepterat. Nu trängde han sig fram i folkmassan på Skanstulls perrong, snäste irriterat åt några som absolut inte ville flytta på sig, och stirrade girigt på konturerna av en whiskyflaska som någon just stoppade ned i en ryggsäck.

Han var på väg in mot T-centralen. Han visste att några som vanligt hade samlats vid Klara kyrka. De var väl inte direkt hans vänner, men… det var länge sedan han hade kunnat vara kräsen.

För ett kort ögonblick tänkte han tillbaka på gårdagens samtal på polisstationen på Torkel Knutssonsgatan. Att han hade gått dit! Vad hade han med den där skiten att göra? Men han måste erkänna att polismannen som förhört honom hade uppträtt både vänligt och korrekt, och dessutom hade han ju fått en slant för besväret. Men den slanten var förstås redan uppsupen.

Om han ansträngde sig lite kunde han känna något slags medlidande med kvinnan som han sett falla. Men vad skulle hon upp i träden att göra?

Han skakade av sig tankarna. Nu var det dagens kamp som gällde.

Just när tunnelbanetåget närmade sig plattformen märkte Peter att något hände bakom hans rygg. Någon skrek ursinnigt, och plötsligt kände Peter en armbåge i mellangärdet. Han tappade balansen, och ångrade att han gått så nära kanten.

Det sista han hörde innan han föll ned på spåret framför det inkommande tåget var svordomar, ännu högre skrik, gnisslande bromsar.

Sedan blev allt tyst, väldigt tyst.

Kapitel 15

Bitte Ludwigsson bestämde sig för att unna sig en extra kopp förmiddagskaffe denna lördag i slutet av maj. Det tyckte hon att hon hade gjort sig förtjänt av, efter en lång arbetsvecka. Hon förstod egentligen inte varför vissa veckor kändes så långa, medan andra bara svepte förbi på nolltid. Men att denna vecka hade känts så lång gissade hon berodde på bråket med och omkring Sven Skougar. Hon kunde bara inte avstå från att engagera sig i ärenden som rörde människorna runt omkring henne. Sven Skougar var kanske inte hennes drömbild av en man, men hon hade ändå lärt känna honom lite, och lärt sig uppskatta vissa sidor hos honom. Men visst, hon var den första att medge att dessa positiva sidor inte varit sådär alldeles lätta att finna.

Hon sträckte sig mot transistorapparaten på köksbordet och satte igång den. Det var en av de bästa sakerna med lördags- och söndagsförmiddagar, tyckte hon, detta att man kunde lyssna på radio i lugn och ro, antingen klassisk musik på P2 eller intressanta samhälls- eller kulturprogram på P1. Denna morgon hamnade hon i en nyhetssändning.

"Vid sjutton och trettio-tiden igår kväll inträffade en incident med dödlig utgång vid Skanstulls tunnelbanestation på Södermalm i Stockholm. Den omkomne är en Peter Stavrow som under många år levt som hemlös på Stockholms gator, och som under den senaste tiden varit föremål för polisens intresse i samband med ett annat dödsfall i Kungsträdgården för en månad sedan. Polisen har inlett en förundersökning om mord eller vållande till annans död, men enligt polisens presstalesman är detta ett standardförfarande i fall som detta. Man kan alltså inte utesluta att det rör sig om en olyckshändelse."

Bitte Ludwigsson ryste till. Hon kände ju igen namnet Peter Stavrow från interna polismeddelanden under den senaste tiden. Det kändes väldigt märkligt att han nu skulle ha omkommit vid en olycka.

Hon bestämde sig för att ringa upp Olle Gustafsson.

Denne svarade på tredje signalen.

"Gustafsson."

"Hej Olle, det är Bitte."

"Hej du, är inte du ledig idag?"

"Jo visst, och du också, antar jag? Men har du hört om Peter Stavrow, uteliggaren i Stockholm?"

"Han som såg någon falla ned från almarna?"

"Just han, ja. Han dog igår."

"Va?! Hur då?"

"Han blev överkörd av ett tunnelbanetåg vid Skanstull på Söder i Stockholm."

"Det var som faan!"

"Jo, precis så reagerade jag."

Bitte hörde hur Olle sa något till någon i bakgrunden.

"Jag kanske ringer olämpligt?"

"Nej då, ingen fara. Vi håller bara på att planera inför kvällen. Men det här var ju märkligt... överkörd av ett tunnelbanetåg, alltså?"

"Ja, jag hörde det just på radio, så jag vet inget mer om vad som hände."

"Jaa, det är ju inte vår utredning, men ändå blir man ju nyfiken..."

"Precis! Man är ju polis!"

"Man är ju det, ja."

Bitte tog ännu en klunk kaffe. "Men, som sagt, det är ju inte vår utredning. Vi har väl nog med vårt, med Sven Skougar, bombhot och mordbränder både här och där."

"Jo, vi har väl det. Det var ändå bra att du ringde. Ha en fin lördag nu!"

"Detsamma. Vi hörs!"

När samtalet hade avslutats gick Olle Gustafsson ut till sin fru Birgitta i den något vildvuxna trädgården vid villan i Brottsta. Både han och Birgitta älskade denna trädgård, men båda hade ganska begränsade ambitioner när det gällde skötseln av den.

95

Det viktigaste för dem bägge var att den var levande, fylld med färger, och att den inte var så svårskött. Men de ville ju inte att den skulle gro igen, eller att grannarna skulle börja kasta sura blickar mot dem.

Olle tyckte att de hittills hade lyckats ganska bra med dessa föresatser.

Nu satt Birgitta Gustafsson bekvämt tillbakalutad i en trädgårdsstol med en stor kopp te inom räckhåll på ett något vingligt bord. Vädret var ganska behagligt. De tyckte båda att detta var årets allra bästa tid, när utetemperaturen började krypa upp mot sådana gradantal att man kunde intaga både frukostar och måltider utomhus.

"Viktigt samtal?" frågade Birgitta.

"Nja, det var Bitte Ludwigsson, hon hade lite att berätta om en händelse i Stockholm."

Och så redogjorde Olle för incidenten vid Skanstulls tunnelbanestation.

Birgitta tog en stor klunk te, och såg fundersam ut.

"Okej. Hemskt. Skönt att vi inte bor i Stockholm, kan jag tycka ibland."

"Instämmer! Det är bättre att vara en småstadspolis."

"Å ja, småstad och småstad… Så litet är väl inte Eskilstuna. Och det händer ju saker här också."

"Jo, det gör ju det."

Olle slog sig ned i en annan trädgårdsstol, och såg sig omkring. Här bodde han, här bodde de, i utkanten av Eskilstuna. Man kunde ha det bra mycket värre, tänkte han. Man kunde gå omkring hemlös i Stockholm, som Peter Stavrow gjorde. Eller… som Peter Stavrow hade gjort.

Stackars sate! Bli överkörd av ett tunnelbanetåg. Det enda positiva man kunde säga om det sättet att dö var väl att det troligen hade gått fort. Men ändå… så fruktansvärt!

"Och det var en olycka?" Birgitta gav sin man en forskande blick.

Olle kunde bara rycka på axlarna. "Vad vet jag? Kollegorna i Stockholm håller väl som bäst på att undersöka detta. Jag avundas dem inte. En överfull tunnelbaneperrong en fredagseftermiddag..."

"Och irriterade resenärer som bara vill komma hem efter en lång arbetsvecka... Vad säger de i högtalarna? 'På grund av ett sjukdomsfall vid Skanstull har vi stopp i trafiken'?"

"Ja, något sådant, antar jag. Eller kanske en trafikincident? De får nog ta mycket skit, de som jobbar vid tunnelbanan. Och poliserna också."

"Ja, men det får väl poliserna här också. Sven Skougar..."

"Jo, jag vet. Men det går ju inte riktigt att jämföra. Sven har nog till stor del sig själv att skylla."

Olle ruskade på sig, som om han frös. "Nej, hörru du, ska vi kanske strunta i jobbet nu, det är ju ändå lördag? Om inte du vill berätta något rafflande från biblioteket?"

Birgitta skrattade till. "Ja, där händer det verkligen rafflande saker. Igår hade någon lyckats ställa en bok om gamla bilar på hyllan för astronomi."

"Fruktansvärt! Vart är världen på väg?!"

Olle kopplade av. Detta var precis vad han behövde, lite vänskapligt gnabb med frugan.

Kanske tillät vädret att de kunde grilla ikväll?

Kapitel 16

Även denna helg gick, och det blev måndag igen. Olle Gustafsson mötte sin chef Greger Högstedt vid kaffeautomaten på jobbet. Det här var ännu en förmiddag då chefens gråsprängda hår låg som ett risigt fågelbo på hans hjässa, och han såg långt ifrån pigg ut. Olle hade, trots allt, haft en ganska lugn helg, och kände sig någorlunda utvilad, något han med åren lärt sig uppskatta allt mer.

"Du har hört om uteliggaren, va?" frågade Greger.

"Jo. Men jag är kanske inte helt uppdaterad. Vet man något mer om vad som hände?"

"Han föll, han dog."

"Ja, så långt…"

Greger gjorde ett halvhjärtat försök att reda ut fågelboet på sin hjässa, men gav upp.

"Men man har faktiskt troligen fått tag i mannen som knuffade honom, enligt vad jag hört från en bekant vid Södermalmspolisen."

"Det var som fan. Bra jobbat av våra kollegor! Då är fallet så gott som löst, då?"

"Nja… Det finns ju fortfarande den där lilla lilla frågan om huruvida det var ett mord eller en olyckshändelse."

"Mannen har alltså inte erkänt brott?"

Nu skrattade Greger lite. "Nej, mannen har inte erkänt något över huvud taget. Han säger bestämt att det var en olycka, och våra kollegor i huvudstaden håller som bäst på att gå igenom hans bakgrund och bekantskapskrets för att försöka hitta något motiv till dådet."

Olle Gustafsson brände sig lite på pappersmuggen med kaffe, och svor till.

"Då får vi väl önska dem lycka till. Och den där misstanken som ju smyger sig in om att han skulle ha blivit… tystad för att han såg något han inte borde ha sett i Kungsträdgården, hur är

98

det med den?"

Greger ryckte på axlarna. "Jag vet inte. Men känns det inte lite för… jag vet inte, agentromans-aktigt?"

"Jo, kanske det."

"Nåväl, vi får väl se vad kollegorna kommer fram till. Bra att de fick tag i knuffaren i alla fall, om det nu är rätt person. Men de har visst flera vittnen."

"Bra!"

Olle Gustafsson gick in på sitt rum, och sjönk ned i sin väl insuttna skrivbordsstol. Det var väl bra att det gick framåt i Stockholm, men han kände sig lite vilsen över hur han skulle gå vidare i de utredningar han sysslade med i Eskilstuna. Han tyckte att det mesta kändes osäkert, vagt och märkligt. Bombhotet mot konstmuseet med anledning av Sylvia Soranders tavla, bränderna på Stålforsskolan och Sven Skougars tipskupong, branden på Lucidor efter Helig vredes spelning…

Spretigt, konstigt… Hörde händelserna ihop, eller råkade de bara inträffa ungefär samtidigt? Vad visste han? Han var inget orakel, bara en fyrtiosexårig poliskommissarie i en medelstor svensk stad.

Finn mindes sin sjuårsdag. Som han mindes den! Den var för evigt inpräntad i hans medvetande, där den låg och växte för varje år som gick.

Visst, han hade bara varit ett barn, men ändå hade han förstått att det som pågick runt omkring honom den dagen var unikt och förskräckligt. På något sätt hade han förstått att man spelade upp scener för honom, att hans födelsedag var ett iscensatt drama, att hans föräldrar efter bästa förmåga spelade de roller som tilldelats dem.

Och han hade ju både älskat och hatat spelet.

Visst, han hade fått sina presenter, åtminstone några av dem han önskat sig. Och de hade ätit tårta där i den lilla lägenheten i Katrineholm. Men även som nybliven sjuåring hade han förstått att detta inte skulle förbli, att detta var på väg att upphöra.

Och dagen efter hade ju hans mor försvunnit. Visst, man hade försökt intala honom att hon varit sjuk, att det fanns någon slags logik i det faktum att han förlorade sin mor när han just skulle börja skolan, när han just skulle påbörja resan mot sitt vuxna liv.

Men han visste ju redan då att något som han aldrig skulle kunna ersätta hade tagits ifrån honom.

Ända upp i vuxen ålder hade han sparat en av födelsedagspresenterna från den där dagen – en illröd liten brandbil – men ju äldre han blev ju mer smärtsam blev åsynen av den där brandbilen. Så en dag hade han bara slängt den i soporna, bara låtit den försvinna, som hans mor. Men han visste ju att brandbilen, och allt annat som var förknippat med den där dagen, aldrig skulle försvinna.

Och hatet skulle också finnas kvar för alltid.

Nu gick han på samma gator som mannen som orsakat detta, i varje gatukorsning kunde han möta honom. Detta var ju hemskt, det fick hans hud att knottra sig när han lämnade bostaden. Hela tiden hade han de beska och bitska orden beredda på tungan, för det ögonblick då de skulle stå öga mot öga.

Men ändå, han hade ju valt detta. Han hade kommit till denna stad där mannen han hatade gick omkring, han hade valt att utsätta sig för risken att möta honom. Så nu låg framtiden i slumpens händer. Han gjorde det som stod i hans makt för att kräva in skulden, för att utjämna den avgrundsdjupa orättvisan, för att hämnas det som aldrig kunde gottgöras.

År hade gått, men ingen försoning fanns i sikte.

I varje gatuhörn kunde de mötas…

Kapitel 17

Sven Skougar gick fram till fönstret i lägenheten i Råbergstorp. Han kände sig som ett djur i en alltför liten bur. Med ett snett leende mindes han att han brukade gilla den här lägenheten. När han hade flyttat in i den hade han sett den som en fristad, en plats han kunde dra sig tillbaka till för att undkomma omvärldens alla krav, en plats där han bara kunde vara sig själv.

Och nu? Nu var lägenheten trång, men den erbjöd inget skydd, ingen lindring. All idioti följde honom in hit.

Han vickade på persiennerna så att de bara släppte in en bråkdel av vårljuset. Egentligen ville han ha mörker, ett totalt mörker som han kunde försvinna in i, glömma galenskaperna, glömma kollegorna, slippa se Greger Högstedts bekymrade veck i pannan, Olle Gustafssons tafatta gester, Bitte Ludwigssons medkännande leende.

Nej förresten, Bitte ville han inte slippa. Det kändes som om hon förstod honom, på något sätt. De hade jobbat så mycket tillsammans, suttit i så många bilar under allsköns utryckningar, träffat så många misstänkta förbrytare. Men även hon var ju mesig, lagom. Precis som han själv hade varit under så många år.

Han förstod inte hur han skulle orka gå tillbaka till jobbet. Och han förstod inte heller vad det var som hade hänt under de senaste veckorna. Visst, han insåg att han hade spårat ur lite på konstmuseet, han hade fallit ur sin yrkesroll, och låtit lite för många personliga åsikter komma i dagen.

Men Stålfors?! Det var bara för mycket! Där hade galenskapen verkligen manifesterats i all sin ohyggliga fulhet. Eldslågorna, de svarta väggarna, den tystade musiken…

Han sjönk ned i sin slitna soffa, där han suttit och legat under så många kvällar och även nätter, där han så ofta somnat mitt i någon film eller något debattprogram på TV. Den soffan hade han haft länge, den kände hans kropp både utan och innan. Den gav honom trots allt någon sorts trygghet.

Och så ringde telefonen igen. Han såg på klockan. Kvart över ett på eftermiddagen. Jo, det var klart att kollegorna undrade var han var, vad han gjorde. Men nu måste de ju förstå att han inte skulle komma in till jobbet idag heller. Så varför svara? Han lät det ringa. Egentligen var nog kollegorna bara glada för att de slapp honom. Om han höll sig undan ett tag skulle kanske även de där löjliga ungdomarna som dansat, demonstrerat och skrikit slagord om honom ge upp?

Han blundade, och lutade sig tillbaka. Han kände att soffan inte luktade helt fräscht, men vad gjorde det? Han kände sig inte helt fräsch själv.

Olle Gustafsson lade ned telefonluren igen. Inte heller nu hade Sven Skougar svarat. Borde han känna sig orolig över detta? Nej, bestämde han. Sven Skougar kunde nog ta vara på sig själv. Frågan var nog snarare hur länge hans kollegor kunde tolerera hans beteende.

Driven av en plötslig impuls tog han upp telefonluren igen, och slog sin hustru Birgittas jobbnummer.

"Stadsbiblioteket, Birgitta Gustafsson."

"Hej Birgitta, det är jag."

"Hej du. Hur är läget?"

"Jodå…"

"Var det något särskilt? Jag är lite upptagen."

"Nej då, inget särskilt. Kom bara att tänka på våra barn."

"Våra barn? Vad är det med dem?"

"Inget särskilt. Det är fina barn vi har, va?"

"Jovisst." Birgitta skrattade till. "Har du tagit en snaps mitt på blanka tisdagen?"

"Nej då, det är bara det att det är så lätt att glömma att vara tacksam. Det händer ju så mycket hemskt. Som med Elin Höglin."

"Hon som omkom i Kungsträdgården?"

"Just hon, ja. Hon var ju inte så väldigt mycket äldre än våra barn."

"Jo, jag förstår att du får sådana tankar ibland, i ditt yrke. Men

Peter och Lill-Gittan mår bra, de är i skolan, i trygghet."

"Bra! Vi ses ikväll, då."

"Det gör vi."

Olle lade på luren igen. Framför sig såg han det foto på Elin Höglin som Stockholmspolisen hade publicerat. En söt tjej som skulle ha fyllt tjugo i sommar. Långt mörkt hår, pigga nyfikna ögon. Så hemskt och orättvist livet kunde vara! Han förstod egentligen inte riktigt varför just detta dödsfall hade berört honom så. Kanske för att Elin på något sätt hade varit lik hans dotter Lill-Gittan?

Nej, det här gick inte, såhär kunde han inte fortsätta. Han ruskade på axlarna och försökte mentalt återvända till tisdagens göromål. Han bläddrade lite förstrött i högen med nyinkomna ärenden som Greger Högstedt hade tilldelat honom. En Tomas Augustsson hade tydligen polisanmält prästen Olof Sjögren för dennes kvinnofientliga predikningar. I anmälan skrev Tomas att Olof Sjögrens åsikter hörde hemma i ett helt annat, och mörkare, århundrade.

Olle Gustafsson studerade papperet och smålog lite. Olof Sjögren, återigen denne Olof Sjögren... Det var ju bara en och en halv vecka sedan han och Bitte Ludwigsson hade besökt honom i bostaden för att prata med honom om hans radiouttalanden om Klubb Lucidor. Så visst, han hade all förståelse för Tomas Augustssons åsikter om denne stridbare präst. Men han tvivlade på att dessa åsikter skulle vara brottsliga, och att någon åklagare skulle finna det mödan värt att pröva saken inför en domstol.

Han bestämde sig plötsligt för att ringa upp Tomas Augustsson. Denne svarade på första signalen, som om han suttit och väntat vid telefonen.

"Tomas Augustsson? Det här är kriminalkommissarie Olle Gustafsson vid länskriminalen i Eskilstuna. Det gäller din anmälan mot prästen Olof Sjögren."

"Ja? Den idioten borde väl verkligen stoppas, innan han hinner sprida mer av sin dynga?"

"Må så vara, må så vara. Men… jag är ledsen att behöva säga detta, men jag tror inte detta är ett polisärende. Jag känner till

Olof Sjögren, och har pratat med honom om… ja, om frågor som väl rör ungefär det du vill polisanmäla honom för. Men om jag ska vara ärlig tror jag inte att vi inom polisväsendet kan ingripa mot honom på det sätt som du önskar."

"Inte? Men karlen är ju en komplett idiot, med åsikter som…"

"Nu kanske du ska vara lite försiktig med vad du säger så att detta inte blir föremål för ett helt annat rättsmål…"

"Förtal? Ärekränkning?"

Olle Gustafsson svarade inte. Han tyckte inte det behövdes.

"Okej, jag förstår. Jag och de som hyser samma åsikter som jag får ta striden mot Olof Sjögren på egna premisser."

"Diskussioner och ett ärligt utbyte av åsikter är väl själva grundvalen för demokratin?"

Tomas Augustsston fnös till. "Jovisst. Men om du bara visste vad han har sagt…"

"Man kan säga ganska mycket utan att det faller inom ramen för åtal."

"Jag förstår. Tack för samtalet!"

"Tack själv."

Olle Gustafsson lade på telefonluren med en känsla som han inte riktigt kunde definiera. Kände han sig nöjd med sig själv? Hade han agerat djävulens advokat?

Han visste inte, men han trodde i alla fall att han möjligen hade visat Tomas Augustsson den rätta vägen för att gå vidare i kampen mot Olof Sjögren.

Kapitel 18

Fredagen den 4 juni. Äntligen sommar! Olof Sjögren öppnade fönstret och drog ett djupt andetag. Han kände dofter som påminde honom om barndomen, och om ungdomens förälskelser. Idag var Årby-kvarteren i Eskilstuna ett magiskt område. Idag fick kvarteren honom att ge sig hän, att minnas, att njuta.

Så borde det alltid vara. Men så var det långt ifrån alltid.

För barndomen, ja, ungdomen… Som alltid gjorde det ont att tänka tillbaka. Visst, han hade upplevt goda dagar, förälskelser. Men även så mycket annat. Och det han mindes starkast när han tänkte tillbaka var träbänkarna i Värnamo kyrka. Hur han hade lagt sig på rygg där, och sett upp mot ljuskronan i kyrkans tak. Hur han försökt motverka rysningarna i kroppen, försökt stänga ute moderns hatiska ord från sitt sinne, försökt glömma hennes örfilar.

Han hade stirrat, försökt fånga Frälsarens blick i kyrkofönstrens bilder, och så äntligen slappnat av när han upplevt att Jesus hade sett honom, sett hans vånda och ångest.

Han stängde fönstret igen, och satte sig vid köksbordet.

Vem såg honom nu, vem såg igenom honom nu? Vem insåg hans motiv, hans bevekelsegrunder? Förskräckande få. Han var ensam i sin kamp, som han så länge hade varit.

Han bryggde en kopp starkt kaffe, och började bläddra i ett några veckor gammalt exemplar av Dagens Nyheter, som av någon anledning blivit liggande oläst på bordet. Han gillade tidningens seriösa framtoning, och hade prenumererat på den under större delen av sitt vuxna liv. Han kunde ofta instämma i åsikterna som framfördes på dess ledarsidor.

Nu ryckte han till när han kom en bit in i tidningen. Det var ett foto som plötsligt fångade hans ögon, och han läste intresserat texten under fotot. "Elin Höglin, den unga kvinnan som föll mot sin död från almarna."

105

Visst såg hon bekant ut? Han läste vidare.

"I samband med striden om almarna i Kungsträdgården i Stockholm trampades en ung kvinna, Elin Höglin, till döds under en polishästs hovar när polisen försökte skingra demonstranterna som omringat träden. Polisryttaren chockades svårt av händelsen, och är nu föremål för en internutredning. Kvinnans föräldrar är inte längre i livet, men hennes kusin, som hon vid tillfället för dödsfallet bodde hos, har underrättats om dödsfallet."

Ja, visst såg hon bekant ut? När Olof Sjögren såg hennes ansikte, som troligen var taget från ett passfoto, hörde han inom sig hennes röst, och det var inga vänliga ord hon uttalade.

"Du hör henma i artonhundratalet, Olof Sjögren!" hade hon sagt, och hånlett mot honom. När var det nu? Han mindes inte riktigt, och inte heller var. Vid något möte i Eskilstuna, eller kanske Strängnäs? Och det kanske egentligen inte bara var vid ett möte, han hade en känsla av att han stött på henne flera gånger, och vid varje tillfälle hade hon varit lika uppretad och oresonlig.

För visst var det väl hon? Jo, han var nästan fullständigt säker.

Och nu var hon alltså död? Hon hade fallit från ett träd i Kungsträdgården i Stockholm, och trampats ihjäl under en polishäst? Märkligt, ytterst märkligt! Han kunde väl inte påstå att han saknade henne, men att hon skulle vara död... nej, ett sådant öde hade han inte önskat henne.

Olof Sjögren vände blad i tidningen. Fotot på Elin Höglin hade gjort honom illa till mods. Inte för att han väl hade något med hennes död att göra, men ändå... Det var ytterst obehagligt.

Han föredrog att utkämpa sina bataljer utan sådana offer.

Björn från Helig vrede öppnade kylskåpet och tog ut två mellanöl. Han räckte den ena till Lars-Gunnar från Inka.

"Det är ju för jävligt", sa han. "Att försöka bränna ner Lucidor. Hur kan man bara komma på en sådan tanke?!"

Lars-Gunnar öppnade ölburken. "Tja... alla är väl inte så övertygade om ställets förträfflighet som vi, kanske..."

"Nej, visst, men ändå. Bränna ner det! Om man inte gillar ett ställe så undviker man väl bara att besöka det. Eller har jag missat något här?"

"Nej, du har rätt. Det borde ju vara väldigt enkelt att undvika att besöka Lucidor. Finns väl flera andra ställen här i staden. King and Queen i Nyfors, till exempel. Och man kan väl ta sig en bira på Napoleon-puben."

"Precis! Men någon jävla dåre tyckte alltså det var läge för att bränna ner Lucidor."

"Tydligen."

"Vet du vad vi borde göra?"

"Ingen aning, faktiskt."

"Vi borde anordna en gemensam konsert på Lucidor bara för att visa den här blådåren att vi inte ger upp, att vi kommer att fortsätta att kämpa för ställen som är frizoner i samhället."

"Låter som en bra idé. Inka och Helig vrede i en skön symbios. Eller förresten, Inka... Vi kommer nog inte att heta så så länge till. Folk tror ju att vi spelar någon slags indiansk folkmusik."

"Och det gör ni ju inte."

"Nej, det gör vi definitivt inte."

"Vad ska ni heta i stället, då?"

Lars-Gunnar ryckte på axlarna. "Inget är bestämt, men vi funderar på något i stil med Repslagarligan."

"Okej. Ganska långt, men okej."

Lars-Gunnar skrattade till. "Så du godkänner det? Det var ju bra."

"Jodå, för fan. Förresten, har du hört talas om ett gäng som kallar sig Eskilstuna Musikentusiaster?"

Det hade Lars-Gunnar inte gjort, vad han kunde minnas. "Hurså?"

"Jag har hört rykten om att de har något ganska stort på gång i musikväg senare i sommar, kanske i Vilsta."

"Jaha. En musikfestival, eller vad då?"

"Kanske. Jag vet inte, som sagt. Har bara hört rykten."

"Ja ja, musikfestivaler är ju alltid intressanta för oss stackars fattiga musiker."

"Precis. Vi får hålla ögon och öron öppna."

Björn hämtade fler mellanöl, och efter en stund övergick de till att diskutera vilka musikfestivaler de hade bevistat, och vilka som hade varit bäst. Det blev en lång och intensiv diskussion.

Kapitel 19

Än en gång var det söndag kväll, och inte vilken söndag som helst, nej den 6 juni, svenska flaggans dag. Tuula Kärpi, diakonissa i Skellefteå landsförsamling, drog ett djupt andetag. Dagen hade varit fylld med göromål, sammankomster, förtroliga samtal och böner. Hon hade tagit del av flera församlingsmedlemmars problem, och hon hade försökt ge goda råd, tröst och vägledning. Dessutom hade hon kramat en kvinna som förlorat en nära släkting länge och innerligt. Det var detta hon kunde göra. Efter bästa förmåga.

Nu var hon hemma igen, hon lutade hon sig tillbaka i sin gamla slitna fåtölj, och bad inom sig en liten bön om att det nu skulle vara färdigarbetat för idag. Hon ville ha lite tid för sig själv. Hon ville inte ha några telefonsamtal som omkullkastade allt, som tvingade henne att rycka ut för att släcka häftiga, plötsligt uppblossande känslomässiga eldsvådor i grannskapet. Hon ville bara vara Tuula.

När hon slöt ögonen flammade några svaga ljusblixtar mot ögonlocken. Hon visste att dessa blixtar var en varningssignal, att de kunde förebåda de migränanfall som hon ibland drabbades av. Efter många år hade hon lärt sig känna igen varningstecknen, och lärt sig när det var dags att vidta förebyggande försiktighetsåtgärder. Så nu gick hon ut i badrummet, och tog två Alvedon. Hon visste att det kunde räcka om hon samtidigt kopplade av, och inte stressade upp sig.

När hon återigen slöt ögonen var hon plötsligt tillbaka i Karesuando igen. Kylan, myggen, föräldrarnas tystnad när de vandrade mot Laestadius pörte.

Och så flickan med de mörka ögonen. Hon som kanske hade sagt högst tjugo ord under hela den tid de umgåtts, eller snarare under hela den tid som deras föräldrar hade umgåtts. Dessa ögon...Tuula ryste till när hon tänkte på dem. Så mörka, outgrundliga, liksom bottenlösa.

Hade de någonsin lekt? Nej, inte vad Tuula kunde minnas. De hade följt sina föräldrar, lytt sina föräldrars kommandon, suttit i de kyliga träbänkarna nästan sida vid sida. Men lekt… nej.

Plötsligt blev hon nyfiken på hur det hade gått för den där flickan. Hon hade ju ingen aning. Hon mindes ju inte ens hennes namn.

Trots att hon visste att hon borde vila för att inte låta migränen få grepp om henne beslöt hon sig för att ringa upp den enda vän hon fortfarande hade kontakt med från den tiden, en kvinna vid namn Elsa, som nu bodde i Luleå.

Elsa svarade genast. "Ja, hallå, Andersson."

"Hej Elsa! Det är Tuula Kärpi."

"Hej Tuula! Så roligt att höra ifrån dig! Är allt bra?"

"Jodå, jag har bara nästan lite migrän, men annars är det bra. Fullt upp här."

"Samma här. Man får verkligen ligga i för att förtjäna sin brödföda."

"Det får man. Jo du, jag ska inte bli så långvarig. Jag kom bara att tänka på den där flickan i Karesuando när vi var små. Minns du henne, hon som aldrig sa ett ord, och som hade väldigt mörka ögon."

"Visst minns jag henne! Vad var det nu hon hette?"

"Ingen aning. Det är faktiskt delvis därför jag ringer. Blev så nyfiken på att veta hur det gått för henne i livet. Men vad hette hon?"

"Jag minns inte alls, och har ingen aning om vad det blev av henne."

"Du har alltså inte heller haft någon kontakt med henne efter vår tid i Karesuando?"

"Nej, inte alls. Och du vet ju hur det är, man har fullt upp med sitt eget."

"Jo, det har man verkligen." Tuula masserade sin panna, och väntade på att Alvedonen skulle börja verka. "Men du, vi kanske kan prata mer en annan gång. Jag har som sagt lite känningar av huvudvärk. Kom bara att tänka på den där tjejen."

"Ja då, absolut, vi pratar mer en annan gång. Och visst hade hon väldigt mörka ögon. Och så var hon lite… läskig på något sätt. Man visste inte riktigt var man hade henne."

Tuula instämde. "Det har du rätt i, hon var lite... läskig. Man undrade vad hon tänkte."

Efter att ha lovat att snart höra av sig igen utbytte de några artiga avskedsfraser, och så lade Tuula på luren. Inte hade hon blivit klokare, men det spelade inte så stor roll. Nu behövde hon bara vila, hämta krafter inför nästa arbetsvecka.

Fåtöljen var behaglig, och när Alvedonen började verka glömde hon den mörkögda flickan i Karesuando.

Kapitel 20

Olle Gustafsson kände sig relativt pigg och glad när han kom till jobbet onsdagen den 9 juni. Han hade lämnat barnen Peter och Lill-Gittan hemma i villan på morgonen. Lill-Gittan, som just slutat nian, hade kommit ut i köket just när han skulle gå, och han hade då bestämt att han måste sluta kalla henne Lill-Gittan. Hon hette ju faktiskt Gunilla, och hon var inte så liten längre.

"Hej Gunilla", hade han sagt. "God morgon! Det finns flingor och müsli, och pålägg…"

"Jo, jag vet", hade Gunilla svarat. "Det är ju jag och mamma som handlat det mesta."

"Kan så vara. Ha en bra dag nu, min stora tjej!"

Han gav henne en kram, och gick ut till sin bil.

På jobbet var allt sig likt. Greger Högstedt hade ännu inte kommit dit, och även Sven Skougars rum var tomt. Olle tog sig en kopp kaffe från automaten, och slog sig ned i sin stol. Om han skulle vara riktigt ärlig så kände han sig lite rådvill över vilka ärenden han borde prioritera idag. Han tyckte det kändes som om flera saker förtjänade att utredas noggrannare, men att det ändå inte fanns något som var akut.

Han beslöt sig för att avvakta lite, och invänta chefens ankomst. Han lutade sig tillbaka, och slog på radion för att höra nyheterna.

"Klockan är nio, och här är de senaste nyheterna från TT. Den man som misstänkts för att ha vållat uteliggaren Peter Stavrows död vid tunnelbanestationen Skanstull i Stockholm har släppts på fri fot. Enligt polisen finns det inte längre några misstankar mot mannen för att han skulle ha knuffat Peter Stavrow ned på spåret. Enligt polisens talesman bygger man detta på ett flertal vittnesmål från stationen. Samtliga vittnesmål beskriver den trängsel som rådde, och enligt de vittnen som stod närmast hade den utpekade mannen ingen som helst kontakt med Peter Stavrow innan denne föll mot sin död. Detta dödsfall har främst uppmärksammats för att Peter sa sig ha sett att den kvinna som omkom vid oroligheterna i Kungsträdgården för några veckor sedan föll från de almar som man då hade beslutat skulle fällas." Olle Gustafsson suckade. Jaha ja. Han visste inte riktigt vad han skulle tro, men han hade den allra största respekt för att kollegorna i Stockholm gjort ett gediget utredningsarbete. Så dödsfallet var alltså med största sannolikhet en olycka? Märkligt, men märkliga saker hade ju hänt förut.

Olle Gustafsson svalde det sista kaffet, som nu hade hunnit svalna, med en grimas, och nickade åt Greger Högstedt som just passerade utanför i korridoren.

Sylvia Sorander gick över tröskeln till konstmuseet med blandade känslor. Såhär en knapp månad senare kändes händelserna i samband med bombhotet i maj mest overkliga. Nu hade alla tavlor från den utställningen plockats ned, och inga spår fanns kvar. Det var som om det aldrig hade hänt, som om uppståndelsen kring hennes tavla "Sakramenten saknar kön" aldrig hade förekommit.

Men det hade ju hänt. Det visste hon. Någon hade upprörts så till den milda grad att denne man eller denna kvinna hade bombhotat museet, och velat ställa henne till svars. Det var så absurt!

Hon gick till den plats där tavlan hade hängt. Nu hängde tavlor som Sylvia mycket väl kände igen där, tavlor som ingick i museets basutbud, och som hade visats otaliga gånger. Hon tyckte det kändes sorgligt – detta kunde ju inte vara konstens uppgift, att smycka väggar med välkända och oförargliga budskap och motiv. Konst både borde och måste ju vara något mer! Konst måste beröra, väcka känslor – precis som hennes tavla hade gjort.

På utvägen mötte hon några personer som såg vagt bekanta ut, och som troligen arbetade vid museet. Hon nickade åt dem, men de besvarade inte hälsningen. Kände de inte igen henne, eller *ville* de inte känna igen henne?

Okej, Sylvia ökade takten, och nästan slängde upp museets port. Skulle det vara på det sättet så, skulle hon nu bli utfryst

113

från konstverksamheten i Eskilstuna?! Det stärkte henne bara. Hon skulle måla många tavlor som ifrågasatte det hon ansåg vara fel, inkrökt och korrumperat i samhället och inom religionen! Biskopen var bara början, de skulle nog få se!

Kapitel 21

Linnea Höglin hade än en gång uppsökt sin favoritplats för svåra tankar och tunga känslor – Skinnarviksberget i Stockholm. Dit återvände hon alltid när något hade hänt, eller när något behövde redas ut i lugn och ro. Och så var ju verkligen fallet nu. Hon såg ut över Riddarfjärden där några småbåtar puttrade iväg mot Västerbron. Eftersom det var lördag kväll – redan den 12 juni insåg hon! – var berget inte så öde som hon egentligen hade önskat att det skulle vara. Flera sällskap hade dukat upp enklare måltider på klipporna, och några nöjde sig med enbart drycker.

Hon hörde de glada samtalen och skratten, och det ingav väl någon slags tröst, trots allt. Det fanns människor som var åtminstone relativt lyckliga, som såg fram emot ännu en sommar. Det fanns människor som inte hade förlorat en kusin i en märklig strid om några träd.

Elin! Det var omöjligt att förstå att Elin var borta, att hennes kusin helt plötsligt hade upphört att existera, att hon aldrig mer skulle få prata med henne över några stora koppar te eller en flaska vin. De hade ju suttit så många kvällar och pratat, särskilt efter den hemska kväll då Elins föräldrar omkom i en bilolycka utanför Karlstad.

Även detta var ju overkligt. För fem år sedan hade Sture och Beata Höglin frontalkrockat med en långtradare som kommit över på fel sida av vägen. Långtradarchauffören hade överlevt krocken, men hade inte kunnat ge någon förklaring till det som skett. Troligen hade han helt enkelt somnat vid ratten efter ett alltför långt arbetspass.

Och så hade Elin Höglin, då femton år gammal, plötsligt varit föräldralös. Linnea, som var sex år äldre än sin kusin, hade föreslagit att hon skulle flytta hem till henne, och så hade det blivit. Det hade varit ett bra beslut, trots att de bägge var ganska unga. De hade stöttat varandra, och många tekoppar och

115

vinflaskor hade tömts under deras samtal.

Och nu var även Elin död. Linnea ryste och skakade i hela kroppen när hon tänkte på det. Hennes lilla kusin...

Och hon kunde absolut inte förstå varför Elin hade klättrat upp i en av almarna i Kungsträdgården under den där stökiga kvällen och natten en månad tidigare. Visst hade väl Elin haft lätt för att engagera sig i dagsfrågor, och hon kunde reagera väldigt starkt på det hon upplevde som orättvisor i samhället. Men att hon skulle ha klättrat upp i en av almarna, och sedan fallit därifrån ned mot sin död...? Det var väldigt märkligt, och oväntat.

Men – Linnea tog upp en liten sten och kastade den mot en skreva i Skinnarviksberget – hur väl känner man egentligen en annan människa? Man pratar och berättar om sig själv och sina erfarenheter, men ändå är man nog en gåta för alla andra. Det är nog omöjligt att helt förstå en annan människa.

Elin Höglin hade klättrat upp i en av almarna i Kungsträdgården för en månad sedan, hon hade tappat greppet och fallit mot sin död under en polishästs hovar. Det var den enkla men fruktansvärda sanningen, och den kunde Linnea inte ändra på. Nu kunde hon bara minnas sin kusin, och det korta liv som denna hade fått.

Hon såg ut över Riddarfjärden. Elin var död.

Aldrig hade Skinnarviksberget känts så kallt och ogästvänligt som denna vädermässigt ljuvliga lördag i juni.

Kapitel 22

På måndagen bestämde sig Sven Skougar för att nu fick det vara nog. Han kunde inte längre dra sig undan och vara ett offer. Visst insåg han att han hade åsikter som gjorde att han stack ut från sina kollegor. Men vad kunde han göra åt det? Han kunde ju inte ändra hela sin person och sitt väsen bara för att tillfredsställa andra!

Så han tog en dusch, och gav sig sedan iväg mot jobbet.

Den förste han mötte var Olle Gustafsson. Olle stannade till, tog ett fastare grepp om pappersmuggen med kaffe och lyckades undvika att spilla på de kuvert han just hade hämtat från sin postkorg.

Sven skrattade till. "Mycket att hålla reda på nu?"

Olle Gustafsson gav honom en lite konfunderad blick. "Jo, det är det väl. Och du är här... igen?"

"Jag är här, ja. Frisk och pigg!"

Olle Gustafsson nickade. "Ja, okej, bra! Då är vi kanske fulltaliga igen."

"Okej. Och vad har vi att jobba med?"

"Jaa... Det är faktiskt lite svårt att svara på. Det har väl lugnat ned sig lite på... en del fronter..." Som har med en viss herr Sven Skougar att göra, tänkte Olle, men det sa han inte.

"Inga fler bränder eller bombhot?"

"Inte vad jag känner till i alla fall. Men du får väl ta ett snack med Greger."

"Ja, jag får väl det." Olle tyckte att Sven inte såg ut att direkt se fram emot detta samtal med chefen.

Just när Olle gick in på sitt rum dök Bitte Ludwigsson upp. Hon nickade nästan glatt åt Sven, och han följde med henne in på hennes rum. Bra, tänkte Olle Gustafsson. Kanske behövde Sven helt enkelt bara samtala med en vettig och inkännande person som Bitte.

117

Hon hade återvänt! Hon hade stirrat på väggen där tavlan "Sakramenten saknar kön" hade hängt. Sett irriterad ut. Som om denna vägg hade tillhört henne. Som om hennes tavla hade haft ett budskap, eller ens något existensberättigande.

Det var förmätet! Det var att utmana krafter som denna Sylvia Sorander inte ens kunde föreställa sig. För vad var väl hon? En flicksnärta som blivit inspirerad, och som trodde sig ha kraften och möjligheten att utmana uråldriga religiösa traditioner.

Förmätet och befängt!

Frågan var om bombhotet hade varit nog, och om Sylvia ens förstått hotets allvar. Kanske trodde hon att det bara handlade om någon slags infantil konkurrens mellan tonårskonstnärer, när det ju egentligen handlade om så mycket mer.

Nu lämnade Sylvia Sorander konstmuseet. Det var svårt att på avstånd se och tyda hennes ansiktsuttryck, men hon såg långt ifrån ut som någon som fått ett svar, en reaktion, och som nu skulle avhålla sig från att skapa hädiska tavlor.

Okej. Om det nu var så så hade striden bara börjat!

Kapitel 23

Onsdagen den 23 juni var varm och vacker. Man var inne i midsommarveckan, och under lunchtid fylldes bänkarna vid Fristadstorget och i stadsparken med folk som ännu tvingades arbeta, men som ändå ville få lite sol på sina ansikten. Badplatserna vid Vilsta och Sundbyholm var fyllda med sommarlediga barn och föräldrar som plaskade i det ännu ganska kalla vattnet.

Lollo Asplund köpte en kaffe och ett wienerbröd vid Vilstas uteservering, och tog plats vid det bord där medlemmarna i föreningen Eskilstuna Musikentusiaster hade samlats. Han var glad över att så många hade kommit dit, och att så många verkade tro på den ganska galna idé som han och några andra hade fått.

"Okej, vänner", sa han, och tog en stor tugga av wienerbrödet. "Ska vi göra det här nu, då? Ska vi anordna en Woodstock-festival i Vilstabacken?"

"Naturligtvis!" svarade någon. "Problemet är väl att både Janis Joplin och Jimi Hendrix är döda, men vi har ju andra artister…"

"Visst har vi det!" Lollo skrattade lite. "Och det är väl ändå tveksamt om vi hade kunnat locka hit någon av dem. Även om åtminstone Jimi varit här i landet och bland annat jammat med Hansson & Karlsson, och visst åkt på turné med Mecki Mark Men och Baby Grandmothers."

"Janis lirade i Stockholm 1969."

"Okej, okej, glöm nu Jimi och Janis för en kort stund, även om det kan vara svårt! Vi tar väl en kort genomgång av vad vi vet. Först och viktigast är kanske att Vilstabacken är bokad, och vi har fått klartecken från kommunen att anordna den här festivalen. Och datumet är spikat till lördagen den 21 augusti. Alltså om nästan exakt två månader."

Meddelandet togs emot med jubel och en kort applåd.

"Så nu kör vi! Och vi har redan fått åtminstone preliminära klartecken från flera artister. Kan du Kenneth rabbla?"

Mannen som hette Kenneth harklade sig, och tittade ned i ett papper som han placerat på bordet framför sig. "Jaa... det är ju faktiskt ett ganska starkt startfält som vi fått ihop. Det verkar som om många inom artistvärlden har påverkats av festivalerna i Monterey och Woodstock, och inte minst nu senast på Gärdet i Stockholm. Folk förstår att det är musikfestivaler som gäller, och man vill hänga på tåget."

"Precis!" skrockade Lollo. "Forss & färning!"

"Va? Vad betyder det?"

"Strunt i det nu! Rabbla!"

"Jo, alltså..." Kenneth höll upp sitt papper, och läste innantill. "Björn Ståbi är klar. Han tyckte det här lät som ett utmärkt tillfälle att sprida den svenska folkmusiken. Så han tar sin fela och kommer hit. Och i samband med hans uppträdande har vi ett folkdanslag som... ja gör det som folkdanslag brukar göra. Och så har vi fått klartecken från Peter Mosskin i Gagnef, 'Gläns över sjö & strand' kommer, vilket ju är väldigt roligt."

"Absolut!"

"Och nästan ännu roligare är att vi nu fått nästa hundraprocentigt klartecken från Christer Stålbrandt i rockgruppen November. De är ju ganska heta nu, och de vill gärna spela hos oss."

Ännu en applåd från gänget runt serveringsbordet.

"Ni har väl hört deras senaste skiva '2:a november'? Tungt!"

"Några lokala förmågor då?"

"Jodå, tror nog de flesta gärna skulle vilja spela på den här festivalen. Så det svåra är nog inte att få dit band, utan att välja. Men Inka kommer, fast de har visst bytt namn nu, tror jag, till Repslagarligan. Och så Bluishness, lite jazzpop."

"Kan bli hur bra som helst."

"Kommer att bli hur bra som helst! Men det är mycket som återstår att göra."

"Då gör vi det!"

"Bra, det är rätt inställning. Frågan är hur det ska finansieras. Det lär ju inte bli någon billig tillställning, trots att många band är vana vid låga gager."

"Nej, det stämmer. Men vi har ju fått vissa garantier från kommunen. Så nu skapar vi en helg av peace and love här i Eskilstuna!"

Kapitel 24

Midsommarafton!

Tomas Augustsson såg sig omkring i Parken Zoo, där han befann sig med några kollegor från Mälardalstvätten. Han kände hur livet fullkomligt bubblade i hans 21-åriga kropp. Midsommarafton var något särskilt, något speciellt. Det hade kanske med det nordiska kynnet att göra, med vintermörkret som jagades på flykt av sommarljuset. De behövde det ju så väl här uppe i norden, detta magiska ljus, denna värme.

Detta var hans element, det kände han! Detta, och inte det löpande bandet vid Mälardalstvätten, där han sorterade smutstvätt från olika sjukhus, och försökte se till att ackordet uppehölls. Annars blev det sura blickar från de medelålders damer som arbetat där i många år, och som kunde handgreppen utan och innan. För honom var Tvätten bara en station på livsresan, men för många av dem som jobbade där var det slutstationen.

Han följde med sina kollegor mot dansbanan, där ett band som han inte visste namnet på just hade börjat spela. Dansbandsmusik var väl inte hans favoritmusik, men en kväll som denna brydde han sig inte så mycket om det. Han ville bara umgås med sina kollegor som blivit hans vänner, och kanske ta en svängom.

En kvinna som han hade varit förälskad i för inte så länge sedan lade sin arm om hans axlar och drog ut honom på dansgolvet. Han gjorde inget motstånd, och snart svepte de fram till Family Four's "Vita vidder", som dansbandet gjorde en bra version av. Tomas kände sig avspänd och ganska nöjd med livet. Så här kunde det också vara, man behövde inte jämt förfäkta åsikter och försvara ståndpunkter.

"Undrar hur vår vän Olof Sjögren firar midsommar", ropade den kvinnliga vännen i Tomas Augustssons öra. "Kanske sitter han hemma och studerar Bibeln för att hitta fler kvinnofientliga argument?"

Tomas Augustsson ryckte till, och gjorde en grimas. Olof Sjögren var inte en person som han direkt hade lust att tänka på ikväll.

"Jo, troligen. Det finns väl lite att hämta där om man sätter den sidan till."

"Jo. Och det verkar han ju ha en benägenhet att göra..."

De dansade några danser till, men sedan fick det vara bra, och de följdes åt till baren för att beställa några öl.

"Skål för Olof Sjögren!" sa Tomas och skrattade. "Den svenska kyrkan behöver fler som han, bakåtsträvande män som är totalt oemottagliga för rationella argument."

"Precis!"

"Vita vidder"! Sylvia Sorander kände mycket väl igen låten, och hon nynnade med i den. Men samtidigt frågade hon sig vad hon gjorde här i Parken Zoo på midsommar. Väninnan hade frågat henne, och till sin egen förvåning hade hon sagt ja. Men hade det verkligen varit så klokt? Hade hon inte viktigare saker att göra en kväll som denna?

"Kom igen, Sylvia, vi dansar lite, va?" ropade väninnan i hennes öra, och försökte dra ut henne på dansgolvet. "Om ingen bjuder upp oss får vi väl bjuda upp oss själva!"

"Nja..."

"Kom igen nu! Det är ju midsommar!"

"Ja, det är ju det..."

Och plötsligt fann sig Sylvia Sorander dansa någon slags underlig slöjdans utan slöjor med sin väninna mitt ibland alla par som dansade foxtrot. Till sin egen förvåning upptäckte hon att hon tyckte det var ganska roligt.

Och, som sagt, det var ju midsommar, hon fick väl bjuda lite på sig själv.

Sven Skougar drabbades plötsligt av en oroande tanke, som gällde den tipskupong med hans namn som hittats på Stålforsskolan. Men inte kunde det väl vara så..? Inte kunde väl personen ifråga iscensätta något sådant? Trots meningsskiljaktigheterna, motsättningarna, ja kanske hatet? Det var väl ändå för långsökt? Men han insåg att han måste gå till botten med denna misstanke, på ett eller annat sätt. Det var inte något han såg fram emot.

Idag hade han dock annat att tänka på. Det var midsommar, och han hade blivit utkommenderad till Parken Zoo, för att försöka upprätthålla ordningen där. Det var inte heller något han såg fram emot. Fulla och kaxiga ungdomar, slagsmål, spyor… Han visste av lång erfarenhet att midsommarafton inte alls var den romantiska idyll man ofta såg skildrad i gamla svenska långfilmer.

Men det var inte mycket att göra åt, plikten kallade. Som tur var åkte han dit tillsammans med Bitte Ludwigsson, som var en kollega han lärt sig uppskatta alltmer ju längre de hade arbetat tillsammans. Han visste dock inte riktigt om hon delade dessa känslor.

Det började inte bra, redan när de svängde ut på Västeråsvägen såg de några ungdomar som inte verkade helt nyktra vingla omkring på trottoaren. En flicka klädd i vit klänning var på väg ut i körbanan, men hindrades av sina kompisar.

Sven svor till. "Jävla fjortisar, de skulle hålla sig hemma, och inte stryka omkring på gatorna och orsaka problem för oss!"

Bitte Ludwigsson skrattade till. "Jo, men du Sven, du har väl också varit ung och oförståndig..?"

"Nej! Absolut inte, aldrig!"

Bitte skakade på huvudet. "Nej, nej…" Som ganska ofta kunde hon inte avgöra om hennes kollega var allvarlig eller skämtade. Skulle hon vara riktigt ärlig hade hon inte förstått om Sven ens *hade* någon humor.

De svängde in på Flackstavägen, och parkerade utanför entrén till Parken Zoo. Sven drog en djup suck. "Okej, då ger vi oss ut i djungeln, då."

"Ja, vi gör väl det." Bitte kastade en lite orolig blick på sin kollega. Var han verkligen redo för detta efter vårens händelser, och efter sin sjukskrivning? Nåväl, det måste han ju själv avgöra, hon kunde inte agera förmyndare åt honom.

De gick upp mot dansbanan. Bitte hejade på några unga kvinnor som hon kände sedan tidigare. De verkade ganska nyktra, och på bra humör. Men Bitte såg att de stelnade till lite när de upptäckte vem hon hade i sällskap. Det lovade inte gott inför kvällen.

Det var en ung man vid entrén till dansbanan som startade det hela. Han ryckte till när han såg Sven, knackade en kompis på axeln, och pekade.

"Titta, där är ju Stålforspyromanen!"

Kompisen tittade, och nickade. "Ja, och Lucidorpyromanen!"

Sedan var det igång. "Stålforspyromanen" verkade vara det slagord som fungerade bäst ikväll, och via ynglingarna vid entrén spred det sig snabbt runt dansbanan. Dansbandet fortsatte spela, men sångaren kastade oroliga blickar åt Bitte Ludwigssons och Sven Skougars håll. Bitte försökte hålla sig lugn. Det dröjde ett tag innan Sven hörde vad de skanderade, men när han väl hörde det såg Bitte att det var som om en rullgardin drogs ned framför hans ögon. Han såg både arg och uppgiven ut. Bitte såg att han var på väg att ge sig ut på dansgolvet för att försöka stoppa skanderandet, men hon tog tag i hans arm och hindrade honom.

"Det är ingen idé, Sven!" ropade hon i hans öra. "Låt oss inte göra det här värre nu! Vi ligger lågt!"

Sven stirrade på henne, och i hans ögon tyckte hon sig se en del av det han måste ha känt och upplevt under den senaste tiden.

"Nej nej, ingen idé, va? Låt dem hållas bara!"

Bitte ryckte på axlarna. "Det är bara tillfälligt, det kommer att gå över."

"Och hur fan vet du det?"

Bitte slog ned blicken. Ja, hur fan visste hon det? Hade hon någonsin varit med om något liknande? Nej, naturligtvis inte. Ingen hade någonsin skrikit slagord riktade mot henne, ingen hade någonsin misstänkt henne för mordbrand. Så vad hade hon egentligen att komma med?

"Visst, du har rätt. Jag vet inte ett skit om detta, eller om hur du mår. Men… låt oss inte förvärra situationen ikväll, vi drar oss tillbaka."

"Stålforspyromanen! Stålforspyromanen!! Stålforspyromanen!!!" Ropen blev allt starkare, och dansbandet hade nu slutat spela.

Bitte Ludwigsson följde en plötslig impuls, sprang fram till scenen, grabbade tag i sångarens mikrofon, och sa med en röst som hon försökte göra så lugn och stadig som möjligt: "Hej alla midsommarfirare! Det har blivit något slags missförstånd här. Vi från polisen är måna om att ordningen upprätthålls, men för att undvika ytterligare oroligheter kommer vi att byta ut några personer ikväll. Hoppas ni har överseende med detta, och att ni fortsätter att fira midsommarkvällen i lugn och ro!"

Några gapskratt hördes från det gäng som dragit igång skanderandet av slagord, men Bitte tyckte att även de verkade lugna ned sig när hon tog tag i Svens armbåge och drog iväg med honom därifrån.

"Kom Sven, vi går ned till bilen och pratar lite."

Sven ryckte på axlarna. "Okej, jag litar på ditt omdöme. Men det här är ju för jävligt!"

"Jo, jag håller med dig. Men det kanske är klokt att ligga lite lågt ikväll."

De lämnade dansbanan, och hörde hur skanderandet avtog bakom dem. Bitte kände någon slags ömhet när hon sneglade på sin kollega. Han såg både arg och ledsen ut. Hon hade så ofta varit förbannad på honom, men nu kände hon mest medlidande.

De satte sig i bilen vid entrén.

"Jag kör hem dig nu, Sven", sa Bitte. "Eller till polishuset om du vill. Det är nog bättre om Henrik Berggren eller någon annan jobbar med mig här ikväll."

Sven Skougar fnös till. "Ja ja, kör hem mig bara. Ursäkta mig för att jag trodde att jag skulle kunna jobba som en vanlig polis ikväll!"

"Jag vet, det är för jäkligt. Men du har kanske dig själv att skylla till en viss del."

Sven gav henne en lång, sur blick, men sa ingenting. Bitte

126

trampade på gaspedalen och körde resolut därifrån. Detta var det bästa sättet att lösa situationen. De var ju faktiskt i Parken Zoo för att upprätthålla ordningen, inte för att störa den.

Kapitel 25

Bokstäverna började bli svårtydda, fick läsas flera gånger innan de bildade förståeliga ord. Och även om dessa ord var betydelsefulla och viktiga trängde de inte längre alltid fram.

När boken föll i golvet hade den som läste redan somnat, och var på väg in i en av dessa återkommande drömmar.

Det började alltid med det karga landskapet, med myggen och knotten, med det ständiga ljuset som gjorde det omöjligt att dölja någonting. Med känslan av strävt tyg mot känslig hud, med blickar som vändes bort trots att de ännu stirrade rakt emot en.

Och så... närvaron! Känslan, nej vissheten av att någon eller något plötsligt var väldigt nära. En svag svettlukt, en andedräkt, varma händer, genomträngande blickar från vidöppna ögon.

Rösten! Hes, sträv, stark. "Ni paddor, horkarlar och horkonor, ni huggormars avföda..!"

Sensualismen i hatet, i det totala avståndstagandet, i upproret. Sensualismen i tron, i övertygelsen!

Här blev drömmen alltid väldigt fysisk, väldigt sexuell. Det gick inte att stå emot, det undermedvetna var med ens öppet, fuktigt och väldigt sårbart. Andens frukter – kärlek, vrede! Oskiljaktiga som siamesiska tvillingar.

Han var ju så tydlig! Hans bekymrade ansikte, hans smala haka. Hans mörka hår. Han var urkraften, han var segraren. Hans efterföljare var bara bleka kopior, hur mycket de än skränade och fördömde från otaliga predikstolar.

Hårda träbänkar, kyla, och så – uppflammande visioner, den ursinniga vreden i Kautokeino, allt hängde ihop, och nu, i drömmen, styrktes övertygelsen.

Det var rätt! Det var den enda vägen framåt.

Trots offren som måste göras.

Kapitel 26

Tisdagen den 29 juni.

Tiden gick fort nu, tänkte Lollo, som han gjort så många gånger förr. Lördagen den 21 augusti närmade sig snabbt, och han visste att ju närmare man kom det bestämda datumet för musikfesten, ju snabbare skulle tiden gå. Det var bara att försöka hänga på, och följa det ganska rudimentära tidsschema som han och Kenneth hade arbetat fram. Långt ifrån alla band som de hade kontaktat hade svarat, men han kände ändå att de hade en stabil stomme att bygga vidare på. Det lovade gott.

Det viktigaste var kanske att kommunen bekräftat att de ekonomiska garantier som de hade lovat gällde. Lollo antog att de tyckte det var värt det för att visa att man hängde med sin tid, och att man värnade om sina invånares kulturella fostran.

Han satte ned kaffekoppen och vinkade åt Kenneth som just anlände till Tempos restaurang och cafeteria. De hade bestämt sig för att ha ett arbetsmöte, bara de två, på denna plats som de bägge uppskattade.

"Hej Lollo!", sa Kenneth. "Allt under kontroll?"

"Någorlunda. Köp en fika så planerar vi vidare!"

Det gjorde Kenneth.

När han slog sig ned vid bordet märkte Lollo att han hade något att berätta.

"Okej, vad har hänt?"

Kenneth skrattade till. "Ja… jag vet ju att för dig är musik väldigt viktigt…"

"Ja… det är det väl för alla människor som har förståndet i behåll?"

"Må så vara, må så vara… Men det finns ju även andra saker som är viktiga."

"Som vadå?"

Kenneth drog på svaret lite. "Tja… fotboll."

"Fotboll?" Lollo skakade på huvudet. "Det vet jag väl, och

129

både du och jag är framstående fotbollsspelare, om än kanske inte i den allra översta eliten. Men vadå?"

"Jo du vet, Curt Görans…"

"Jo, jag känner till Curt Görans orkester. De som inte riktigt kan bestämma sig för om de är ett popband eller ett dansband." "Hans Angréus, sångaren med mera från bandet ska ju uppträda på vår musikfest. Och nu har hela bandet utmanat oss på en fotbollsmatch!"

Lollo skrattade till. "Jaså, det har de? Det kommer de att få ångra!"

"Naturligtvis! Men det är ju ett roligt inslag i musikfesten."

"Absolut! Då får vi alltså lägga oss i hårdträning!"

De inledde hårdträningen med en påtår, och lät sedan eftermiddagen förflyta under avspända planeringssamtal.

Om Sylvia Sorander hade suttit stilla hade det kunnat gå mycket värre. Stenen var både tung och hade vassa kanter, och den hade varit riktad mot hennes nacke. Nu slumpade det sig så att hon just böjde sig fram för att knyta skosnöret på en av sina skor, där hon satt i en solstol i trädgården vid föräldrarnas villa i Röksta. Så stenen träffade henne bara snett på hjässan, men kraften i kastet var tillräcklig för att hon skulle förlora medvetandet under en stund.

När hon vaknade till låg hon med överkroppen halvt utanför solstolen, och hon förstod först inte vad som hänt. Men sedan såg hon stenen där framför fötterna. Och hon skrek till, vrålade av både rädsla och vrede.

Hennes far kom utrusande ur huset. "Vad är det, Sylvia? Herregud, vad är det som har hänt?"

Sylvia Sorander bara pekade, men kunde först inte få fram ett ord.

Hennes far stirrade på stenen, och sedan såg han såret i hennes huvud.

"Men va faan… har någon kastat..?!"

Sylvia nickade. Hennes far gick fram till sin dotter, sträckte ut armarna som för att försöka skydda henne. Men hon rusade upp.

"Akta dig, han kanske fortfarande är kvar!" Hon rusade in i

huset, plötsligt storgråtandes. "Den jävla galningen kanske fortfarande är kvar!"

Hennes far, som nu började bli mer förbannad än rädd, såg sig omkring på de omkringliggande hus och gator som var så välbekanta för honom, men som nu plötsligt blivit okända, främmande och skrämmande. Han såg inga personer där, och det gjorde han inte heller när han sprang fram till grinden. Han visste ju inte hur länge dottern hade varit avsvimmad, men tydligen var det tillräckligt länge för att den som kastat stenen skulle ha haft tid att avlägsna sig från den allra närmaste omgivningen.

Han gick in till Sylvia, kramade henne, ledde henne ut till badrummet där han torkade bort blodet från hennes huvud.

"Jag ringer polisen nu. För du tror väl inte det var någon grannpojke som ville skrämmas?"

Sylvia gav honom en både trött och irriterad blick. "Nej, det tror jag inte. Ring polisen!"

Samtalet kopplades till Bitte Ludwigsson. När hon hörde vad det handlade om, och vem som utsatts för attentatet bestämde hon sig för att genast åka till Röksta. Hon knackade på dörren till Greger Högstedts rum, och förklarade situationen i korthet för honom.

"Sylvia Sorander...", sa Greger lite osäkert.

"Hon var inblandad i bombhotet mot konstmuseet", sa Bitte otåligt.

"Okej. Åk dit! Och så skickar jag några bilar som kan finkamma kvarteren runt omkring."

Så Bitte begav sig till Röksta.

Sylvia Soranders far rusade fram emot hennes bil redan när hon bromsade in utanför villan, där en ambulans stod parkerad.

"Men det här är väl ändå för jävligt, att ni inte ska kunna skydda en ung kvinna i hennes eget hem!"

Bitte stängde bildörren bakom sig, och försökte göra sin röst så lugn och förtroendeingivande som hon bara kunde.

"Jag förstår mycket väl om..."

"Förstår och förstår! Vad hade det hjälpt Sylvia om hon

träffats av den där stenen rakt i pannan?!"

Bitte Ludwigsson svalde. Hon kunde mycket väl sätta sig in i mannens upprördhet, även om hon själv inte hade några barn.

"Jag är den första att beklaga det som hänt, men vi inom polisen har inte möjlighet att bevaka och beskydda alla personer som möjligen skulle kunna utsättas för någon form av våld."

Sylvia Soranders far verkade även förstå detta, och visade in Bitte i villan. I en fåtölj satt Sylvia med en blodfläckad handduk tryckt mot hjässan. Hon var omgiven av två ambulanssjukvårdare, som var i färd med att ta prover på henne. Sylvia såg skakad och rädd ut. Och vem skulle inte vara det, tänkte Bitte.

"Hej Sylvia, hur mår du?"

Sylvia skakade på huvudet. "Hur tror du? Mitt liv räddades kanske av ett oknutet skosnöre för en stund sedan."

Bitte slog sig ned. "Vi har spanare ute i kvarteren här runt omkring, och hoppas att de ska kunna hitta någonting. Men annars… har du någon aning om varför detta hände?"

Sylvia skakade på huvudet. "Du menar om jag har någon svartsjuk pojkvän som ville hämnas, eller något?"

Bitte ryckte på axlarna. "Vad som helst."

"Nej. Det här måste ha med min tavla på konstmuseet att göra."

"'Sakramenten saknar kön'?"

"Just den, ja."

"Jaa, det där är ju lite svårt för oss att avgöra… Men vi kommer naturligtvis att göra vårt bästa för att utreda detta… attentat, för det får man väl kalla det."

"Ja, för mig får ni gärna kalla det så!"

Nu blandade sig Sylvia Soranders far i samtalet igen. "Men… är det ni allt ni kommer att göra? Min dotter har nästan blivit dödad av en galning, och ni frågar helt lakoniskt om hon hade en pojkvän som skulle kunna vara skyldig till detta?!"

Bitte såg honom rakt in i ögonen, men kände att hon inte hade något bra svar att ge.

"Nu frågade jag ju faktiskt inte om någon pojkvän… Men som sagt, vi har bilar ute i kvarteren här runt omkring, och vi hoppas

132

att vi kommer att få in tips från allmänheten..."

"Ja, kyss mig, så ser alltså vår rättssäkerhet ut. Vi kan sitta i våra trädgårdar och stenas ihjäl av stora stenbumlingar, och det är helt normalt..?!"

"Nja, vi inom polisen gör vårt absolut bästa, men, som sagt, vi kan inte skydda alla från allt. Nu ska vi vara glada för att det här inte gick värre än det kunde ha gått. Och vi ska göra vårt allra bästa för att få fatt i den person som kastade den där stenen."

Sylvia Soranders far fnös, men verkade inte hitta något att tillägga för tillfället.

"Du Sylvia kommer nu att få åka med ambulansen till sjukhuset så att de kan undersöka dina skador noggrannare. Där kommer vi även att genomföra ett grundligare förhör med dig, om det är okej?"

Sylvia nickade. "Visst."

När de lämnade Röksta såg Bitte en av de polisbilar som cirkulerade i området, men på polisradion kunde hon inte höra några rapporter om misstänkta personer. Det bådade inte gott.

Kapitel 27

Det var med blandade känslor som Olof Sjögren tog upp brevet från Svenska Kyrkan som låg innanför hans dörr. Det hade funnits en tid då allt som kom därifrån var positivt och inspirerande, men den tiden var för länge sedan förbi. Nu var hans relation till den organisation som ju trots allt var hans arbetsgivare mer komplicerad. Alltså väntade han lite med att öppna brevet.

Han ställde sig vid fönstret och såg ut över Årby. De hade kommit fram till den sista dagen i juni. Halva detta år 1971 hade redan förflutit, och det var så mycket han inte hunnit med att göra, kände han. Så många människor han inte pratat med, så många meningsmotståndare han inte försökt övertyga.

Men allt kunde ju inte rimligtvis hänga på honom. Det måste ju finnas fler vettiga människor i världen! Ibland tvivlade han dock på detta. Det fanns så många blinda ögon, så många brinnande buskar som ingen såg, så många öron som var döva för alla argument, så mycket hat...

Kort sagt, så många orsaker att välja okonventionella metoder.

Han tog upp en tändsticka från en ask som låg i köksfönstret, drog den mot plånet, och såg på lågan. Förde den sedan över den vänstra handflatan, så långsamt han kunde utan att smärtan blev outhärdlig. Det var där han måste vara, vid punkten just innan smärtan blev outhärdlig.

Men hur ofta var han det? Alldeles för sällan.

Han satte sig vid köksbordet, och öppnade brevet. Läste snabbt igenom det, skakade på huvudet.

"Bäste herr Olof Sjögren", stod det. "Vi inom Klosters församling i Eskilstuna har med oro uppmärksammat ditt motstånd mot kvinnliga präster. Du är i din fulla rätt att hysa sådana åsikter privat, men eftersom det nuförtiden är både lagligt och eftersträvansvärt att även kvinnor kan inneha sådana tjänster skulle vi vilja uppmana dig att avstå från att göra

134

uttalanden i denna fråga i samband med ditt tjänsteutövande."
Brevet var undertecknat av en av hans kollegor, en liten
fetlagd man med dålig andedräkt som Olof Sjögren aldrig hyst
någon överdriven respekt för.

"Vi inom Klosters församling…" De hade alltså diskuterat
honom på möten som han själv inte hade kallats till. Det var ju
bara väntat. Dessa fega stackare!
Han tände ännu en tändsticka. Denna gång höll han lågan mot
handflatan ända tills det började osa bränt.
De skulle få se! De hade ingen aning om kraften och
hängivelsen i hans tro!

Förste poliskommissarie Greger Högstedt såg ut över rummet
där några av hans underlydande hade samlats för dagens
förmiddagsmöte. Han tyckte sig känna en viss uppgivenhet i
luften, eller kanske förvirring. Det var mycket som hände, men
svårt att få någon rätsida på hur det hela hängde ihop.
Om det nu gjorde det. Bombhotet mot konstmuseet,
mordbränderna i Stålforsskolan och på Lucidor, attentatet mot
Sylvia Sorander. Det var många säregna händelser i Eskilstuna
under kort tid, men kanske var det en slump?
Greger såg att även Sven Skougar hade infunnit sig på jobbet
idag, och han iakttog honom en lång stund. Sven såg stressad ut,
tyckte han. Plågad. Det kändes inte alls som om han uppskattade
att vara tillbaka på jobbet.
Olle Gustafsson såg mest trött ut. Som om han längtade hem
till villan i Brottsta igen, och till sin trevliga hustru Birgitta, som
Greger hade träffat många gånger, och som han kom väl överens
med.
Den enda som såg någorlunda pigg ut var Bitte Ludwigsson.
Greger visste att hon sedan några år tillbaka var gift med en man
som hette Sverker, och att de inte hade några barn. Men när han
såg på henne fick han plötsligt en känsla av detta tillstånd inte
skulle vara så länge till. Denna känsla överraskade honom,
eftersom han visste med sig att han inte brukade vara så
mottaglig för sådana tankar eller föraningar.
Ja ja, det fick vara hur det ville med det, nu var det en

arbetsdag, och de hade vissa händelser att utreda.

"Okej", sa han. "Igår inträffade en väldigt obehaglig incident i villaområdet Röksta. Sylvia Sorander, som vi känner till från bombhotet mot konstmuseet i maj, fick en stor sten kastad mot sig här hon satt i trädgården vid sina föräldrars villa. Det var ren tur att hon inte skadades allvarligare än hon gjorde, eller till och med att hon inte avled av de skador hon tillfogades. Hade hon inte böjt sig fram så skulle stenen ha träffat mycket värre än den nu lyckligtvis gjorde."

Greger harklade sig lite, och fortsatte.

"Vi kan naturligtvis i dagsläget inte avgöra om denna händelse hänger ihop med bombhotet, men det är väl ett rimligt antagande att det kan vara så. Stenen är naturligtvis skickad på analys, men något säger mig att detta inte kommer att ge så mycket. Vi har förstås knackat dörr i området, men än så länge har vi inte fått in några iakttagelser som skulle kunna vara intressanta. Det verkar, kort sagt, som om vår mystiska stenkastare hivade iväg stenen, och sedan försvann i tomma intet."

Olle Gustafsson räckte upp en hand, och fick ett litet småleende från Greger som tack. "Ja, Olle, du har begärt ordet?"

"Jo, jag tänkte på att det här är ju ett väldigt märkligt... attentat. Kasta en sten i ett villaområde i fullt dagsljus. Vem gör något sådant? Var det planerat, eller ett plötsligt infall? Jag tror det kan vara bra att försöka sätta sig in i hur gärningsmannen, eller gärningskvinnan, tänkte."

"Det låter klokt! Vi tar med oss dessa ord, och går vidare med vårt arbete. Bitte har huvudansvaret för utredandet av attentatet mot Sylvia, vänd er till henne om ni har några tankar om denna händelse."

Folk började resa på sig. "Och du Sven", fortsatte Greger. "Kan vi ta ett litet samtal efter lunch?"

"Naturligtvis!" nickade Sven Skougar.

Det hade naturligtvis varit helt vansinnigt! En plötslig impuls som skulle ha kunnat förstöra så mycket, rasera allt det som vreden höll på att bygga upp. Bara det att ta sig till Röksta, till huset där Sylvia bodde hade varit galet. Men ibland var galenskapen enda vägen framåt.

Och när så Sylvia hade suttit där i solskenet i trädgården, till synes utan minsta bekymmer alls i sitt snedvridna sinne... Och när stenen hade legat där, som om någon placerat den på exakt rätt ställe...

Ja, då fanns det ingen återvändo. Då skulle Sylvia straffas för sin hädelse, då skulle hon stenas!

Man förvandlar inte en biskop till en docka, oavsett vilken tro man har! Gör man något sådant är man väldigt långt ifrån att förstå krafterna som styr universum.

Så stenen hade kastats, med ett plötsligt och okontrollerbart ursinne.

Och så hade den missat! Eller i alla fall halvmissat.

Men då var det försent att rätta till, att göra något mer. Då gällde bara flykt.

Att inga grannar tycktes ha varit hemma var ett tecken på att impulsen varit korrekt.

När ambulansens sirener började ljuda var Årbys gator perfekta gömställen.

"Joo du, Sven..." Greger Högstedt kände sig plötsligt osäker på vad han skulle säga, varför han kallat Sven Skougar till detta samtal. "Jag vill egentligen bara höra hur du mår, om du orkar vara här på jobbet."

Sven Skougar skakade irriterat på sig.

"Klart jag orkar vara här! Vad tror du om mig egentligen? Lite skit får man väl tåla!"

"Lite skit... Vad jag förstår har det varit mer än *lite* skit för dig på senaste tiden. Demonstrationer, slagord..."

"Ja ja, jag vet vad som har hänt!"

"Vet du också varför?"

"Vad menar du?"

"Jaa... varför du har blivit utsatt för detta?"

"Du menar om det var jag som tuttade på på Stålfors?"

"Nej, det menar jag inte! Eller..?"

Sven Skougar reste sig upprört upp från stolen han suttit i.

"Men det här är väl ändå själva faan, min egen chef tror att jag är en pyroman!"

"Det har jag inte sagt! Sätt dig."

Sven föreföll först vara på väg att lämna rummet, men så satte han sig långsamt ned på stolen igen.

"Greger, låt oss tala klarspråk. Jag vet att du inte gillar mig sådär överdrivet mycket, och att du inte tycker att jag utför mitt arbete på bästa..."

Greger Högstedt skakade på huvudet. "Hör nu, Sven, visst har jag vissa invändningar mot det sätt du utför ditt arbete på. Men vi har alla våra personligheter och temperament. Jag vet att du ibland har råkat i konflikt med personer eftersom du brusat upp..."

"Brusat upp! Ja, det är väl minst sagt svårt att undvika att göra det i vissa situationer, när man konfronteras med jubelidioter...!"

"Just så, ja. Det är den där sidan av dig som jag som chef har svårt att tackla."

"Det skulle inte förvåna mig om du tror att det var jag som stack till Röksta och kastade sten mot Sylvia Sorander också!"

Greger Högstedt slog ifrån sig med bägge händerna. "Nej, hallå där! Varför skulle du göra något sådant?!"

Sven skrattade till, ett kort glädjelöst skratt. "Så du har alltså övervägt det alternativet?"

Greger blev tyst. Och utan att säga ett ord till lämnade Sven rummet.

När han hade gått ordnade Greger papperen på sitt skrivbord så att de låg symmetriskt och i rak vinkel mot den pennvässare han aldrig använde.

Det där samtalet kunde kanske ha gått bättre, tänkte han.

Finn Skougar såg upp mot polishusets fasad. Bakom en av de där fönsterrutorna fanns kanske just nu mannen han hatade mer än alla andra i världen. Mannen som berövat honom så mycket, som tagit hans barndom ifrån honom.

Han plockade upp en sten från gatan, och var just på väg att kasta den mot huset när han besinnade sig. Vad hade han att vinna på att bli anhållen för skadegörelse på polishuset? Och dessutom visste han ju inte vilket fönster han skulle kasta stenen mot.

Så han lät stenen falla till marken, spottade, och började gå därifrån.

Det fanns ju så mycket annan djävulskap han kunde ställa till med!

Kapitel 28

Redan var det juli! Närmare bestämt söndagen den fjärde juli. USA:s nationaldag.

Men detta hade Olof Sjögren inga tankar på. Han hade nämligen efter ett möte med andra kvinnoprästmotståndare i Folkets hus just fått syn på en person som irriterat honom under en tid. Så han banade sig väg genom sina meningsfränder för att äntligen få ett samtal med den unge mannen.

"Hallå där!"

Tomas Augustsson mötte Olof Sjögrens blick, men var inte överdrivet intresserad av att inleda ett samtal med honom. Istället drog han sig undan, och sökte efter en flyktväg.

Så fegt! tänkte Olof. Och så typiskt för sådana som han. De kunde stå i en klunga och skrika slagord, kanske skriva anonyma insändare i tidningar, men när man ville konfrontera dem öga mot öga drog de sig undan.

Men den här gången tänkte Olof Sjögren inte ge sig. Han kände sig stark och irriterad.

"Vad gör du här?" nästan skrek han.

Tomas såg sig om, tvekade lite om hur han skulle gå vidare.

"Tja, det var väl ett öppet möte…"

Nu hade Olof kommit fram till honom. Han lade sin hand på Tomas axel. Handen var tung och hård.

"Jo, det var ett öppet möte. Men jag tror inte att du kom hit för att höra mina åsikter om det som mötet handlade om."

"Utan...?"

"Jag tror att du som vanligt dyker upp för att ställa till bråk, och för att sprida dina egna åsikter. Jag har nog sett dig och dina gelikar utanför många av de ställen där jag talat om denna fråga."

"Ett möte är väl till för att utbyta åsikter?" Tomas kände att även han började bli irriterad över denna plötsliga konfrontation. På något sätt var det samma känsla som när de medelålders

140

damerna vid Mälardalstvätten anklagade honom för att sänka ackordet när han slet vid det löpande bandet med smutstvätt. Fast ändå inte. Detta handlade ju om helt andra saker. Att han kanske sänkte ackordet kunde han förklara med bristande rutin, men att han nu blev anklagad av en reaktionär kvinnoprästmotståndare för att ställa till bråk var mycket värre.

Olof Sjögren hånlog mot honom. "Åsikter? Du menar att vi skulle vara två jämbördiga meningsmotståndare som kanske skulle kunna resonera oss fram till en kompromiss som tillfredsställde oss båda? Glöm det, grabben!"

Olof Sjögrens grepp om Tomas axel hårdnade, och plötsligt kände Tomas hur det svedde till när Olof gav honom en örfil.

"Men va faan, ska du börja misshandla mig nu, din jävla gamla äckelgubbe?!" Tomas skakade av sig Olofs hand, och passade samtidigt på att sparka till honom på smalbenet så att Olof vacklade till. Om han inte fångats upp av några män som stod bakom honom skulle han ha fallit i gatan.

Tomas såg vreden och förvåningen i Olofs ögon, och insåg att det nog var bäst att dra sig undan innan detta urartade ännu mer. Så han vände sig tvärt om och började gå snabbt därifrån.

"Så typiskt!" hörde han bakom sig. "De som är svaga i anden flyr, de lämnar walkover för djävulen! Inte konstigt att världen ser ut som den gör!"

Tomas skakade på huvudet. Olof Sjögren var tydligen en ännu större idiot än han hade trott.

"Men du kommer inte att kunna fly undan mig, Tomas Tvivlaren..!"

Tomas Augustsson stannade upp mitt i steget. Så gubben hade gett honom ett öknamn! Det var ju faktiskt på sätt och vis nästan hedrande. Han vände sig om, gav Olof ett ilsket ögonkast och en ful gest med långfingret, och gick sedan vidare. Denna strid kunde han inte vinna genom att ge sig in i ett offentligt slagsmål.

De övriga mötesdeltagarna och några förbipasserande som hade bevittnat scenen såg efter honom, Tomas tyckte sig nästan kunna känna deras blickar i sin rygg. Kanske hade han uppsökt detta möte för att få till stånd en konfrontation, man han insåg nu att det hade varit ett misstag.

Olle Gustafsson lutade sig tillbaka i sin favoritfåtölj hemma i villan i Brottsta, och tog en stor klunk av det starka kaffe som hans hustru just hade tillagat. Han kände sig tillfreds med att kunna sitta i lugn och ro och fundera på tillvaron, men ändå lite missnöjd med att utredningen gav honom den tiden. Utredningen, förresten, fanns det ens en sådan? Spretiga händelser, personer som mådde dåligt, utsattes för märkliga attentat, bränder, tipskuponger som låg på ställen där de absolut inte borde ligga...

Det var en enda soppa. Undersökningen av stenen som kastats mot Sylvia Sorander hade naturligtvis inte gett något, det hade han ju inte heller väntat sig. Men visst var det märkligt att någon kunde inleda en stening mitt på ljusa dagen i ett villaområde, utan att någon sett något. Det var ju en sabla tur att Sylvia böjt sig fram just som stenen kom farande!

Birgitta Gustafsson satte sig i fåtöljen vid hans sida. Hon föredrog te, så hon hade gjort en stor kopp Lapsang Souchong. Som alltid tyckte Olle det luktade rökt korv, men det sa han inte.

"Nå, hur mår min kriminalkommissarie?"

"Din kriminalkommissarie är förvirrad. Han vet inte riktigt vad han sysslar med på jobbet för tillfället."

"Är det så illa?"

Olle skrattade till. "Ja, det är det nog. Folk bombhotar och anlägger bränder, skriker slagord riktade mot mina kollegor..."

Birgitta lutade sig fram och gav sin man en klapp på axeln.

"Ja, jag vet ju att du vill ha ordning och reda, och att du vill lösa dina fall."

"Jaa... jag vill gärna kunna se vart en utredning är på väg."

"Och det kan du inte i detta fall?"

"Nej, det kan jag inte. Allt bara flyter ut."

"Och Sven?"

"Sven Skougar? Ja, jag vet inte. Han är ju inte världens mest inkännande och sociala person, men... Ja, jag vet helt enkelt inte hur han passar in i den här soppan."

"Det kommer säkert att visa sig!"

"Det tror du? Skönt att ha sådan uppbackning på hemmaplan, det måste jag erkänna!"

Om Olle skulle vara riktigt uppriktig såg han inte alls fram emot att gå till jobbet dagen därpå, och tröska vidare i detta och andra ärenden. Det var en känsla som han inte alls gillade. Han var trots allt bara fyrtiosex, och borde ha många år kvar inom polisväsendet.

Ja ja, det ordnade sig nog. Det måste det göra. Och även denna utredning skulle nog klarna upp och bli mer konkret.

"Vad sägs om ett restaurangbesök ikväll? En god matbit och ett glas rött?"

Birgitta Gustafsson nickade. "Låter bra! Nu börjar jag känna igen min man igen!"

Kapitel 29

Onsdagen den 7 juli stämplade Tomas Augustsson ut från Mälardalstvätten med en djup suck av lättnad. Ännu en dag vid det löpande bandet avklarad. Och det hade varit en helt okej dag, inga större misstag, inga större dispyter med kollegorna. Men ändå, han förstod inte riktigt hur han skulle orka jobba vidare på det här stället. Visst hade han planer för framtiden, men dessa planer var tyvärr inte så konkreta, så han hade egentligen ingen aning om hur länge han skulle stå vid det löpande bandet och slita och dra i smutstvätt.

När han gick mot busshållplatsen för att ta bussen in mot staden lade han än en gång märke till en kvinna som han hade sett ganska många gånger under de senaste veckorna vid den här hållplatsen. Faktiskt så många gånger att de hade börjat nicka igenkännande åt varann. Hon var nog inte sådär alldeles purung, men när han mötte hennes blick tyckte han att hennes ögon var både unga, pigga och utmanande.

Han tog en fönsterplats på bussen, och redan när hon gick på visste han att hon skulle sätta sig bredvid honom. Vilket hon även gjorde. Han iakttog henne i smyg från sidan, utan att riktigt förstå varför. Hon var ingen skönhet, men hade ett utseende som på något sätt fascinerade honom. Han trodde att han var diskret, men ändå måste hon ha märkt hans blickar, för plötsligt sa hon:

”Hej! Du jobbar på Mälardalstvätten va?”

Han slog ned blicken, och kände sig som om han blivit ertappad med något skamligt.

”Jaa… det gör jag, för tillfället.”

”Trivs du?”

”Nja… det är väl mest ett tillfälligt jobb.”

”Och sedan ska du gå vidare mot nya djärva utmaningar?”

”Jaa… jo… det är väl tanken det.”

Kvinnan vid hans sida log.

”Tycker jag har hört det där förut från folk som jobbar vid

144

Mälardalstvätten. Men många har fastnat där. Hoppas du inte gör det."

Tomas Augustsson skakade på huvudet. "Nej då, det är ingen fara. Jag har planer för framtiden, och de planerna inbegriper inte det här stället", sa han och försökte låta säkrare än han egentligen kände sig.

"Bra!"

Bussen lämnade industriområdet vid Vilsta, och satte kurs mot centrum. Plötsligt kände Tomas hur kvinnan bredvid honom lutade sig emot honom.

"Joo du", sa hon, "det här är inget som jag brukar göra, jag menar prata med obekanta herrar på bussen. Men jag tycker att du verkar trevlig. Hoppas du inte tar illa upp för att jag säger det!"

Tomas skrattade till. "Hur skulle jag kunna ta illa upp för en sådan sak?"

"Okej. Bra!"

Bussen närmade sig Fristadstorget, och plötsligt reste sig kvinnan upp, och gav honom en lapp.

"Jag vet att det här kan verka framfusigt, och jag brukar som sagt inte göra sådana här saker. Men… om du skulle ha lust att träffas någon gång, kanske ta en öl eller äta en bit och prata om livet och… ja, jag vet inte riktigt vad. Här har du mitt telefonnummer. Ring mig om du vill!"

Tomas Augustsson såg efter henne när hon hastigt lämnade bussen. Detta hade verkligen blivit en märklig resa! Men han måste erkänna att känslorna efter det oväntade samtalet var mestadels positiva. Han tittade på lappen han hade fått, och inom sig visste han redan att han skulle ringa det nummer som stod där, bredvid namnet Siri.

Greger Högstedt svor till när smärtan drabbade honom. Tänk vilka krafter som rymdes i käkarna, och hur ont det kunde göra när man bet fel! Han hade ju trott att oliverna i lunchsalladen var urkärnade, men det var de alltså inte. Han spottade ut olivkärnan, och hoppades att misstaget inte skulle leda till att han tvingades uppsöka tandläkaren.

När han gick ut i korridoren slogs han av hur lugnt och tyst det var på polishuset. Semestertider. Många kollegor låg nog i hängmattor, eller vid badstränder med glass-strutar och stojande barn. Han avundades dem egentligen inte. Själv hade han ju inga barn, och han hade aldrig varit så förtjust i att bada. Så han kunde gärna sitta här i sommarvärmen. Men att bita sönder tänderna på olivkärnor var ingen bra idé.

Och förresten, hängmattor... vem hade en sådan nuförtiden? Visst hade Greger testat, men han hade svårt att tänka sig att ligga någon längre tid i en sådan.

Och han var ju inte ensam om att jobba. Både Olle Gustafsson och Sven Skougar var i tjänst. Vilket ju inte var helt problemfritt, när det gällde Sven Skougar. Som överordnad chef bar Greger Högstedt ansvaret för att arbetet på stationen flöt på, och för att ingen medarbetare begick tjänstefel, eller bröt mot de regler för hur människor de kom i kontakt med skulle behandlas. Men det var inte alltid så lätt. Han såg ju inte allt, och han var försiktig med att uppmana kollegor att spionera på kollegor, även om han ibland gjorde undantag, som han hade gjort när han för ett tag sedan hade bett Olle Gustafsson hålla ett öga på Sven Skougar.

Sven Skougar, ja... Visst kunde olivkärnor vara hårda, men vissa kollegors okänslighet var nog en ännu hårdare nöt att knäcka.

Han lutade sig tillbaka, och slöt ögonen. Allt skulle säkert ordna sig, men hur och när... det var en helt annan fråga.

Kapitel 30

Lördagen den 10 juli var en stor dag i Klubb Lucidors historia. Äntligen kunde man öppna stället igen efter mordbranden. Björn såg ut över lokalen, och gladdes åt att den var så välfylld. När han tog ett djupt andetag tyckte han sig ännu kunna känna en svag doft av brandrök. Men det kunde ju vara inbillning. Det var ju trots allt en och en halv månad sedan någon galenpanna hade tänt på stället, och man hade bytt ut alla brandskadade delar.

Så ikväll slog man upp portarna för den oberoende musiken igen, och Björns band Helig vrede skulle naturligtvis spela. Det såg Björn fram emot. Det skulle säkert bli en historiskt bra spelning, som så ofta när Helig vrede ställde sig på scenen. Det var alltid oförutsägbart, och visst kunde det ibland bli oinspirerat och trist, men ikväll var ingen sådan kväll, det kände Björn inom sig. Och när han mötte gitarristen Lasses blick blev han ännu mer övertygad om att de skulle skriva musikalisk historia ikväll. Det var bra, ingen galen mordbrännare skulle få sätta stopp för Eskilstunas musikaliska kreativitet!

Några timmar senare såg Björn ut över publiken just när Lasse hade avslutat ett himmelskt bra gitarrsolo. Han såg att folk njöt, och några stammisar höjde sina ölsejdlar för att skåla med honom. Det kändes bra. Just såhär skulle det vara. Lucidor var tillbaka på banan igen!

Tomas Augustsson lutade sig mot väggen på ett hus i korsningen av Nygatan och Kriebsensgatan, och såg sig lite oroligt omkring. Skulle hon komma? Kanske hade det varit vansinnigt att ringa det nummer han fått på en papperslapp några dagar tidigare. För vem var väl hon, vem var väl Siri? En kvinna han inte kände, en kvinna som lagt märke till honom på bussen från jobbet.

Men han hade ju ringt numret, han ville ju träffa henne.

Från ett musikställe i närheten hördes högljudd musik. Klubb

Lucidor hette visst stället, hade han förstått. Men han hade aldrig varit där, och troligen skulle han inte komma dit ikväll heller. Han ville prata i lugn och ro med Siri, inte sitta och skrika i hennes öra med skrålande musik i bakgrunden.

Han väntade ännu en kvart, gick en sväng bort till Drottninggatan, och så tillbaka igen. Det var ju i den här korsningen de hade stämt träff. Men... han såg på klockan. Det var nog bara att inse att hon inte skulle komma. Kanske hade det hela bara varit något slags konstigt skämt från hennes sida?

Tomas beslöt att ge henne ytterligare fem minuter, sedan fick det vara bra. Han hade väl annat att göra än att stå här och vänta på en främmande kvinna. Det här hade nog varit en dålig idé ända från början.

Men då dök hon faktiskt upp! Han såg henne redan på långt håll när hon kom gående längs Nygatan, förbi Klubb Lucidor. Han tyckte hennes steg såg målmedvetna ut, och hon hade håret insvept i en sjal, nästan som en muslimsk kvinna. När hon kom närmare vinkade hon åt honom, och han besvarade hälsningen.

"Hej!" sa han. "Så du kommer i alla fall?"

"Naturligtvis! Har du väntat länge?"

"Nej då, inte så värst", ljög han.

Siri pekade mot Klubb Lucidor. "Gillar du sådan musik, vill du gå dit?"

Tomas skakade på huvudet. "Nej, helst inte. Kan vi inte gå och käka på något lugnare ställe?"

"Gärna. Förslag?"

Nu var Siri framme hos honom, och hon gav honom en hastig kram. Den både gladde och värmde honom.

Tomas ryckte på axlarna. "Stadshotellet?" drog han sedan till med. Inte för att han någonsin varit där och ätit, men av någon anledning trodde han att det skulle passa henne. Och hon accepterade förslaget utan invändningar.

"Okej, då går vi till Stadshotellet."

Eftersom kvällen ännu var ung fanns det gott om lediga bord i Stadshotellets restaurang. De valde ett bord vid fönstret, där de kunde blicka ut över ån och Klosters kyrka. En kypare hälsade dem välkomna, och överlämnade menyn.

148

"Något att dricka medan ni beställer?"

"Gärna ett glas av husets röda", sa Siri, och Tomas nickade.

"Det blir bra."

Han tyckte det kändes overkligt att sitta här med denna kvinna som han inte alls kände. Overkligt och spännande. Han undrade om hon kände samma sak. Men hon verkade på något sätt blasé. Kanske var detta – att gå på restaurang med obekanta män – något hon gjorde varje vecka, trots att det hon hade sagt på bussen tydde på motsatsen. Men det ville han inte tro. Han ville känna sig speciell, utvald.

Hon beställde sjötunga Walewska, och han tog en plankstek.

De smuttade på vinet medan de väntade på maten. Tomas kände sig plötsligt blyg, och visste inte vad han skulle säga. Så det blev Siri som tog kommandot.

"Berätta om dig själv", sa hon.

Detta gjorde på något sätt Tomas ännu blygare. "Det finns inte så mycket att berätta…"

"Det gör det säkert!"

"Tja, mina föräldrar bor i en villa i Slagsta. Och jag har en storasyster som heter Beatrice."

"Fint namn! Dantes ungdomskärlek."

"Va? Ah, du menar Dante Alighieri?"

"Det gör jag. 'Den gudomliga komedin'."

"Har du läst den?"

Siri skakade på huvudet. "Inte hela. Det är inte så lätt för en nutidsmänniska att sätta sig in i 1300-talets Italien."

"Nej, det kan jag tänka mig. Jag har inte ens försökt."

Bara detta att sitta på Stadshotellet i Eskilstuna och prata om Dante Alighieri med en vilt främmande kvinna! Tomas Augustsson skrattade till tyst inombords. Livet var märkligt ibland! Det var skönt att kunna koppla bort tankarna på Mälardalstvätten, och även på prästen Olof Sjögren och hans kvinnofientliga pladder ett tag! Och plötsligt kände han hur en tanke började gro inom honom. Tänk om Siri var kvinnan som skulle kunna leda honom in i den sexualitet som hittills varit ett nästan okänt landskap för honom? Han hade ju faktiskt fyllt 21, och kände att han var mer än lovligt oerfaren på det området.

Han betraktade Siri än en gång. Hur gammal kunde hon vara? Omöjligt att säga, och han ville inte fråga. Hon hade fina rynkor runt ögonen, men hennes blick var väldigt ungdomlig, och han tyckte hon såg vältränad ut.

Maten kom in, och den smakade alldeles utmärkt. De beställde in ännu några glas av husets röda. Drycken fick Tomas att koppla av, och plötsligt fann han sig berätta saker för Siri som han inte hade berättat för någon annan. Minnen från barndomen, pinsamma ögonblick i skolan... Hon var en god lyssnare, och hon verkade faktiskt genuint intresserad av att ta del av det han berättade.

Efter ett tag tyckte han det kändes lite pinsamt att berätta så mycket, och han kom på att hon nästan inte sagt något om sig själv.

"Men du då? Vem är du? Var kommer du ifrån?"

Siri kastade en blick på sitt armbandsur, och log lite. "Nja, vi kanske får ta det nästa gång, jag måste faktiskt snart gå."

Tomas kände sig både besviken och glad. "Nästa gång", hon kunde alltså tänka sig en sådan!

"Men här har ju jag suttit och pladdrat om mig själv, och du har nästan inte sagt någonting om dig själv."

Siri lade sin högra hand på hans handled. "Det är okej, Tomas. Nästa gång ska jag berätta."

Något i hennes blick sade honom att det inte var lönt att argumentera.

"Okej, lova det då!"

"Jag lovar! Du ska få lära känna mig."

De drack ur de sista vinskvättarna, och tog in notan. Siri avslog bestämt hans förslag att han skulle bjuda.

"Jag betalar för mig", sa hon lugnt. Och även nu kände Tomas att det inte var lönt att argumentera.

"Så ja, tack för ikväll", sa Siri när de kom ut från restaurangen. "Du ska väl däråt", sa hon och pekade mot Fristadstorget. "Jag ska åt andra hållet, så här skiljs våra vägar åt för ikväll."

Tomas nickade. "Men vi hörs, va?"

"Det gör vi!"

Siri gav honom en hastig kram, och började gå mot Klosters kyrka. Tomas såg en stund efter henne. Hon gick målmedvetet, och såg verkligen vältränad ut.

Det var först när han passerat Stadshuset som tanken slog honom. Hur hade hon kunnat veta åt vilket håll han skulle gå? Visste hon att han bodde i Nyfors?

Kapitel 31

Lollo från Eskilstuna Musikentusiaster läste än en gång igenom listan med band som var klara till Vilstafesten. Det såg bra ut, visst sjutton såg det bra ut! Detta skulle bli en musikfest som Eskilstuna sent skulle glömma! Nu var det bara att hoppas på att vädret inte jäklades alltför mycket lördagen den 21 augusti. Men det kunde man ju aldrig veta, den svenska sommaren var inte riktigt pålitlig när det gällde utomhusarrangemang.

Ja ja, det var bara att jobba vidare. Än var det över en månad kvar till festivalen, och mycket jobb återstod.

Sylvia Sorander ryckte till just som stenen var på väg att krossa hennes huvud. Hon kastade sig reflexmässigt åt sidan, och ett par som låg på en stor rödspräcklig badhandduk några meter ifrån henne på Vilsta badplats tittade förvånat mot henne. När de insåg att hon slumrat till och troligen drömt något skrattade de, och vinkade åt henne. Hon vinkade tillbaka.

"Jag somnade visst", sa hon.

Paret nickade. "Ja, det är lätt gjort i den här värmen!"

Vissa dagar föredrog Sylvia att tillbringa själv, utan sina vänner. Detta var en sådan dag. Så hon hade tagit cykeln och cyklat från föräldrarnas villa i Röksta till Vilsta, där hon hade lagt sig i skuggan under ett träd och iakttagit människorna runt omkring. Tills hon tydligen hade somnat.

Stenen, ja. Den hade hemsökt henne i både drömmar och tankar ända sedan den där dagen för drygt tre veckor sedan när någon hade kastat den mot henne. Och för varje gång den dök upp blev den alltmer skräckinjagande, fick allt vassare kanter, kastades med allt större kraft. Hennes föräldrar hade märkt att minnet plågade henne, och frågat om hon ville att de skulle kontakta en psykolog, eller om de kunde hjälpa henne på något annat sätt. Även polisen hade föreslagit olika sätt som hon skulle kunna få hjälp att bearbeta traumat.

Men hon hade tackat nej. Om hon visade sig alltför svag skulle ju den som kastat stenen vinna, på något sätt.Och det unnade hon inte honom eller henne. Särskilt inte om det var samma person som hade bombhotat konstmuseet när hennes tavla hängde där.

Nu reste hon sig resolut upp, såg ut över badplatsen som var nästan fylld, trots att det var en vanlig torsdagseftermiddag. Men det var ju semestertider, förstås.

Vattnet var svalt och skönt, hon doppade sig, och låg sedan en lång stund och bara flöt omkring med blicken riktad upp mot de små vita moln som långsamt for fram över himlen. Vilken sommardag! Vilken idyll allt skulle kunna vara, om det nu inte var för den där stenen som hon visste skulle kastas mot henne många gånger till.

Tomas Augustsson såg henne redan på långt håll. Samma målmedvetna steg som förra gången de hade setts för fem dagar sedan. Även denna gång hade hon en sjal knuten om håret, och hon bar en ljusblå blus och jeans. Han hade trott att hon skulle vara klädd i badkläder när de nu hade stämt träff i Vilsta, men hon bar kanske baddräkten under kläderna?

"Hej!" ropade han. "Jag tog en plats nära campingen, precis som du ville."

"Det är bra. Hej Tomas!"

Han tyckte hon lät glad på rösten. Nästan som om hon längtat efter att få träffa honom igen.

"Ska du inte bada?" frågade han.

"Vi får väl se vad kvällen bär med sig…"

Något i tonfallet och Siris blick fick Tomas att rycka till, och han kände ett pirr i magen som han inte känt på länge.

"Ja, vi får väl det…".

Klockan närmade sig sex på kvällen, så den allra värsta sommarhettan hade försvunnit, och många badgäster började bege sig hemåt.

"Vilken sommar, va?" sa Tomas.

Siri nickade, men verkade ha tankarna på annat håll.

"Och tack för i lördags! Det var gott och trevligt."

"Jo. Visst var det."

Återigen en blick som Tomas inte riktigt kunde tyda. "Genomträngande" var det ord som dök upp i hans sinne, som om hennes blickar skar rakt igenom honom, och såg alla hans tankar och förhoppningar.

Plötsligt flyttade sig Siri närmare honom, och lade huvudet mot hans axel. "Jag tror jag struntar i att bada ikväll", sa hon med ett tonfall som fick pirret i Tomas mage att tillta i styrka. "Vi kanske kan... lära känna varann bättre?"

Tomas svalde. "Jaa, joo, det vore ju... trevligt." Vilken idiotisk kommentar, tänkte han sedan. Men då kysste Siri honom redan, och han kände att hon visste vad man kunde göra med en tunga under en kyss.

"Jaha, okej", sa han överrumplat, plötsligt övertygad om att det här var kvinnan som skulle leda honom vidare på det sexuella området. "Du kysser bra."

"Det gör du också, men du är inte medveten om det."

Det var ju också en tolkning, tänkte Tomas.

Plötsligt kände han hur Siri tog en av hans händer och placerade den på sitt vänstra bröst. Han blundade, och lät handen känna de sensuella konturerna.

"Kanske ska vi... dra oss undan lite?" viskade Siri.

Han nickade. "Du menar upp i skogen?"

"Ja, vi kan väl ta en promenad uppför Vilstabacken?"

"Visst kan vi det."

De hittade en undanskymd skogsglänta. Tomas såg på Siri, och kände att nu var det hon som hade kommandot. Men det hade hon ju haft hela tiden, tänkte han.

"Luta dig tillbaka, bara", sa hon, och så kände han hur hon drog ned hans badbyxor. Han hade redan stånd, och känslan när hans penis försvann in i hennes mun fick honom att stöna högt. Som han hade väntat på ett ögonblick som detta!

När det hade gått för honom gjorde han tafatta försök att återgälda njutningen. Men hon skakade på huvudet, och drog bort hans händer. "Vi tar det en annan gång."

Han tittade på henne, och såg spår av sperma i hennes mungipor. "Säkert?"

"Säkert!"

"Okej. Tack då, eller vad säger man?"

"Man säger ingenting alls."

Plötsligt tyckte han att hon såg sorgsen ut, vilket förvånade honom. Men när han än en gång gjorde ett försök att närma sig hennes sköte drog hon återigen bort hans händer.

"Nästa gång!"

"Okej, Nästa gång."

Så han rullade över på rygg, och såg upp mot trädkronorna som vajade lätt i den svaga vinden. Siri, Siri, han kände henne inte, men han kände att han hade så mycket att ge henne, och så mycket att få ifrån henne. Detta kunde vara början på ett långt förhållande, ett förhållande som skulle förändra åtminstone hans liv.

Efter ett tag märkte Tomas att myggorna hade hittat dem, och att det började bli dags att återvända till civilisationen. Siri gav honom ännu en kyss, med en vag bismak av sperma, och så gav de sig iväg mot Skogsängens bostadsområde.

"Förresten", sa Tomas när de kom fram till korsningen av Vasavägen och Stenkvistavägen. "Hur visste du åt vilket håll jag skulle gå för att komma hem förra gången vi sågs? Visste du att jag bor i Nyfors?"

Siri skakade på huvudet. "Nej nej. Men sannolikheten var väl ganska stor att du bodde norrut från Stadshotellet."

"Jaså, ja ja. Ja, jag bor alltså i Nyfors. Och du?"

"Årby."

"Andra änden av staden, alltså. Men du, jag vet inte riktigt hur jag ska tacka för den här kvällen…"

"Strunta i det då! Bjud hem mig!"

"Okej…"

"Äh du, vi hörs!"

Och plötsligt försvann Siri längs Vasavägen.

"Du har ju mitt nummer."

"Jo, jag har ju det."

Kapitel 32

Olof Sjögren såg Tomas Augustssons ansikte framför sig. Såg vanvettet, såg den totala bristen på känsla för tradition, såg den förnuftsvidriga önskan att driva kyrkan framåt, även om det innebar en väg mot avgrunden. Det var personer som han som förgiftade religionen. Fartblinda, egocentriska, fyllda med fraser och slogans som inte bottnade i den mångtusenåriga historien, i liturgin, i de otaliga bönerna som djupt troende människor både formulerat tyst inom sig, och även uttalat i spartanskt inredda kyrkorum.

Tomas Augustsson... Vad visste väl han om tro? Hade han ens *förmågan* att tro? För honom handlade allt säkert om att få rätt, om att framhäva sig själv och visa omvärlden att hans logik var den enda rimliga.

Olof Sjögren kände hur vreden växte inom honom, och han förstod att han måste få utlopp för den på något sätt, annars skulle han sprängas. Naturligtvis var inte Tomas Augustsson den ende som trakasserade honom, men han var en av de ihärdigaste.

Han knöt händerna. Men inte till bön den här gången.

Han hade ju kollat upp adressen, han visste vart han skulle kunna gå...

Många hörde dunsen, trots att det var mitt i natten mellan en söndag och en måndag. Men få förstod vad dunsen innebar. Det var en ung man på väg hem efter en ganska blöt svensexa som upptäckte kroppen. Den låg på asfalten framför ingången till Östra Åsgatan 10 E, och den var väldigt illa tilltyglad. Mannen, som redan mådde ganska illa efter allt han druckit på svensexan, fick kväljningar när han såg ögonen i det som en gång varit ett ansikte stirra mot honom med ögon som aldrig mer skulle kunna se.

"Fy faan!" skrek han rakt ut, men kunde ändå inte slita blicken

156

från den makabra och groteska rest av en människa som låg framför honom. Han förstod ju att han måste göra någonting, slå larm, kalla hit polis och ambulans, men han kände sig helt handlingsförlamad. Det var en chock att plötsligt stå öga mot öga med döden, efter en kväll i glada vänners lag.

Som tur var började nu fler människor dyka upp på platsen. Ett äldre par som tydligen var ute på en sen kvällspromenad stannade tvärt och stirrade. Det var kvinnan som först samlade sig. Hon vände sig mot den unge mannen.

"Har du ringt polisen?"

"Nej. Nej, nej. Jag kom just hit."

"Då måste vi göra det genast." Hon tog upp några stenar och började kasta dem på de närmaste fönstren. Innanför ett av fönstren på andra våningen tändes en lampa, och en irriterad man lutade sig ut.

"Men va faan…", och så såg han liket, och tystnade.

"Ring polisen! Genast!"

Mannen försvann in i lägenheten, och återkom någon minut senare. "De är på väg, och ambulansen också. Även om han där nog inte har behov av en sådan längre."

Den unge mannen som kom först till platsen gick iväg några steg och spydde i ett buskage.

"Förlåt", sa han.

Den äldre mannen bara skakade på huvudet. "Ingen orsak att be om ursäkt. Det här måste väl vara det jävligaste man kan få se."

Inom några minuter hördes sirener som snabbt närmade sig, och samtidigt hade ännu fler personer samlats runt det sargade liket. Mannen som larmat polisen kom ut genom porten, och stirrade, som om han ännu inte kunde tro sina ögon. "Men… han måste ju ha fallit…" Och så kastade han en blick upp mot fasaden.

Samtidigt anlände den första polisbilen, med polisassistent Henrik Berggren, och en av hans kollegor. De började omedelbart spärra av platsen, och samlade alla som befann sig där i en klunga. En halv minut senare kom ambulansen, vars personal skred till verket med samma beslutsamhet, följande noggrant utarbetade rutiner.

Mannen som larmat polisen rös plötsligt till. Likets ansikte var krossat till oigenkännlighet, men kläderna... Han närmade sig en av poliserna.

"Det kan vara Tomas... han som bor på sjunde våningen."

"Tomas? Efternamn?"

"Augustsson."

Nu hade även en andra polisbil anlänt. Henrik Berggren vinkade åt sig några av sina kollegor, och började gå mot porten.

"Vad är ditt namn?" frågade han:

"Oscar Andersson. Jag bor på andra våningen."

"Och du känner igen denne Tomas Augustsson?"

"Tja, jag tror det, men det är ju inte så lätt..."

"Öppna porten. Vi måste snabbt upp till sjunde våningen."
Henrik Berggren såg till att de hade verktyg med sig för att eventuellt kunna bryta sig in genom lägenhetsdörren.

"Du har inte märkt eller hört något konstigt här i huset den senaste halvtimmen?" frågade han.

Oscar Andersson skakade på huvudet. "Nej, det har varit tyst som i... graven... Ända tills någon kastade sten på mitt fönster."

De tog trapporna, och hade koll på hissen. Snart var de uppe på sjunde våningen. "Augustsson" stod det på namnskylten på den första dörren till vänster. Henrik Berggren ringde på, och bankade samtidigt på dörren.

"Hallå! Polisen! Öppna!" skrek han. Ingen reaktion inifrån lägenheten. Henrik gjorde tecken åt den polis som hade verktygen för att forcera dörren. De osäkrade sina vapen, och snart var de inne. Hallen och vardagsrummet såg välstädade ut, men ingen människa befann sig där. Även köket och badrummet var tomt. Dörren ut till balkongen stod på glänt. Henrik Berggren gick försiktigt fram dit och tittade ut. Även balkongen var tom. Kunde det alltså vara härifrån mannen, Tomas Augustsson, fallit? Han gick fram till räcket, och tittade ned. Det var väldigt högt. Människorna därnere såg ut som små dockor. Han såg att polisens tekniker nu hade kommit, och att de fotograferade platsen.

Henrik Berggren gick in i lägenheten igen, och såg sig

omkring i vardagsrummet. Försökte ta till sig alla detaljer. Taklampan var tänd, vilket väl tydde på att lägenhetsinnehavaren hade varit hemma under kvällen, och att det alltså kunde vara han som krossats mot asfalten sju våningar ned.

Han gick ut i köket. Där var lampan över spisen tänd, och på diskbänken stod en oöppnad rödvinsflaska och två vinglas. Henrik Berggren höjde på ögonbrynen. Tomas Augustsson hade alltså inte tänkt tillbringa kvällen för sig själv?

Han gick snabbt ut på balkongen igen, och tittade ned. Var det kanske någon av de små dockorna därnere som Tomas hade tänkt sig att tillbringa kvällen med? Han hoppades innerligen att hans kollegor inte lät någon avvika utan att lämna namnuppgifter och ett vittnesmål om varför de befunnit sig på platsen. Men han visste ju att han kunde lita på sina kollegor, i alla fall nu när Sven Skougar inte var närvarande.

Han gick in i lägenheten igen, och mötte Lennart "Fenan" Bengtsson, denne kriminaltekniker som verkade arbeta dygnet runt.

"Jaså, fick de tag i dig vid denna märkliga tidpunkt?"

Lennart ryckte på axlarna. "Ja, när man inte har några andra intressen än fiske så kan man ju rycka ut med kort varsel."

"Det är bra, vi behöver dig."

"Vet vi nu alltså att den unge mannen föll från denna lägenhet?"

"Det förefaller i alla fall som troligt."

"Okej, det räcker för mig. Vi kollar."

"Bra!"

Just när Henrik Berggren lämnade lägenheten fångades hans uppmärksamhet av en mässingsljusstake som stod på ett litet bord alldeles innanför dörren. Dess fot såg tung och gedigen ut, och ljusstaken stod liksom på sniskan, som om någon hade placerat den där i allra största hast. Detta stämde inte in i det välplanerade intryck som lägenheten i övrigt gav.

Henrik tog tag i Lennart och pekade mot ljusstaken. "Kolla den där", sa han. Lennart lyfte försiktigt upp ljusstaken med händer skyddade av plasthandskar. Den var till och med tyngre än den såg ut, och han tyckte sig skymta mörkröda fläckar och även några hårstrån vid dess fot.

"Tack Henrik! Den här ska vi absolut kolla. Kanske fick Tomas Augustsson hjälp över balkongräcket?"

Kapitel 33

"Ja må hon leva, ja må hon leva, ja må hon leva uti hundrade år..!"

Gunilla "Lill-Gittan" Gustafsson låtsades vakna, och plirade med sömniga ögon mot sina föräldrar och sin lillebror Peter. Hon tyckte den här ritualen var ganske fånig, men ändå skulle hon inte vilja vara utan den.

Olle Gustafsson satte ned brickan med en tekopp och en ostmacka på Lill-Gittans säng, och gav henne en kram. "Tänk att man nu har en dotter som är sexton år gammal! Sanna mina ord, snart är du pensionär!"

"Kul, pappa, kul!" sa Lill-Gittan småsurt.

"Min syster, pensionären!" skrattade Peter.

"Äh, lägg av!"

"Bråka inte nu, barn!" Birgitta Gustafsson gav sin man Olle en road blick. "Jag tycker nog våra barn verkar vara närmare sandlådan än pensionen, om jag ska vara riktigt ärlig."

"Kanske det", sa Olle Gustasson. "Men det är väl bra, då får vi kanske ha dem hemma hos oss några år till."

"Kanske det, ja."

En stund senare, när Lill-Gittan öppnat sin present, som bestod av ett urval parfymer och sminkgrejer, harklade sig Olle.

"Jaa… jag hade ju trott att jag skulle kunna ta semester nu ett tag framöver, men tyvärr har det inträffat en sak inatt som gör att min chef Greger gärna vill att jag ska finnas tillgänglig på jobbet den här veckan. Så jag får nog skjuta på semestern lite, är jag rädd."

Lill-Gittan och Peter ryckte på axlarna. De var vana vid att deras far inte alltid kunde bestämma över sin tid, och de tog det därför inte så hårt.

"Men jag lovar… så snart som detta är avklarat ska vi göra något kul tillsammans!"

Hans maka Birgitta lade sin hand på hans arm. "Ja ja, det är bra, Olle, fånga skurkarna bara. Vi klarar oss nog."

När Olle Gustafsson kom in till polishuset var hans kollegor redan där, även Sven Skougar. Detta både gladde Olle och gjorde honom lite olustig till sinnes. Han kände det som om hans arbete blev mer komplicerat när Sven var där, även om denne förstås var en rutinerad polisman.

Han stötte på Greger Högstedt vid kaffeautomaten. Greger gjorde ett tecken som Olle förstod betydde "möte på mitt rum om fem minuter".

När de som var i tjänst hade samlats harklade sig Greger. "Ja, som ni nog vet så inträffade något som med allra största sannolikhet är ett mord i Nyfors inatt. En man föll från sin balkong på sjunde våningen på Östra Åsgatan 10 E. Vi har identifierat mannen som en viss Tomas Augustsson, som vid sin död var tjugoett år gammal, och vi har anledning att tro att han knuffades över räcket, troligen i medvetslöst tillstånd. Fenan Bengtsson och våra övriga alldeles utmärkta tekniker har hittat blodspår på en ljusstake som stod på ett bord innanför entrén till lägenheten. Ljusstaken är skickad på analys, men vår arbetshypotes är att gärningsmannen slog offret medvetslös, och sedan hivade honom över räcket på balkongen, för att han skulle möta en säker död på asfalten sju våningar ned."

Olle Gustafsson ruskade på sig. Direkt från det idylliska födelsedagsfirandet i villan i Brottsta till denna till synes utstuderade våldshandling med dödlig utgång. Det var tvära kast i det här jobbet, tänkte han. Och så ryckte han plötsligt till.

"Men för helvete!" utbrast han. "Jag tyckte väl att namnet Tomas Augustsson lät bekant! Jag har ju faktiskt pratat med honom, för kanske en och en halv månad sedan!"

"Jaså", sa Greger. "Varför då?"

"Därför att han polisanmälde Olof Sjögren för dennes predikningar."

"Va?! Men predikotexter är väl inte åtalbara, utom kanske i väldigt extrema fall?"

"Nej, det var för att förklara detta som jag ringde upp honom. Det var ett bra samtal, men vi pratade inte så länge."

162

Greger snurrade på en penna, tappade den på golvet, och plockade genast upp den. "Så vår vän Olof Sjögren dyker alltså upp även här? Märkligt!"

"Ja, visst är det."

"Det var bra att du kom ihåg detta, Olle."

Greger funderade lite, och fortsatte sedan: "Detta betyder att vi redan kommit ganska långt i utredningen av detta brott, men ännu återstår naturligtvis mycket arbete. En sak som är värd att notera är att det på Tomas Augustssons diskbänk stod en oöppnad flaska rödvin och två glas. Så det verkar som om Tomas väntade ett besök som han trodde skulle bli trevligt, och kanske något ännu mer. Men antingen misstog han sig totalt, eller så fick han besök av någon helt annan person."

Olle Gustafsson harklade sig. "Har vi kollat övriga boende i trappuppgången? Jag menar…"

"Du menar att det vore enkelt för gärningsmannen, eller gärningskvinnan, att utföra sitt hemska dåd, och sedan snabbt smyga tillbaka till sin egen lägenhet? Jo, naturligtvis har vi tänkt på det, och vi har under natten och morgonen knackat på samtliga dörrar, både i uppgång 10 E, och i husets övriga uppgångar."

Greger kontrollerade något på ett papper som låg framför honom på skrivbordet. "I uppgång 10 E har vi faktiskt fått tag i samtliga boende, och vi håller nu på att kontrollera dem och de uppgifter som de har lämnat."

Olle Gustafsson nickade nöjt, och kände sig lite fånig för att det kändes som om han ifrågasatt sina kollegors yrkesskicklighet. "Bra!" sa han lite lamt.

"Än så länge har det inte framkommit något som verkar misstänkt, och ingen av invånarna verkar ha något kriminellt förflutet, om man bortser från att en viss herr Lindfors på fjärde våningen togs på bar gärning när han snattade i en livsmedelsbutik i Nyfors vid sexton års ålder. Mannen ifråga är nu tjugonio, och har vad det verkar hållit sig inom lagens råmärken sedan dess."

Sven Skougar skrattade till. "Ja, snattare måste man se upp med! Ni vet, det börjar med en…"

163

"Ja ja", avbröt Greger Högstedt irriterat. "Vi går vidare. Tomas Augustssons föräldrar, Vera och Torben, bor i en villa i Slagsta. Vi väckte dem tidigt imorse med ett besked som måste vara det värsta föräldrar kan få, och Henrik Berggren hämtade sedan Torben och tog med honom till bårhuset för att han skulle få identifiera sin son, eller vad som nu finns kvar av hans son. Vera orkade inte följa med. De är naturligtvis chockade, så vi måste gå varligt fram. Jag skulle vilja att Olle och Bitte åker ut till dem för att upprätta en personlig kontakt, och för att se om det är möjligt att hålla något slags förhör med dem. Vi behöver ju kartlägga Tomas bekantskapskrets, hans förehavanden... ja, ni vet!"

"Vi vet", nickade Bitte Ludwigsson.

"Och ni övriga, ni vet väl vad ni har att göra. Kom in till mig annars så ska jag hjälpa er att hitta arbetsuppgifter!"

Vera och Torben Augustsson bodde på Lindgärdesvägen i Slagsta, inte så långt ifrån den kiosk där Olle Gustafsson, och troligen den största delen av Eskilstunas befolkning ätit himmelskt god glass många gånger. Men idag hade de inte tid att stanna där. Bitte Ludwigsson gav kiosken en lite vemodig blick när de passerade den.

"Nästa gång!" sa Olle.

"Ja, nästa gång..."

De parkerade bilen på Lindgärdesvägen, utanför en villa som såg både välskött och trivsam ut. "Augustsson" stod det på en brevlåda bredvid en mörkbrun trägrind. Både grinden och villans dörr stod på glänt, och just när Olle och Bitte gick in på tomten kom en medelålders kvinna ut genom dörren. Hon skakade på huvudet, och såg alldeles rödgråten ut.

"Hej", sa Olle. "Vi kommer från polisen. Är du..?"

"Jag bor i grannhuset. Det är för... Men gå in ni, Vera och Torben är därinne."

Olle och Bitte gick försiktigt uppför den lilla trappan. Olle knackade på dörren, men fick ingen reaktion på knackningen. Så de fortsatte. "Som vi tränger oss på!" tänkte Olle.

De passerade igenom en hall och kom in i ett ganska stort

vardagsrum som var sparsamt möblerat men som ändå kändes både varmt och ombonat. I en soffa vid ena långväggen satt ett par som Olle förstod var Tomas föräldrar Vera och Torben. De var omgivna av människor som Olle antog var antingen grannar, vänner eller släktingar. Han gick tveksamt fram mot paret i soffan, och harklade sig.

"Ja, hrm... vi får ursäkta att vi kommer hit vid denna tunga tidpunkt. Vi är från polisen, mitt namn är Olle Gustafsson, och det här är min kollega Bitte Ludwigsson."

Vera Augustsson nickade, utan att svara. Sedan gjorde hon en tafatt gest som Olle antog betydde "Varsågod och sitt". Så det gjorde han. Bitte Ludwigsson stod kvar, och iakttog människorna i rummet.

"Har ni några spår, eller uppslag, eller vad det heter?" frågade Torben Augustsson med skrovlig röst. "Jag menar, kommer ni att få fast den som gjorde detta med vår son?"

Olle Gustafsson svalde. Det var alltid lika svårt att svara på sådana frågor från sörjande anhöriga. Han ville ju inte späda på förtvivlan, men inte heller inge alltför stora förhoppningar.

"Vi ska göra vårt allra bästa, det lovar jag. Vi har redan säkrat en del spår, och håller nu på och försöka kartlägga er... Tomas bekantskapskrets. Hände det hände något konstigt på sista tiden, något ni reagerade mot? Alla tankar och iakttagelser är av allra största värde för oss."

Torben nickade. "Visst, vi förstår", sa han sorgset. "Det känns bara så overkligt alltsammans. Att Tomas..."

Olle Gustafsson förstod. Blotta tanken på att något av hans barn skulle råka ut för något sådant här var fullständigt horribel och helt omöjlig att ta till sig.

"Ni behöver inte säga så mycket nu, om ni inte orkar. Vi ville bara träffa er, och beklaga sorgen. Och om ni kommer på något..."

Vera Augustsson suckade djupt. "Nej... det har väl inte hänt något särskilt på sista tiden, med Tomas. Eller vad säger du, Torben? Han var väl som vanligt?"

Torben nickade. "Jo, jag har då inte märkt något. Det är klart, han var ju vuxen och bodde i egen lägenhet, så vi såg väl inte honom så ofta som förr, när han var mindre…" Han snyftade till, och Vera tog tag i hans händer och kramade dem.

"Men ni hade bra kontakt?" frågade Bitte Ludwigsson.

"Ja, visst hade vi det", svarade Vera nästan irriterat. "Vi hade väldigt fin kontakt med vår son, eller hur Beatrice?"

En ung mörkhårig kvinna som varit inbegripen i ett samtal med en av grannarna tog ett steg emot dem. "Visst hade ni det, och jag också!"

Hon vände sig mot Olle och Bitte. "Jag ska väl presentera mig. Jag heter Beatrice, och är, eller var, storasyster till Tomas. Jag arbetar som lärare." Hon skakade hand med både Olle och Bitte.

"Bra att vi fick träffa även dig", sa Olle. "Umgicks ni mycket?"

"Nja, periodvis. Kanske mer förut när Tomas gick i skolan. Sedan han började jobba på Mälardalstvätten orkade inte med lika mycket uteliv. Det var nog ganska tufft för honom där."

"Hade han tänkt sig plugga vidare, eller?"

Beatrice ryckte på axlarna. "Jag vet inte. Ingen visste nog, inte ens han själv." Hon kastade en blick mot sina föräldrar.

"Nej", sa Vera, "han var nog lite vilsen. Trött på att plugga, men jag tror inte han hade tänkt sig att göra karriär inom tvätteribranschen. Han hade ju så många andra intressen."

"Som vad då?"

"Tja…" Vera tvekade lite. "Han var ju faktiskt engagerad i kvinnoprästfrågan. Konstigt nog."

"Det är väl inte så konstigt!" invände Beatrice. "Och med sådana stofiler som den där prästen Olof Sjögren i predikstolen är det väl nödvändigt att betydligt fler engagerar sig i sådana frågor!"

"Jo, visst, men… det var ändå lite oväntat, tycker jag."

"Hade han planer på att bli något inom kyrkan, läsa teologi eller så?" frågade Olle.

"Det tror jag inte", sa Torben ganska bestämt. "Men han gick ju på en hel del kyrkliga möten, kanske mest för att protestera mot sådana som Olof Sjögren."

Olle Gustafsson gav Bitte en tyst frågande blick, och hon

166

nickade.

"Jaa, vi ska inte besvära er mer. Vi ville, som sagt, bara träffa er, så att ni vet vilka ni kan vända er till om ni kommer på något. Ni kommer att bli kallade till mer formella samtal på polishuset, men det tar vi senare, när ni orkar. Här är våra visitkort med namn och telefonnummer. Bara ring, närsomhelst, om ni kommer på något!"

De gjorde sig beredda att gå därifrån, just som ännu fler människor, kanske grannar, kom in genom dörren. Men då tog Vera tag i Olles arm.

"Han blev alltså knuffad över balkongräcket? Mördad?"

Olle harklade sig. "Det är en av våra hypoteser, ja. Och vi skulle väldigt gärna vilja veta vem som tyckte sig ha motiv till att utföra en sådan fruktansvärd handling."

Vera skakade på huvudet. "Tomas, vår Tomas…"

När de åkte därifrån var både Olle och Bitte alldeles tysta. De passerade återigen Slagstakiosken, men nu hade de tankarna på annat håll, och kände ingen som helst lust att stanna för att köpa glass.

Tisdagen den 20 juli såg Sylvia Sorander artikeln på Eskilstuna-Kurirens förstasida.

"Mord i Nyfors", stod det med stora rubriker. Hon läste vidare. "En ung man omkom på söndagsnatten när han föll från sin balkong i ett höghus i Nyfors. Polisen misstänker att mannen blev mördad, men man har ännu inga spår efter den person som kan ha utfört brottet. Den avlidne mannen beskrivs av sina grannar som tystlåten och trevlig, och han hade vid sin död fast anställning vid ett välrenommerat företag i Eskistuna. Polisens presstalesman Sture Logren uppger att man säkrat vissa spår i lägenheten, men han vill inte gå in närmare på vilka spår detta är, eller hur nära man är ett gripande av en misstänkt gärningsman."

Sylvia ryste till. Att bli kastad över räcket till sin egen balkong! Hemskt, vansinnigt! Den person som utförde detta dåd hade verkligen bestämt sig, han eller hon ville döda.

Och så fick hon en association till den sten som kastats mot henne. Den som kastade den stenen ville nog också döda. Men det var väl långsökt att koppla ihop dessa dåd?

När hon blundade dök två ansikten upp framför henne, den tokige polisen som hon nu visste hette Sven Skougar, och den präst som spydde ut sin reaktionära galla från allsköns predikstolar och vid allsköns möten – Olof Sjögren.

Men varför skulle någon av dem mörda en yngling i Nyfors? Hon skakade på huvudet, och skämdes lite. Men det var ju så med det undermedvetna – det tog sig friheter, hittade egna vägar, spann vidare på trådar som ofta inte förtjänade att spinnas vidare på.

Fast, trots att hon ännu inte hade uppnått någon aktningsvärd ålder – hon var ju bara sjutton år gammal – hade hon lärt sig att magkänslan inte var att förakta.

Hon lade ifrån sig tidningen, och beslöt att försöka glömma det hela. Ja, inte bombhotet mot konstmuseet och stenen som kastats mot henne, förstås. Men dessa händelser hoppades hon att polisens utredningar skulle både finna skyldiga personer till, och även anhålla dessa personer. Eller kanske denne/denna person.

Kapitel 34

Till sin stora förvåning träffade Olle Gustafsson Sven Skougar på kontoret när han tog en sväng dit söndagen den första augusti. Olle ville kolla några uppgifter i utredningen av mordet på Tomas Augustsson, men varför Sven var där hade han ingen aning om.

"Hej Sven", sa han. "Övertidsjobb?"

"Nja, jo…" Sven log nästan lite generat. "Ville gå igenom några saker i lugn och ro, bara."

"Samma här."

Olle tog en kopp kaffe i automaten. Det var mer en ritual än ett behov när han kom till jobbet, och han såg att även Sven hade försett sig med en kopp.

"Jaa du, utredningen av mordet på Tomas Augustsson går väl aningen trögt, va?"

Sven nickade. "Vi vet väl egentligen inte mer än vad vi gjorde för en vecka sedan?"

"Nej, vi gör väl inte det. Någon kom hem till honom sent på söndagskvällen, knackade honom i huvudet med en ljusstake, och slängde honom över räcket. Och denne någon lämnade inte minsta spår efter sig, vad det verkar."

"Och ingen såg personen lämna byggnaden…"

"Nej. Vilket väl egentligen inte är så konstigt. Nyfors runt midnatt på en söndag kväll är ju inte Manhattan, precis."

Sven Skougar skrattade till. "Ska jag vara riktigt ärlig så är jag mest tacksam för att Greger inte verkar tro att det var jag som gjorde det."

"Du?!"

"Ja, jag har ju blivit misstänkt för både det ena och det andra på sista tiden."

"Men… Sven…"

"Ja ja, du behöver inte göra dig till, jag vet nog att du också har…"

"Jag har aldrig misstänkt att du tog livet av Tomas Augustsson!"

"Nej nej, okej, men… andra saker…"

Olle Gustasson visste inte riktigt vad han skulle säga. Och om han rannsakade sitt sinne kunde han ju inte helt förneka det Sven sa. Och så var det ju det här med tipskupongen i Stålforsskolan…

Han beslöt att helt enkelt byta ämne.

"Du vet vad som händer idag, va?"

Sven Skougar såg frågande på honom. "Ja, det är väl mycket. Solen gick upp imorse, folk vände blad från juli till augusti i sina almanackor…"

"Ja ja, men jag menar i New York."

"I New York?" Sven skakade på huvudet, och såg helt nollställd ut. "Ja, i och för sig är det väl en massa saker som händer i New York idag…"

"Concert for Bangladesh!"

"Va?"

"George Harrison, du vet han från Beatles, anordnar en konsert, eller snarare två, i Madison Square Garden, för att samla in pengar till Bangladesh. Vad säger du om det, va? Du som verkar tycka att rock- och popmusik är djävulens påfund."

"Nja, det har jag väl inte…"

"Jo, det har du, Sven! Du kallade ju Inka för ett satans rockband, till exempel. Och du verkade inte så upprörd när någon försökte bränna ned Klubb Lucidor."

"Vad faan är det du insinuerar?!"

"Ingenting, Sven, ingenting! Jag vill bara säga att rockmusik kan användas på olika sätt. Och det här som George Harrison har dragit igång kan väl ingen klandra. Han har ju fått med sig en hel del andra stjärnor också, som Bob Dylan och Ravi Shankar, till expempel."

"Ja ja, det är väl bra, men jag fattar inte riktigt vad det har med mig att göra."

"Svälten i Bangladesh angår väl hela världen?"

"Äh, för fan Olle, du bara vrider på orden. Du förstår vad jag menar!"

170

Olle ryckte på axlarna. Han tog sin kaffekopp och gick mot sitt rum. Det hade kanske varit onödigt att dra igång detta samtal, men det var något hos Sven Skougar som gjorde det svårt att låta bli.

Diakonissan Tuula Kärpi lutade sig tillbaka och pustade ut, som hon brukade göra på söndagskvällar. Det hade som vanligt varit en lång och känslomässigt innehållsrik dag. Så många möten, så många samtal, så många tankar. Hon kände sig både tömd och uppfylld, en känsla som hon trodde att hon delade med andra diakoner och diakonissor, och även med andra människor som arbetade med liknande saker som hon gjorde. Som mötte medmänniskor på ett djupare plan. Som fanns där när andra skyddsnät fallerade.

Hon tänkte tillbaka på alla de ansikten som fyllt dagen, alla de händer hon skakat och kramat, alla de ord hon yttrat, alla frågor och alla svar.

Och då var de plötsligt där igen, de mörka ögonen från barndomens Karesuando! Flickan som knappt hade sagt ett ord, men som ändå hade fastnat i Tuulas sinne. Och plötsligt dök ett namn upp!

Hon lyfte telefonluren och slog numret till sin väninna Elsa Andersson i Luleå.

"Ja, hallå, Andersson."

"Hette hon inte Wanja?" sa Tuula utan minsta inledningsfras.

"Va?" Ett tag blev det alldeles tyst i luren, men så återkom Elsas röst. "Aha, hej Tuula! Du menar vår barndomskamrat i Karesuando?"

"Kamrat och kamrat… jo, jag menar henne."

"Wanja? Tja, det kan nog stämma, faktiskt. Nu när du säger det så. Men efternamnet?"

"Det får vi ta en annan gång. Det kanske dyker upp det också när vi minst anar det. Nu är vi ju halvvägs."

"Ja, det har du rätt i. Bra jobbat! Att du orkar!"

"Det gör jag egentligen inte. Men namnet bara dök upp."

"Så kan det vara. Vårt undermedvetna följer sina egna lagar, som ibland kan vara outgrundliga. Precis som vår Herre gör."

"Visst är det så!"

De avslutade samtalet, och Tuula lade på luren. Wanja... visst hette hon så! Det skulle verkligen vara intressant att veta var hon hade hamnat, och vad hon gjorde nuförtiden!

Kapitel 35

Det hände på gågatan utanför Tempo vid lunchtid tisdagen den 3 augusti. Sven Skougar stannade mitt i steget och bara stirrade på personen som kom emot honom. I samma ögonblick upptäckte denne person även honom. Personens första impuls verkade vara att vända om och gå därifrån. Men det var försent, de hade kommit alltför nära, och bägge visste att de hade uppmärksammat varandra.

Så de fortsatte. Och plötsligt stod de där ansikte mot ansikte. Sven svalde och kände sig nästan lite vimmelkantig.

"Finn!" sa han. "Vad gör du här... jag menar, jag visste inte att du var i stan!"

"Nähej, det är nog mycket du inte vet, käre pappa." Rösten var kall och hånfull.

"Men... jag menar, jag trodde du bodde i Stockholm, eller någon annan stans?"

"Som sagt, det är mycket du inte vet."

Sven Skougar såg på sin son. Han såg härjad ut, som om han levt ett hårt liv på sistone. Och det hade Sven också befarat, måste han erkänna. Men han visste ju inget. Nog hade han försökt få kontakt, intalade han sig. Men han tålde bara inte att avvisas, gång på gång.

"Ska vi gå någonstans, ta en fika, och snacka?"

Finn Skougar fnös till. "Vad har vi att prata om?"

"Mycket!"

"Det tycker du?"

"Ja, det tycker jag verkligen. Vi har väl inte setts sedan... jag vet inte när."

"Jag har sett dig."

Kommentaren fick Sven Skougar att rysa till. "Du menar att du har... spionerat på mig?"

"Inte direkt. Men ibland är det ju svårt att undgå att lägga märke till dig. När du klantar till det, skäller ut folk..."

"Var? Var har du varit? Var har du sett mig?"

"Lite här och där. Och det jag har sett har väl inte direkt höjt mina tankar om dig."

"Du avskyr mig, va?"

Finn svarade inte. Han kastade en blick runt omkring sig, och började gå vidare.

"Är det så jävla konstigt, då?"

"Hur så?"

"Du mördade ju min mamma."

Sven blev alldeles stum. Visst hade han anat vad som rört sig i sonens huvud, men han hade aldrig hört det så konkret uttalat.

"Det är vad du tror?"

"Det är vad jag tror. Och nu får du faktiskt ursäkta mig, jag måste…"

"Du måste gå på ett möte, va? Du har en tid att passa?" Sven lät blicken svepa över Finns luggslitna kläder och okammade hår. "Det är bra, gå du!"

Och det gjorde Finn. Det sista han viskade var "Jävla mördare!"

Sven såg honom försvinna bort mot Fristadstorget. Han ville springa efter, grabba tag i Finn och skrika åt honom, men han orkade inte. Så många missförstånd låg emellan dem, så många missriktade känslor, så mycket hat. Han hoppades att de någon dag skulle kunna mötas och föra ett förnuftigt samtal. Men inte idag.

Men nu visste han i alla fall att Finn befann sig i Eskilstuna, om det nu var tillfälligt eller permanent. Undrar var han bor, tänkte han. Hoppas han inte är uteliggare i alla fall!

Men om så vore… Var det verkligen så svårt att ta kontakt med sin egen far?!

Det var först när han återvände till polishuset som han mindes en flyktig misstanke han haft för en tid sedan – tänk om Finn på något sätt var inblandad i allt det som hänt på senaste tiden? Alla rykten, slagorden som skanderats om honom. Tipskupongen på Stålforsskolan.

Men inte kunde väl hans egen son..? Trots allt som hänt mellan dem.

Olle Gustafsson såg Sven Skougar återvända till polishuset efter lunchen. Sven nickade frånvarande åt honom, och gick in på sitt rum. Lika bra det, tänkte Olle, han hade ändå inga frågor att ställa till Sven.

Men han hade egentligen hoppats att han hade haft konkreta frågor att ställa till andra kollegor, om utredningen av mordet på Tomas Augustsson. Men sanningen var den att det inte fanns så mycket att fråga om. De hade förhört flera hundra personer, och gått igenom alla uppgångarna i huset på Östra Åsgatan 10 och husen runt omkring, på jakt efter spår. Men resultatet var magert, minst sagt. Drygt två veckor efter mordet visste de egentligen inget som de inte hade vetat redan under den första natten, och presstalesmannen Sture Logren fick allt svårare att besvara frågorna från pressen. Greger Högstedt och Olle Gustafsson hade hållit några presskonferenser, men det var likadant där. De "följde flera spår, men något gripande var inte aktuellt i dagsläget".

Han avskydde verkligen sådana dödlägen. Det skulle finnas tydliga spår, och misstänkta personer med tydliga motiv, och i avsaknad av alibin! Det var hans drömläge.

Men nu var det bara att tröska på. Han och Bitte Ludwigsson hade träffat Tomas Augustssons föräldrar flera gånger, och skaffat sig en ganska hygglig bild av vem Tomas hade varit. Men inte ens det hade fört utredningen framåt. Det enda lilla halmstrået var Tomas engagemang för kvinnliga präster. De hade naturligtvis även pratat med prästen Olof Sjögren, men vad hade det hjälpt?

Olle skakade på sig, och kände att han måste göra något, måste ut på fältet. Han beslöt sig för att uppsöka Olof Sjögren än en gång, för ett samtal på tu man hand. Han ringde det telefonnummer han hade, och som tur var kunde Olof träffa honom genast.

"Vad det nu ska vara bra för", som Olof sa i telefonen. "Vi har ju redan pratat..."

"Jag vet. Jag vill bara ställa några ytterligare frågor."

"Ja, välkommen hit till församlingshemmet, då."

175

Det tog Olle Gustafsson bara en kvart att promenera dit, och han kände sig på bättre humör så fort han kom ut i friska luften. Olof Sjögren mötte honom utanför församlingshemmets port, och visade honom till sitt rum, där Olle aldrig hade varit. Det var ett sparsmakat inrett rum, med bara en liten tavla föreställande Jesus på ena väggen. På tavlan höll Jesus upp ett kors och gjorde en gest som om han ville dra in hela världen i sin famn. Olle hade svårt både för religion och för religiösa symboler så han gav bara tavlan en kort blick, och slog sig sedan ned i en bekväm stol framför Olof Sjögrens skrivbord.

"Jaha", sa Olof. "Och vad förskaffar mig nu den äran?"

Olle tvekade lite. "Jag vet faktiskt inte riktigt, om jag ska vara ärlig. Och det ska man väl vara i detta hus…"

"Ja, det bör man vara, både här och på andra ställen."

Olle Gustasson suckade lite.

"Det är väl bara att erkänna att vi har kört fast i utredningen av mordet på Tomas Augustsson…"

"Och därför uppsöker ni mig? Man kan ju undra varför."

"Ja, det förstår jag. Och detta är väl egentligen ingen genomtänkt… jag menar, vi famlar i mörkret, och jag skulle gärna försöka göra min bild av Tomas Augustsson ännu skarpare i konturerna. Vi har naturligtvis pratat med hans föräldrar och hans syster, samt en del av Tomas arbetskamrater på Mälardalstvätten. Men inget av det som framkommit i de samtalen kan på något sätt förklara mordet på honom."

"Och nu tror ni att jag kan förklara det?"

"Nej. Nej nej. Men du träffade ju Tomas några gånger under den senaste tiden…"

"Träffade och träffade, han kom till en del möten som jag höll i, och invände ganska högljutt mot det budskap som jag försökte förmedla. En gång rök vi faktiskt nästan ihop."

"Med anledning av kvinnoprästfrågan?"

"Ja. Men vi var nog oense om mycket mer. Om de grundläggande tankarna i den kristna kyrkan. Om traditioner och gudomliga budskap."

Kanske hade det varit ett misstag att gå hit, tänkte Olle. Vad hade han hoppats få ut av ett samtal med denne man?

"Men du träffade ju honom, diskuterade med honom. Vad fick du för intryck av honom?"

"Tja...", Olof Sjögren tvekade lite. "En ung, lite förvirrad man, som trodde sig kunna reformera kyrkan, bryta nya vägar... På sätt och vis ganska sympatiskt och förståeligt, med tanke på hans ringa ålder, men ändå...".

"Du saknar honom inte?"

Olof Sjögren vred sina händer. "Jag är naturligtvis den förste att beklaga att han omkom på ett så tragiskt sätt i så unga år, men jag kan inte säga att jag saknar våra... diskussioner, eller vad man ska kalla det, gräl? Om Tomas hade fått leva så är jag övertygad om att han skulle ha kommit på bättre tankar, och då skulle jag gärna ha välkomnat honom in i gemenskapen här."

Jaha du, tänkte Olle. Och det tror du han skulle ha gillat? Märklig präst, det här, skrämmande på något sätt i sin inkrökthet.

"Men du måste ju ha funderat på det som skett? Har då inga tankar formats i ditt huvud, något som skulle kunna förklara?"

Olof Sjögren skakade på huvudet. "Visst har jag funderat. Men Herrens vägar är outgrundliga ibland. Vi människor kan inte alltid förstå Hans planer. Vi kan bara förlita oss på att Hans avsikter är goda, och att allt kommer att bli uppenbarat för oss på den yttersta dagen."

Olle Gustafsson lyckades hålla inne de beska kommentarer som han hade på sin tunga.

"Ja ja", sa han bara. "Men vi poliser vill nog helst inte vänta till den yttersta dagen, vi vill gärna ha förklaringar långt innan dess."

"Jo, det kan jag ju förstå. Men där kan jag tyvärr inte hjälpa er. Då är det nog större chans att Tomas grannar..."

"Ja, dem har vi pratat med. Flera gånger om."

"Jag förstår det. Det är ju en ganska lugn uppgång."

"Va?" Olle ryckte till. "Hur vet du det? Känner du till den uppgång där Tomas bodde?"

Olof Sjögren smålog. "Som präst blir man kallad både hit och dit, och man lär känna folk på de mest skilda ställen."

"Du har alltså varit där?"

"Jag har varit i Nyfors många gånger, och har även besökt det hus där Tomas bodde, ja."

"Du känner till hans adress?"

"Ja, den känner väl alla som läser tidningar och tar del av nyheter på annat sätt till nu."

"Men jag tror inte vi har gått ut med den exakta adressen."

"Det behöver ni inte, djungeltelegrafen fungerar alldeles utmärkt här i Eskilstuna."

"Må så vara, må så vara…"

Olle Gustafsson iakttog mannen på andra sidan skrivbordet. Det var något skumt, något som inte stämde. Var Olof Sjögren verkligen helt ärlig och uppriktig? Eller berodde den tvetydiga känsla som Olle fick helt enkelt på att Olof måste sitta här och beklaga ett frånfälle som han egentligen inte beklagade?

"Ja ja, jag ska inte uppehålla dig längre. Du har säkert många… själasörjande uppgifter att utföra."

"Jo. Visst är det så. Herren kräver mycket av sina tjänare. Men han återgäldar dem rikligt."

"Ja, det är väl bra det. Och kommer du att tänka på något när det gäller Tomas Augustsson eller något annat av det som hänt här i staden den senaste tiden så hör av dig!"

"Det ska jag absolut göra!"

Olle Gustafsson reste sig, och gick därifrån med en vag känsla av obehag. Han mindes att han när han var barn alltid hade associerat präster med trygghet, öppna famnar, ljus och värme. Men han undrade hur han skulle ha reagerat om han mött denne präst under de åren.

Nåväl, det skulle han aldrig få veta. Nu var det bara att jobba vidare med denna motsträviga utredning. Han stängde dörren till församlingshemmet, och började gå tillbaka mot polishuset.

Kapitel 36

Torsdagen den 5 augusti åkte Olle Gustafsson in till jobbet med en känsla som han inte riktigt gillade. Trötthet, uppgivenhet. Han visste att när han började tänka alltför mycket på semester och ledighet, då var det något som inte fungerade som det skulle i arbetet. Och dessutom hade han ju inte så mycket kvar av årets semester, som han i princip hade tillbringat med sin familj hemma i trädgården. Visst hade de gjort några kortare dagsutflykter med bil, men för Olle hade det passat bra med att bara vara hemma.

Greger Högstedt hälsade honom välkommen, men Olle fick en känsla av att inte han heller kände någon överdrivet stor arbetslust denna dag.

Olle slog sig ned i sin kontorsstol, och iakttog sitt skrivbord. Samma pappershögar, samma odiskade kaffekopp. Ett halvläst exemplar av gårdagens Eskilstuna-Kuriren låg kastat framför fotografiet på hustrun Gunilla och barnen Peter och Lill-Gittan. Han slängde tidningen i papperskorgen, och gav sin familj en kärvänlig blick.

Sedan gick han ut i korridoren och tog sig en kopp kaffe.

Det var just som tog den första klunken av detta kaffe som telefonen ringde.

"Olle Gustafsson, länskriminalen."

"Ja, hej. Det här är Beatrice Augustsson. Vi sågs hemma hos mina föräldrar i Slagsta."

"Ja ja, du är syster till Tomas?"

"Det stämmer. Tomas var min lillebror."

Olle hörde hur Beatrice snyftade till. "Ja, jag beklagar sorgen, än en gång."

"Tack! Det känns fortfarande overkligt. Att förlora sin lillebror på det här sättet…"

"Jag förstår det." Eller, tänkte Olle, kan man någonsin förstå vad en annan människa går igenom?

179

"Men, anledningen till att jag ringer…"

"Ja, har du kommit på något som kan hjälpa oss att få fatt på den galning som gjorde detta?"

"Jag vet inte, men… det är ganska märkligt…"

"Vad är märkligt?"

Beatrice tvekade lite i luren. "Jo, det skedde ju ett dödsfall i samband med kravallerna vid almarna i Kungsträdgården i Stockholm i våras."

"Jaa..? Du menar Elin Höglin?"

"Precis. Jag har ju funderat en hel del på vad jag och min bror pratade om under den senaste, sista, tiden. Och då kom jag plötsligt på att han nämnde Elin."

Olle kände en rysning gå genom kroppen, en rysning han brukade känna när en utredning tog ett kliv framåt.

"Så han kände Elin Höglin?"

"Det verkar i alla fall som om de har träffats några gånger i samband med protestmöten mot den där galne prästen."

"Olof Sjögren?"

"Just han, ja."

Olle Gustafsson tog ännu en klunk kaffe. "Vad sa din bror om Elin, då?"

"Tja, inte så mycket. Men jag tror han uppskattade hennes engagemang. Och kanske… var han lite lite intresserad av henne."

"Och nu är de bägge döda…"

"Ja, och är inte det lite märkligt, att de bägge dog efter att ha fallit från ganska hög höjd?"

Den kopplingen hade Olle ännu inte hunnit göra, men nu instämde han i det som Beatrice sa.

"Det har du rätt i. Det är märkligt. Visst kan det vara ett sammanträffande, men även ett mönster. Men du träffade aldrig Elin Höglin?"

"Nej, det gjorde jag inte. Men jag minns att Tomas sa att hon bodde hos sin kusin i Stockholm."

Olle nickade. Det mindes han att han hade läst när han skummade igenom utredningen av detta dödsfall.

Han beslöt att avsluta samtalet. Nu hade han faktiskt lite att göra!

"Tack för att du ringde, jag ska genast börja forska i detta. Jag hör av mig om jag har ytterligare frågor."

"Gör det! Jag gör allt som står i min makt för att få tag i den person som mördade min bror."

"Det gör vi också, tro mig!"

Olle Gustafsson hämtade mappen med utredningen av Elin Höglins dödsfall. Detta fall utreddes ju inte av länskriminalen i Eskilstuna, men de hade ändå grundläggande information om det, liksom om andra fall som utreddes i landet.

Elin Höglin, som vid sin död hade varit 19 år, hade alltså trampats ihjäl av en polishästs hovar i Kungsträdgården natten mellan den elfte och tolfte maj. Detta hade först utretts som en tragisk olycka, men den tjugotredje maj rapporterade uteliggaren Peter Stavrow att han sett Elin falla från en av almarna, och även att han sett en annan person klättra ned från almträdet efter att Elin trampats ihjäl. Denne Peter Stavrow hade tyvärr själv omkommit i en trolig olycka vid Skanstulls tunnelbanestation en kort tid efter att han lämnat sitt vittnesmål.

Och nu visade det sig alltså att Elin Höglin hade känt Tomas Augustsson.

Vad betydde det? Betydde det något överhuvudtaget?

Men Beatrice hade ju rätt, det var märkligt att de bägge hade omkommit efter att ha fallit från hög höjd, att de bägge möjligen hade mördats på detta sätt. Han kände att han behövde mer information om denna Elin Höglin, och i mappen han hade framför sig fann han namnet på den person som kanske kunde förse honom med sådan information; Linnea Höglin, Elins kusin.

Linnea svarade på tredje signalen.

"Ja, Linnea Höglin."

"Hej Linnea, mitt namn är Olle Gustafsson, och jag arbetar som kriminalkommissarie vid länskriminalen i Eskilstuna."

"Jaha? Rör det Elin?"

"Ja, det gör det."

"Men... länskriminalen i... Eskilstuna..?"

Snabbtänkt ung kvinna, tänkte Olle Gustafsson.

"Ja, jag förstår att ett samtal härifrån kan komma lite oväntat. Vi har ju inte hand om utredningen av din kusins död."

"Nej. Men jag vet ju att Elin kände folk i Eskilstuna, och att hon var där flera gånger."

"Jaså, det gjorde hon? Det är faktiskt därför jag ringer till dig. Hoppas du har tid att prata en liten stund?"

"Jadå, det går bra."

Olle Gustafsson tvekade lite. Det var ju ganska brutala händelser som var anledningen till att han nu ringt upp Linnea Höglin, och han ville inte strö mer salt än nödvändigt i de sår som hennes kusins död måste ha orsakat.

"Det är såhär... känner du till en ung man vid namn Tomas Augustsson?"

Det blev tyst i luren när Linnea tänkte efter. "Nja... Jag vet att en av orsakerna till att hon åkte till Eskilstuna var en ung man, men jag tror inte han hette så. Nej, det är jag faktiskt ganska övertygad om att han inte gjorde. Men jag minns inte hans namn."

"Jaha. Hade hon och denne man en relation?" Som jag klampar in i den privata sfären hos en avliden ung kvinna och hos hennes kusin, tänkte Olle. "Förlåt mig för att jag..."

"Det är helt okej. Jag vill också veta vad som hände Elin. Men den här Tomas Augustsson..?"

"Han är också död. Han blev troligen mördad genom att slängas ut från en balkong på sjunde våningen."

Linnea drog ett djupt andetag. "Så hemskt! Och Elin dog ju..."

"Efter ett fall från en av almarna i Kungsträdgården. Ja, det är därför jag ringer till dig, för att försöka undersöka om det möjligen kan finnas något samband mellan dessa två fruktansvärda händelser."

Än en gång blev det tyst i luren. Olle lät Linnea fundera i lugn och ro en stund.

"Den unge mannen som jag tänker på var en kurskamrat till Elin på teologiska linjen vid Sigtuna folkhögskola. Jag tror att Elin ett tag var intresserad av honom. Men som jag förstod det

182

så övergick detta intresse ganska snart i en kompisrelation."

"Vet du vad hon gjorde mer i Eskilstuna?"

"Tjaa... hon var ju engagerad i kvinnoprästfrågan, och jag vet att hon deltog i protestmöten mot någon galen präst..."

"Olof Sjögren?"

"Det stämmer nog, så kan han ha hetat."

"Och du minns inte att hon nämnde någon eller några personer som hon träffade vid dessa möten?"

"Aha, du menar att Tomas Augustsson..?"

"Han var också engagerad i den här frågan, och vad jag förstår opponerade han sig ganska högljutt mot Olof Sjögrens åsikter."

"Men då lärde de naturligtvis känna varann vid ett sådant möte! Elin var bra på att knyta kontakter på det sättet, med människor som hon delade åsikter med."

Olle Gustafsson nickade. Så kunde det naturligtvis ha gått till. Tomas och Elin möttes i sitt gemensamma motstånd mot Olof Sjögren.

"Jag minns att hon nämnde den där prästen vid ett av de sista samtalen som jag och Elin hade."

"Och vad sa hon då?"

"Att hon var rädd för honom, eller för människor som han. Hon sa något om att vissa människor är så fanatiska i sina övertygelser att de kan göra vadsomhelst."

Olle ryste till, och såg utsikten från Tomas Augustssons balkong framför sig. Det var ett högt fall.

"Okej. Tack för att jag fick prata med dig en stund. Hoppas detta inte förvärrar din sorg och din saknad efter din kusin."

"Nej, saknaden är redan bottenlös, så den kan inte förvärras. Och, som sagt, jag vill också ha en förklaring till varför hon inte längre är med oss."

"Bra! Jag kommer naturligtvis att underrätta dig om det framkommer ytterligare saker. Eller, det kanske blir Stockholmspolisen som ringer, förstås, det är ju ändå deras utredning."

"Ja ja, bara någon ringer. Och du har ju mitt nummer, om du har ytterligare frågor."

"Det har jag. Hej då Linnea, ta hand om dig!"

Telefonen i Olof Sjögrens arbetsrum ringde, och när Olof lyfte luren hörde han en röst som han kände igen, men som han först inte kunde placera.

"Olof Sjögren?"

"Ja. Vem frågar?"

"Detta är Gösta Lundström, biskop i Strängnäs stift. Vi har nog träffats vid några tillfällen, även om det nu var ett tag sedan."

"Naturligtvis! Vad förskaffar mig den äran av ett samtal från biskopen?" Olof Sjögren kände sig både hedrad och oroad.

"Jaa…" Olof insåg plötsligt att biskopen var aningen besvärad av detta samtal. "Det är ju så att jag i min befattning som biskop nåtts av vissa budskap att min vördade kollega och medtjänare i Eskilstuna Klosters församling, Olof Sjögren, rört upp vågorna i våra församlingshus genom att sprida sitt budskap om att kvinnor inte är ägnade att bli präster. Detta är ju en fråga som idag officiellt är bestämd, men som fortfarande är under debatt och långt ifrån färdigutredd, så jag skulle vilja be dig Olof att ligga lite lågt i dina uttalanden i den här frågan. Vi inom kyrkan behöver inte den uppmärksamhet som dina ståndpunkter frammanar."

Olof Sjögren kände först en enorm vrede välla upp inom sig, och han var på vippen att ge biskopen ett väldigt syrligt svar. Men så besinnade han sig. Det fanns vägar att gå vidare som var betydligt mer intelligenta.

"Jag hör vad biskopen säger, och jag förstår klokheten i det. Visst är kvinnoprästfrågan viktig för mig, men jag anser ändå inte att den är så betydelsefull att jag vill splittra vårt samfund."

"Det glädjer mig att höra, Olof, det gläder mig verkligen. Jag inser att vi alla har våra personliga sätt att tjäna Herren på, men vi måste ändå enas i en viss grundsyn. Och eftersom det nu var elva år sedan de första kvinnliga prästerna vigdes här i Sverige så kan vi inte låta enskilda medarbetare gå ut med sina egna kvinnoprästfientliga åsikter offentligt i kyrkans olika lokaler och medier."

Olof Sjögren svalde. Det fanns så många bittra åsikter han

skulle ha velat ge utlopp för, men han insåg att detta inte var rätt tillfälle.

"Jag inser detta, och kommer att foga mig i det som biskopen föreslår, eller snarare kräver."

"Det är bra, Olof. Vi har alla våra egna personliga åsikter och bevekelsegrunder, men det är bra om vi kan kämpa tillsammans för våra gemensamma mål, för spridandet av kristendomen och av vår kyrkas unika helande kraft."

Olof nickade, och log lite snett. Visst, visst…

"Då kanske jag kan gå ut med detta i våra interna bulletiner, så att alla eventuella missförstånd undanröjs?" frågade Gösta Lundström.

"Det blir bra. Gör det!"

"Tack för samtalet, Olof! Må Gud vara med dig, och med oss!"

"Tack!"

Olof lade på luren, och visste inte riktigt vad han skulle tänka. Men han förstod ju att en viss slughet var nödvändig för att han skulle nå sina mål.

Olle Gustafsson slog numret till Sigtuna folkhögskola. Även om det troliga mordet på Elin Höglin inte utreddes av kriminalpolisen i Eskilstuna hade det ju ändå, genom Elins bekantskap med Tomas Augustsson, fått en anknytning dit. Och Olle förstod att han måste meddela sina kollegor i Stockholm detta. Men först ville han försöka få tag på den person som var orsaken till att Elin börjat besöka Eskilstuna.

"Ja, hallå. Folkhögskolan i Sigtuna. Hur kan vi stå till tjänst?"

"God dag, mitt namn är Olle Gustafsson, och jag arbetar som kriminalkommissarie i Eskilstuna. I samband med en mordutredning skulle vi ha behov av att veta vilka som studerade på teologiska linjen vid Sigtuna folkhögskola under vårterminen 1971, alltså i år. Och nu undrar jag om ni kan lämna ut dessa uppgifter till mig, eller om vi måste gå den formella vägen via Södermalmspolisen på Torkel Knutssonsgatan, som har hand om utredningen av ett dödsfall som har samband med detta?"

Det blev tyst i luren en lång stund. Olle riktigt kände hur osäker personen som höll i luren blivit.

"Jaa, jag tror det är bäst att vi går de formella vägarna. Vi kan ju inte bara lämna ut uppgifter om våra studerande utan vidare."

"Nej, jag förstår. Då använder vi de formella vägarna. Tack för samtalet, vi hörs!"

"Ja, det gör vi... kanske."

Kapitel 37

Idag var lägenheten kall och opersonlig. Sveket hade skett. Utanför fönstret stod de omkringliggande husen i Årby tysta och anklagande.

Telefonen ringde strax före elva. Någon som inte förstod innebörden av sina ord pladdrade både länge och väl. Någon som arbetade deltid vid Klosters församlingshem, men som ändå inte förstod svekets tyngd. Som bara ville klara ut vissa formaliteter inför helgen, inför nästa vecka.

"Hur påverkar det här vårt arbete, egentligen? Påverkar det arbetet överhuvudtaget? Jag menar, kvinnoprästmotståndet har ju aldrig ingått i vår verksamhet..."

Nej, det hade ju inte det. Motståndet hade grundats på personliga och djupt kända premisser.

"Nåväl, vi får prata om detta", pladdrade kvinnan i telefonen vidare. "Det är väl inte var dag man blir uppringd av biskopen, förstås..."

"Nej, det är väl inte det. Tack för samtalet, nu måste jag..."

"Ja, jag ska inte uppehålla dig längre, vi ses kanske i församlingshemmet senare?"

"Kanske det."

Kallt och opersonligt. Man anammar en tro, en övertygelse, utför de gärningar som måste utföras, tar de risker som måste tas. Allt för att uppfylla de inre kraven, allt för att ge den inre brinnande lågan bränsle.

Och så kommer det ett samtal från en biskop, och allt ska plötsligt slängas på soptippen?

Vreden växte snabbt, sög liksom upp syret i rummet. Den heliga vreden, kärlekens andra sida.

Hur gå vidare? Allt kunde ju inte ha varit förgäves! Paddorna och horkarlarna kunde inte få vinna!

Olle Gustafsson gjorde sig ett ärende till polishuset när han

187

avslutat lördagens storhandlande. Han hade egentligen inget där att göra, ville mest fundera lite i lugn och ro. I korridoren mötte han till sin förvåning Bitte Ludwigsson.

"Jaså, är du här? På en lördag?"

"Ja. Och du också?"

"Skulle kolla några grejer..."

"Och fundera lite i lugn och ro?"

Olle skrattade till. Det verkade som om Bitte börjat lära känna honom. "Någonting ditåt, ja."

"Vi kanske kan fundera lite tillsammans?"

"Det kanske vi kan, ja. Vi tar en kopp kaffe och snackar lite."

De slog sig ned i Olles rum. Kaffet smakade som det brukade göra, och Olle ångrade att han inte köpt med sig något gott, polishusets kaffe krävde nästan något sådant för att slinka ned.

Just när han tänkte detta tog Bitte fram en vetelängd ur en Tempo-kasse.

"Jag hade tänkt smaska på den här med maken ikväll, men vi kan väl tjuvstarta lite?"

"Absolut!" sa Olle, och gav henne en tacksam blick.

Efter några ord om vädret och om planerna för helgen, eller för den del av helgen som återstod, dök de så rakt in i utredningen.

"Det var ju märkligt det här att Tomas Augustsson och Elin Höglin tydligen kände varandra", sa Olle.

"Ja, verkligen!" Bitte tog en stor tugga av sin vetelängdsskiva. "Märkligt och kusligt."

"Ja, du vet ju att jag pratade med Elins kusin Linnea. De hade visst bra kontakt, och Linnea verkade ha blivit någon slags extramamma, eller kanske snarare extrastorasyster, för Elin efter det att föräldrarna omkom i Karlstad för fem år sedan. Tänk va, en hel familj utplånad på några år."

"Ja, det är hemskt. Livet kan vara så grymt."

"Och ibland kanske livet får hjälp i sin grymhet av mänskliga händer..."

"Kan så vara, kan så vara."

Olle Gustafsson lyfte upp ett papper som låg på hans skrivbord. "Vi har nu, med hjälp av våra Stockholmskollegor, fått en lista över de personer som studerade på teologiska linjen vid Sigtuna folkhögskola i våras. Jag vet att kollegorna har pratat med de flesta av dessa personer, och de har markerat i listan vilka personer som verkade ha haft kontakt med Elin. Jag föreslår att vi ringer till dessa personer nu, och försöker klura ut vem av dem som var orsaken till att Elin Höglin besökte Eskilstuna vid ett flertal tillfällen innan hon lärde känna Tomas Augustsson."

Bitte Ludwigsson studerade listan. "Ja, våra kollegor har ju markerat ganska många namn. Antagligen var väl Elin en social person som hade lätt för att knyta nya kontakter."

"Antagligen."

"Men om vi koncentrerar oss på personer av manligt kön är det ju ändå inte så oöverkomligt många."

"Nej, det är ju inte det. Fatta telefonen och ring bara, Bitte!"

Ringandet gick snabbt. Redan vid andra samtalet fick Bitte Ludwigsson napp.

"Elin? Elin Höglin? Javisst känner jag henne!" sa en glad röst i luren, en röst som tillhörde en ung man vid namn Daniel Schietti.

Bitte svalde, och fick en obehaglig känsla. "Jaha, så du kän... kände henne?"

"Kände? Jag känner henne! Trevlig tjej!"

Bitte såg på Olle Gustafsson. Egentligen ville hon lämna över luren till honom, men han var upptagen med ett annat samtal.

"Och du har inte hört vad som hänt?"

"Hänt? Hur menar du?" Bitte hörde hur Daniels röst blev osäker.

"När hade du senast kontakt med Elin?" frågade hon.

"Tja, det var ett tag sedan, vi gled väl liksom isär, kan man säga. Men vad är det, vad har hänt?"

Bitte insåg att hon inte kunde skjuta upp det längre. "Det är ju så... att Elin Höglin omkom den 12 maj i år, i Kungsträdgården."

"Va?! Vad säger du?! Vad hände?"

"Tja, i korthet kan man säga att hon omkom i samband med kravallerna runt almarna."

189

"Men det är ju fruktanskvärt! Saken är den att jag har varit utomlands i flera månader, har besökt släktingar i Italien, och varit inblandad i vissa turer kring en släktgård utanför Bologna. Jag kom faktiskt hem till Sverige för bara några timmar sedan. I det där släkthuset har vi ingen telefon, så jag har varit helt avstängd från svenska nyheter ända sedan i början av maj."

"Okej, då förstår jag. Jag beklagar sorgen."

"Faan! Faan i helvetes alla djävlar! Ja, ursäkta, som teologistudent borde jag väl inte svära, men jag tror att Gud kan tänka sig att förlåta vissa kraftuttryck vid sådana här tillfällen."

Olle Gustafsson hade avslutat sitt pågående samtal och lagt på luren. Han såg på Bitte att något hade hänt, och Bitte nickade åt honom. "Jag tror jag ska överlämna luren till min kollega kriminalkommissarie Olle Gustafsson, så kan han berätta mer om turerna i målet."

Olle gav Bitte en lång blick. Hon pekade på Daniels namn på listan som låg på bordet, och viskade "Han säger att han inte visste att hon var död."

Olle tog luren. "Hej Daniel! Kriminalkommissarie Olle Gustafsson här. Jag förstår att du inte visste…"

"Nej. Jag visste inte att Elin var död. Det är faktiskt en jävla chock."

"Ja, jag förstår det. Beklagar. Du kände henne ganska väl, va?"

"Nja… Vi umgicks relativt intensivt under en kort period, men jag kände henne väl inte sådär jätteväl, kanske."

"Men hon besökte dig i Eskilstuna?"

"Ja, det gjorde hon, några gånger."

"Men sedan slutade ni att träffas?"

"Ja, det hela rann ut i sanden, på något sätt. Jag vet egentligen inte riktigt varför, för Elin är… var en väldigt fin tjej."

"Träffade hon någon annan? Förlåt att jag är ganska rättfram…"

"Det gör inget. Jag har faktiskt ingen aning om hon träffade någon annan. Jag vet att hon var på några protestmöten mot den där kvinnoprästmotståndaren i Eskilstuna…"

"Olof Sjögren?"

"Ja, han ja. Men jag var aldrig med på de mötena, frågan intresserar mig inte så mycket, så jag vet inte om hon träffade någon där."

Olle drack upp den sista slurken kaffe. "Okej Daniel. Och det är inget annat du kommer att tänka på när det gäller Elin? Något som kanske skulle kunna förklara...".

"Nej, inget som skulle kunna förklara att hon omkom i samband med kravaller i Kungsträdgården. Hur gick det till?"

Olle drog på svaret. "Det är väl inte riktigt utrett ännu... Men det verkar som om föll från ett träd, och trampades ihjäl av en polishäst."

"Vilken hemsk olycka! Eller... blev hon knuffad?"

"Det är möjligt."

"Fy faan! Nej, som sagt, Elin var en väldigt fin tjej, men vi umgicks ju inte under någon längre tid, så jag lärde väl aldrig riktigt känna henne på djupet. Och nu är det ju försent."

"Jo, det är ju det. Men tack för att vi fick prata med dig. Hör gärna av dig om du kommer på något, antingen till oss i Eskilstuna, eller till polisen i Stockholm."

"Det ska jag, absolut. Hemskt det här!"

Olle lade på luren, och såg på Bitte. "Ja, då vet vi vem som gav Elin anledning att åka till Eskilstuna. Men har det fört oss framåt i utredningen?"

Bitte skakade på huvudet. "Tveksamt."

Någon halvtimme senare skildes de åt, och åkte hem till sina respektive. Det var ju ändå lördag.

Kapitel 38

Måndagen den 9 augusti var en fin dag i Skellefteå. Ganska varm, men ändå med en viss kylighet i luften. Tuula Kärpi promenerade genom området Bonnstan, öster om landsförsamlingens kyrka, som så många gånger förr. Hon gillade att gå där och titta på kyrkstugorna, fantisera om vilka som bott där, och allt som måste ha hänt i dessa stugor. Hon tilltalades av deras mättade brunröda färger, och de små trätrapporna upp till deras portar.

Idag satte hon sig på en av trapporna, och beslöt sig för att liksom invänta sig själv. Det hade hon ofta behov av. Hur skulle hon kunna hjälpa någon annan om hon själv inte var totalt närvarande i sin kropp och i sitt sinne? Hon vinkade glatt åt en äldre kvinna som hon vagt kände igen. Kvinnan vinkade tillbaka, och promenerade vidare.

Och det var just då som Tuula mindes barndomsväninnan Wanjas efternamn. Väninnan hade haft mörka ögon – beckmörka, becksvarta – och därför var det helt naturligt att även hennes namn var förknippat med mörker. Hon hette Bäckstadh! Wanja Bäckstadh, naturligtvis! Tänk att det skulle vara så svårt att minnas ett namn! Själsligen var Tuula nu tillbaka i Karesuando igen, och hon sögs än en gång in i de där mörka ögonen. Känslan fick henne att rysa till, och hon lämnade Bonnstan snabbare än hon brukade göra. Hon promenerade ganska raskt hemåt, och när hon kom hem slog hon numret till väninnan Elsa Andersson i Luleå. Väninnan svarade genast.

"Hej Elsa, det är Tuula här."

"Hej Tuula!"

"Vet du vad, jag har kommit på vad vår barndomsväninna Wanja hette i efternamn!"

"Bäckstadh, va?"

"Va?! Kom du också ihåg det?"

"Ja. Jag kom på att både du och jag associerade hennes mörka ögon med beck."

Tuula Kärpi drog ett djupt andetag. "Oj, det var värst. Ja, då vet vi i alla fall vad vår märkliga mörkögda barndomsväninna heter. Wanja Bäckstadh."

"Och vi vet faktiskt ännu mer!" fortsatte Elsa Andersson.

"Jaså, det gör vi?"

"Ja. Jag stötte ihop med en annan av våra barndomsväninnor på ett seminarium här i Luleå för några dagar sedan, och hon hade faktiskt pratat med Wanja för inte så länge sedan. Då bodde Wanja i Eskilstuna. Hon jobbade tydligen på något museum där, och även lite på ett församlingshem."

"Jaha, där ser man. Från Karesuando till Eskilstuna." Tuula Kärpi nickade. "Det är verkligen ett långt avstånd. Men vad vet man egentligen om var ens barndomsvänner hamnar, eller vad de tar sig för? Egentligen är jag bara glad för att vår gemensamma väninna inte utvecklades till någon galning."

Elsa Andersson instämde. "Men kvinnan som jag pratade med tyckte faktiskt att Wanja lät lite… underlig på rösten."

"Underlig?"

"Ja. Hon förklarade inte närmare. Men du kan ju ringa upp Wanja, nu när du vet hennes fullständiga namn."

Tuula Kärpi ryckte på axlarna. "Ja, kanske det. Vi får se. Man har ju lite annat att stå i också."

"Ja, man har ju det. Vi hörs, hörru du!"

"Det gör vi."

Tuula lade på luren. Hon kände att hon fått en fundersam rynka i pannan. Så Wanja lät underlig på rösten? Ja ja, det var väl inte så konstigt, redan under deras gemensamma barndom hade hon väl låtit underlig på rösten, när hon nu någon gång yttrade några ord. Folk kanske inte förändras så mycket med tiden som man ibland kunde önska?

Kapitel 39

Olof Sjögren kände sig villrådig. Han hade fått ett ultimatum, och han hade även fogat sig i detta ultimatum. Men det betydde inte att han visste hur han skulle gå vidare med sitt liv. Hans övertygelse hade ju inte ändrats.

Han funderade på hur han kände sig. Kunde det verkligen få gå till såhär, att biskopen ringde upp och satte munkavle på en av sina underlydande? Dessutom på en underlydande som drevs av en verkligt stark övertygelse. Borde inte en biskop stödja och stötta, i stället för att agera som någon slags censurmyndighet? Det var så fel! Han knöt händerna så att knogarna vitnade. Visst hade han känt vrede många gånger förut, men detta var något extra, något speciellt. Skulle han alltså tvingas ljuga om sin övertgelse?

Han slog näven i köksbordet så att tekannan som stod där hoppade till. Visst, en biskop var en biskop, men ändå... Det fanns andra hierarkier än de världsliga, andra herrar att tjäna.

Ibland önskade han att Jesus själv kunde gripa in på ett mer handfast sätt, att han kunde peka med hela handen, och visa dem alla vägen vidare. Olof visste ju att han vid otaliga möten talat om Herrens bud och vägledning, men ändå måste han erkänna för sig själv att han ofta kände sig utlämnad åt sig själv, att han själv tvingades fatta beslut som borde vara onödiga.

Så nu skulle han alltså stödja tanken på kvinnliga präster? För att biskopen i Strängnäs stift hade bestämt så?

Han såg ut över Årby bostadsområde, skakade på huvudet, och kände plötsligt en lust att återvända till Värnamo kyrka, att där söka skydd och sinnesro. För det var ju där han suttit många kvällar i sin barndom, på en av de hårda och kalla träbänkarna i denna kyrka, och hört moderns ord eka i öronen, känt svedan från hennes slag mot kinderna. Tänk att både han och hans far varit så rädda för denna kvinna, att de hela tiden haft känselspröten ute för att känna av vilket humör hon var på!

Nu var ju både modern och fadern döda sedan många år tillbaka, tack och lov! Han saknade dem inte, varken moderns våldsamma oberäknelighet, eller faderns undfallenhet. Men lugnet i Värnamo kyrka kunde han sakna.

Var fann han det här i Eskilstuna?

Sven Skougar skulle aldrig erkänna det, ens för sig själv, men visst hade han hoppats att mötet skulle upprepas. Så han hade gått förbi Tempo många gånger den senaste veckan, och iakttagit människorna runt omkring sig ovanligt noga.

Och idag! Nu! Där kom Finn långsamt gående, till synes helt innesluten i sin egen värld. Han såg kanske ännu mer trött och sliten ut än han hade gjort när de stötte ihop för en dryg vecka sedan. Och han såg absolut inte ut som om han ville ha sällskap, eller som om han ville inleda ett samtal.

Men det tänkte Sven Skougar inte bry sig om. Han gick rakt fram till sin son, och lade handen på hans arm. Finn ryckte till och höjde blicken, fokuserade på den person som antastat honom. När han såg vem det var drog han undan sin arm.

"Ge fan i mig!"

"Nej, det tänker jag inte göra. Inte den här gången. Tyvärr, Finn. Vi måste faktiskt snacka."

"Om vad då?"

"Det vet du mycket väl."

Finn Skougar blängde en lång stund på sin far, men så verkade han, till Svens stora förvåning, ge med sig.

"Okej, låt oss prata. Förklara vad du gjorde med min mor, och med hela vår familj!"

"Det är inte så enkelt…"

"Nej nej, nu börjar undanflykterna redan komma!"

"Inte alls. Men du kanske inte kände din mor som jag gjorde. Kom, vi tar en fika på Tempo!"

De hittade ett ledigt fönsterbord. Finn satte sig försiktigt på stolen, och såg ut som om han kontrollerade att flyktvägarna därifrån var fria.

"Alltså", sa Sven. "Lovisa…"

Finn fnös till. "Ja, vad ska du nu hitta på om min mor?"

"Jag tänker inte hitta på någonting, utan jag tänker för första gången försöka prata med dig om henne, allvarligt och uppriktigt."

"Okej, lycka till, farsan!"

Sven Skougar undertryckte en impuls att slå näven i bordet, och sedan bara gå därifrån. Varför skulle han sitta här och försöka föra ett civiliserat samtal med någon som bara hånade honom? Men han insåg att det här kanske var den enda chansen han fick, och besinnade sig.

"Jag vet att du har vissa tankar om hur det gick till när din mor dog..."

"Ja, det kan du ge dig faan på! Du mördade ju henne! Med ett av dina egna rakblad."

Sven Skougar svalde. Samtalet förde honom sexton år tillbaka i tiden, till januari 1955, den månad då Finn fyllde sju år.

"Det är så du tror att det gick till?"

"Ja, naturligtvis, för det *var* ju så det gick till."

"Finn, Finn, det är så mycket du inte vet. Din mor Lovisa var en fin kvinna, men hon hade så mycket mörker inom sig. Om du bara anade..!"

Sven tog en stor klunk kaffe. "Redan när vi lärde känna varandra förstod jag att hon hade det jobbigt, men då trodde jag att jag skulle kunna bemästra det där mörkret. Och så föddes du, och det verkade som om det blev bättre. Hon älskade verkligen dig, och ville ta hand om dig. Men så, efter några år, var det som om hon inte orkade längre."

Finn satt alldeles tyst. Varför har vi inte pratat om det här tidigare? tänkte Sven. Men han visste ju svaret. Det hade varit alltför smärtsamt.

"Och vad hände när jag fyllde sju?" frågade Finn.

"Vad som hände? Tja, hon försökte ta sitt liv många gånger, och till slut lyckades hon. Jag försökte hålla uppsikt på henne, och gömma undan knivar och andra vassa föremål. Men så hittade hon mina rakblad... Jag fann henne i badkaret."

"Men... ni bråkade ju så mycket, och jag var så rädd för dig. Hon sa... ja, hon sa en massa hemska saker om dig, att du gjorde henne illa och så."

196

Sven nickade. "Jag vet. Och jag borde ha pratat mer med dig under den här tiden, men jag orkade helt enkelt inte. Det var ett heltidsjobb att hålla Lovisa vid liv."

Finn såg tveksamt på sin far, och Sven bemötte blicken. Sven hoppades att något vände just i den sekunden, att Finn kanske just då började förstå att allt inte var så enkelt, att det kanske fanns andra orsaker och förklaringar.

"Okej, du menar alltså att det som Lovisa, min mor, berättade om dig kanske inte alltid... var helt sanningsenligt?"

"Jag vill inte påstå att jag är något helgon, långt ifrån. Jag har gjort mycket som jag ångrar. Men, som sagt, Lovisas liv var långt ifrån okomplicerat. Och hon hade en ganska stark förmåga att manipulera människor. Jag älskade henne verkligen, men allt eftersom åren gick blev jag mer och mer medveten om denna förmåga. Jag vet att det låter ganska hemskt, men på något sätt skulle jag ha önskat att hon levt några år till så att du lärt känna henne mer som en medmänniska, och inte bara som en mor."

Finn Skougar tömde sin kaffekopp, och reste sig. "Jag måste dra vidare nu. Men... tack för samtalet. Kanske är inte allt svart och vitt."

Orden fick Sven att dra en djup suck. "Nej, saker och ting är ofta mer komplicerade än man tror."

Finn gick mot cafeterians utgång, men så vände han sig om, tvekade lite, och sa: "Och du, farsan, det där med tipskupongen kanske inte var helt lyckat."

Så var han försvunnen, innan Sven hann fråga något mer.

Kapitel 40

Fredagen den 13:e augusti såg Olle Gustafsson på kontorsalmanackan för augusti månad 1971. Som fallet ofta var med hans kontorsalmanackor så var den ganska tom. Få möten var inplanerade, vilket han uppskattade. Han var ingen mötesmänniska, utan gillade mer att arbeta konkret med utredningar, gärna ute på fältet.

Men skulle han vara ärlig så visste han inte riktigt vad han jobbade med för tillfället. Utredningen av det troliga mordet på Tomas Augustsson hade inte rört sig en millimeter framåt, och inte heller utredningen av det lika troliga mordet på Elin Höglin i Kungsträdgården i Stockholm.

Så Olle Gustafsson kände sig handfallen. Vad skulle han göra? Skulle han börja rota mer i bombhotet mot konstmuseet i maj, eller mordbränderna vid Stålforsskolan? Eller skulle han återigen ta itu med de vittnesmål som lämnats av grannarna i det hus i Nyfors där Tomas Augustsson bodde?

Han visste inte. Han visste helt enkelt inte.

Han bläddrade på måfå igenom det senaste exemplaret av Eskilstuna-Kuriren, och såg då en annons för en musikfest som skulle hållas i Vilsta helgen därpå. Han var själv ingen stor älskare av musikfester, men när han läste igenom listan över de band som skulle deltaga kunde han inte undgå att imponeras. Arrangörerna, Eskilstuna Musikentusiaster, hade verkligen lyckats få till en fin blandning.

Kanske skulle han gå dit, kanske tillsammans med frun och barnen? Göra det till en familjeutflykt? Det var ju inte så ofta de gjorde något tillsammans, alla fyra.

Lollo och Kenneth från Eskilstuna Musikentusiaster såg på det material de hade samlat ihop, och fann att det var gott. De visste med sig att de hade fått till en musikfest som lovade att bli något alldeles extra, och nu var det bara drygt en vecka kvar.

198

"Okej, Kenneth", sa Lollo. "Fixar vi det här nu då?"

"Klart vi gör! Och vi får väl hoppas att vi får bättre väder än vad våra vänner som arrangerade festivalen i Woodstock fick!"

"Jo, de hade problem med regn och åska, va?"

"Det regnade och åskade av bara sjutton där!"

Lollo såg på programbladet, och blev än en gång imponerad av den sammansättning de fått till.

"Och så har vi ju fått löfte om en artikel i lokalpressen under veckan?"

"Ja, troligen på fredag."

"Bra! Det ska faktiskt bli spännande att höra många av de här banden och artisterna. Som t ex Tomas Ledin, det nya stjärnskottet från Sandviken. Och Samla Mammas Manna är ju alltid roliga att höra."

"Jag ser fram emot Bluishness med Ulf Malm och Tomas 'Blues' Carlsson!"

"Men heter inte de Way Out?"

"Jaså, vet inte. De kanske håller på att byta namn, precis som Repslagarligan?"

"Ja, de hette ju Inka förut?"

"Precis!"

"Ja ja, banden får väl heta vad de vill, bara de gör sjuhelsikes bra spelningar nästa lördag!"

"Precis min åsikt, bäste herr Lollo!"

Än en gång gick Björn in genom dörrarna till Klubb Lucidor, och som alltid kändes det som att komma hem. Det här var hans själsliga hemvist, det hade han vetat nu i flera år. Han satte sig på en stol framme vid den lilla scenen, och såg sig omkring. Det gladde honom oerhört att den galning som fjuttat på stället i våras inte hade lyckats bränna ned det. Att ersätta Lucidor skulle vara svårt, ja troligen omöjligt. Men nu behövdes ju inte detta. Stället fanns kvar, om än något rökskadat.

Precis som han själv, tänkte han, och skrattade till. Ont krut förgås inte så lätt. Visst hade han gjort många dumheter i sitt liv, och visst tänkte han fortsätta att göra dumheter, men så länge han hade kontakt med sin inre musik visste han att han kunde fortsätta leva. Musiken talade till honom och genom honom. Han fingrade lite på den klarinett han tagit med sig idag. Alla greppen satt i hans fingrar, och han visste hur hårt han skulle blåsa för att få just de toner han eftersträvade.

För det var ju det det hela handlade om, egentligen, att åstadkomma de toner man siktade efter, att skapa den musik som var nödvändig just i det ögonblicket, att lägga de tonslingor och melodier som behövdes just i den sekund de spelades.

Han trodde att han var bra på det. Nej, han *visste* att han var bra på det.

Ikväll skulle han inte spela på Lucidor. Men han tänkte vara där, och då blev det en spelning, även om han inte stod på scenen.

Musiken var ju alltid närvarande. Musiken var han, och han var musik.

Kapitel 41

Måndagen den 16 augusti var en grå dag. Det kunde ha varit vilken måndag som helst, men för Sven Skougar var det en alldeles särskild dag. Det var dagen då han skulle säga upp sig från sitt arbete. Visst hade han våndats på söndagskvällen när han låg i sin säng och försökte sova. Och visst hade han kanske druckit mer än han borde göra en söndagskväll. Men det beslut som grubblerierna hade utmynnat i hade inte med alkoholen att göra, det låg djupare än så. Han hade helt enkelt insett och accepterat att han befann sig på fel plats i livet.

Så han gick rakt in till Greger Högstedt på måndagsmorgonen, stängde dörren bakom sig, och sa:

"Så här är det, Greger, jag vill säga upp mig, med omedelbar verkan."

Greger Högstedt, som just kommit till jobbet, och som inte riktigt hade vaknat, ruskade på sig lite, och stirrade på Sven.

"Va?! Vad är det du säger?"

"Det jag säger är att jag vill säga upp mig från mitt jobb, med omedelbar verkan."

"Jaha. Och varför…"

"Lägg av, Greger, du vet lika väl som jag att jag inte passar här, att mitt temperament inte passar in i polisens mallar! Och dessutom vill jag tillbringa mycket mer tid med min son Finn. Vi har ju haft vissa problem i vår relation, och han har mer eller mindre hatat mig."

"Men…"

"Det spelar ingen roll vad du säger, Greger, jag har bestämt mig. Vi kan lösa det praktiska senare, men jag slutar här nu, genast."

Greger visste inte vad han skulle tänka, och han kände ett vagt dåligt samvete för att han någonstans inom sig blev glad över Svens beslut.

Sven tog fram sin polisbricka, och lade den på Gregers bord. Sedan gjorde han en skämtsam honnör, och gick mot dörren. Men innan han hann fram dit stannade han till, och vände sig om, tvekade.

"Och du Greger, den där andra branden på Stålfors... den var inte så allvarlig, va?"

"Nää, den var väl ganska beskedlig. Men varför..?"

"Jag kanske har vissa aningar om vem som anlade den."

"Jaså." Först förstod Greger ingenting, men så började han lägga ihop två och två.

"Du och din son hade haft vissa problem i er relation, va?"

"Jo, det har vi."

"Men det tänker ni reda ut nu?"

"Jo."

"Så tipskupongen...". Greger tvekade. Men så bestämde han sig.

"Nej, det var som sagt ingen allvarlig brand. Kanske kommer vi aldrig att få reda på hur den startade."

Sven nickade. "Tack, Greger", sa han sedan och lämnade rummet.

"Ja? Wanja Bäckstadh här."

Tuula Kärpi blev så överraskad över att ha fått svar efter många signaler att hon höll på att tappa telefonluren.

"Wanja! Hej! Så roligt att få kontakt med dig! Det här är Tuula, din gamla barndomskamrat från Karesuando."

Lång tystnad. Men just som Tuula skulle fråga om Wanja var kvar:

"Karesuando? Vad visste vi då?`"

"Hur menar du?"

"Vi gick där i våra föräldrars ledband, men hade ju ingen aning om de krafter vi kom i kontakt med."

"Neej, kanske det..." Tuula Kärpi började undra om det hade varit en sådan bra idé att ringa upp Wanja. "Men... hur har du det nu? Vad gör du?"

"Gör? Det som är nödvändigt förstås."

"Jo, det så klart, men..."

"Snart är det ju fullbordat, snart kommer vågen av eld."

"Öh, va?"

"Men det behöver ju inte du bry dig om, käära Tuula. Traska du vidare i dina stickiga underkläder!"

Och så bröts förbindelsen. Tuula Kärpi stirrade på telefonluren. Ja ja, hon hade ju i alla fall fått tag på Wanja, och pratat med henne.

Men vad hade samtalet betytt?

Olof Sjögren kände än en gång en enorm vrede välla upp inom sig. Hans tro och hans övertygelse var lika starka som de hade varit under större delen av hans liv, men motståndet mot sanningen hade ökat betydligt under senaste tiden. Det var som om folk stängde sina öron och ögon, som om de virrade vidare i total blindhet, uppfyllda av lögner och villfarelser.

Så vad kunde han göra? Han visste ju att han hade talets gåva, men hur kunde han bruka denna gåva på bästa sätt, så att lögnerna splittrades och den enda sanna vägen uppenbarades för alla och envar?

Det kändes tungt, motigt. Han satte ned kaffekoppen på frukostbordet och suckade. I samma stund föll hans ögon på en annons i lokaltidningen Folket. Under den kommande helgen skulle det tydligen anordnas en musikfest i Vilsta. Kanske var det där han skulle vara?

Naturligtvis var det där han skulle vara! Nära ungdomarna, nära dem som ännu var formbara, som ännu sökte. Han kände inte igen namnen på de artister som skulle uppträda, men det spelade ingen roll. Om någon hade funnit det mödan värt att bjuda in dessa grupper och artister fann säkert andra det mödan värt att gå dit och lyssna.

Och folk som var benägna att lyssna var ju just vad han sökte!

Wanja Bäckstadh såg ut över Årby-området från sitt köksfönster. Hon tvingade sig att dricka en kopp kaffe, för att försöka få förmiddagen att ändå vara någorlunda hanterlig. Hon var ganska säker på att Olof Sjögren befann sig i sitt hus, som skymtade några kvarter bort. Hon hade sett honom gå in i och ut ur huset otaliga gånger, och varje gång hade hennes hjärta klappat lite extra. Men nu..?

Tänk att människor kunde förändras så snabbt! Eller kanske snarare ens förståelse av människor. Olof Sjögren hade ju alltid varit en fast klippa, en fyr i skymningslandskapet.

Men nu? Nu när biskopen i Strängnäs hade ringt? Nu när kyrkan börjat ställa krav? Hur stark var han då, hur lätt bröts han?

Det var skrämmande att se. Och plötsligt förstod hon vad hon måste göra; inte lämna honom utom sikte. Tvinga honom att fortsätta kampen!

Kapitel 42

Tidigt på lördagsmorgonen den 21 augusti ringde telefonen hemma hos Olof Sjögren, och en märkligt avlägsen och förvrängd röst sa:

"Gå dit du bara! Vi kanske ses där. Elden kommer att rinna nedför backen under november."

"Va?" Olof förstod ingenting. "Ses var? Vem är du? Vadå november? Behöver du numret till den psykiatriska mottagningen?"

Wanja Bäckstadh lade lugnt ned telefonluren. Nu hade hon gjort sitt. Vad mer kunde hon göra? Hon hade följt Olof Sjögren minutiöst de senaste dagarna, och nu hade hon ju faktiskt ansträngt sig över vad man kunde förvänta sig av henne; hon hade varnat honom. Nu var det upp till honom hur långt han ville driva sin övertygelse, eller kanske snarare sin brist på verklig övertygelse.

För efter alla dessa år visste hon ju hur han tänkte. Han drogs till platser där unga människor samlades, som flugan till en fotogenlampa. Hur skulle han kunna undgå att besöka musikfesten i Vilsta?!

Och hon visste ju även att Lars Levi skulle vara där. Han skulle hjälpa henne att rikta attackerna.

Olle Gustafsson vinkade åt Bitte Ludwigsson när hon kom till jobbet denna lördag, då de skulle bevaka musikfesten i Vilsta.

"Hallå Bitte! Redo för lite musik?"

"Jodå."

Olle hade ingen aning om vilken musik Bitte brukade lyssna på, men det kanske inte spelade så stor roll idag. De hade ett uppdrag att bevaka ett evenemang, det var det hela. Och om de dessutom fick höra lite musik de gillade var ju det en bonus, förstås.

Dagen var lagom varm, perfekt för en musikfest. Och Vilsta var ju en fin plats för en sådan. När Olle och Bitte anlände dit var platsen redan fylld med människor och fordon. Nedanför backen hade man byggt upp en scen, och över scenen stirrade ett mörkrött öga omgivet av en blekblå fond mot publiken. Solen lyste, och i backen hade folk samlats för att avnjuta dagen och musiken.

Olle Gustafsson puttade till Bitte Gustafsson och pekade mot en orkesterbuss som stod bredvid scenen.

"'Gläns över sjö & strand', har du hört talas om dem?"

"Nja…" Bitte tvekade lite. "Jag vet att det är en dikt av Viktor Rydberg som tonsatts av någon, men…"

"Dikten tonsattes av Alice Tegnér. Men idag är det ett band från Gagnef! Jag har faktiskt hört dem, och de är inte så dåliga!"

"Jaha, okej. 'Gläns över sjö och strand' är alltså ett bandnamn?! Saker och ting förändras. Men vad gör vi nu, denna fina sommardag i Vilsta?"

Olle Gustafsson ryckte på axlarna. "Jag vet inte riktigt. Vi kan väl börja med att gå och prata med en av arrangörerna, Lollo. Han står därborta."

Lollo såg både stressad och avspänd ut när de kom fram till honom.

"Hej!" Olle tog honom i hand. "Vet inte om du minns mig. Jag är…"

"Klart jag minns polisen! Ni är ju väldigt viktiga för att vi ska få detta projekt att fungera."

"Okej. Bra. Hur ser läget ut då?"

"Läget ser ganska bra ut, faktiskt. Vädret har vi ju med oss, och vi har inte fått in några avbokningar, så allt verkar rulla på."

"Det låter fint, det! Då stannar vi kvar här ett tag på eftermiddagen, och sedan får vi se vilken polisbevakning ni behöver ha ikväll."

Lollo nickade. "Det låter som en alldeles utmärkt avvägd polisinsats. Vi ses senare!"

Visst kunde man gå den här vägen till Vilsta. Det var kanske inte den närmaste, men att någon valde den här vägen behövde ju inte betyda att denne någon försökte dölja sin ankomst. Så tänkte Wanja Bäckstadh när hon följde efter Olof Sjögren. Hon tyckte han såg märkligt kuvad ut, hans rygg var inte så rak som den brukade vara. Insåg han verkligen kraften och hettan i den våg som skulle rinna nedför backen? Eller brydde han sig inte längre? Kanske var han redan så trött och blasé att allt det som nu hände skedde efter den tidpunkt då han slutat bry sig om konsekvenserna? Nu närmade de sig Vilstabacken. Folk runt omkring dem skrattade, sjöng små stumpar av populära melodier. Men Wanja stängde ute alla ljud, och iakttog bara nacken på mannen som gick några tiotals meter framför henne. Hon kände honom väl, men ändå inte alls. Han var lika oberäknelig som hon själv. Det både sporrade och skrämde henne. Men nu fanns ingen väg tillbaka.

Sylvia Sorander kom till Vilsta strax efter lunch. Även om det nu hade gått sju och en halv vecka sedan den dagen då någon kastade en sten mot henne i Röksta kände hon sig ännu inte trygg och säker i större sammanhang. Så hon såg sig försiktigt omkring när hon slog sig ned i gräset, och varje gång någon gjorde en hastig rörelse ryckte hon till. På sätt och vis ångrade hon att hon kommit hit, men ändå… att utebli från sådana här tillställningar skulle ju vara att ge efter för den som kastat stenen mot henne, och kanske även för den som bombhotat konstmuseet när hennes tavla hängde där. Och det ville hon inte.

Men hon hade inte tänkt stanna i Vilsta så länge. Skulle hon vara riktigt ärlig var hon mest där för att hon hoppades träffa på Tomas Ledin, som hon gillat sedan hon hörde en låt med honom på radion för inte så länge sedan. Hon tittade sig omkring, men såg honom inte. Och hon såg inte heller någon annan hon kände igen.

Efter ett tag blev hon rastlös, och beslöt sig för att ta en promenad runt området. Hon gick fram emot stora scenen, och sedan till höger, studerade ett program som någon skrivit för hand på ett plakat, blev lite besviken när hon såg att Tomas Ledin inte skulle spela förrän senare på kvällen. Nu var det snart dags för Kebnekajse, men dem var hon inte så intresserad av.

Bakom scenen stod en man och stämde en fiol, hon tyckte han såg vagt bekant ut, och efter ett tag kom hon på att det var Björn Ståbi. Säkerligen en alldeles utmärkt spelman, men svensk folkmusik var inte riktigt hennes musik.

Bakom spelmannen såg hon en annan man som hon kände mycket bättre igen; Olof Sjögren – den galne prästen som Sylvia trodde kunde utföra egentligen vilka vansinnesdåd som helst. Det förvånade henne att träffa honom här. Hon slog ned blicken innan deras ögon möttes, och gick snabbt tillbaka till området framför scenen. Om Olof Sjögren var här var hon inte säker på att hon hade lust att stanna till kvällen för att höra Tomas Ledin.

Jan-Christer Larsson kände redan efter den första mellanölen som han tjatat till sig från några äldre kompisar att han inte mådde bra. Men nu när han lyckats få lov av sina föräldrar att besöka Vilstafesten åtminstone under några timmar på eftermiddagen kunde han ju inte gå hem med en gång. Så han sjönk ned framför scenen och fick snart sällskap av en klasskamrat som också han hade lyckats skaffa sig några mellanöl. De skrattade, stojade, men hela tiden kände Jan-Christer illamåendet inom sig.

”Men du ska höra November ikväll,va?” sa kompisen. ”Så jävla bra!”

”Klart jag ska!” nickade Jan-Christer, men han var redan när han sa det långt ifrån säker. Att ta en konflikt med sina föräldrar var väl en sak, men att ta en konflikt med sitt eget illamående var värre.

En halvtimme senare blev Jan-Christer akut kissnödig. Han uppsökte en buske i skogen, och när han tömt blåsan orkade han inte gå tillbaka till sin klasskamrat. Så han gick helt enkelt hem. Han visste att föräldrarna skulle gilla detta, och han tänkte absolut inte förklara för dem att han kom hem mest för att mellanölen fått honom att må illa.

208

Sven Skougar såg på sin son Finn, och förundrades över att han efter alla dessa år ännu mindes den rynka Finn hade haft mellan sina ögonlock när han var liten. Så mycket hade skett, så många ord hade skrikits. Så många gånger hade Svens fru Lovisa sagt att hon skulle ta livet av sig.

Och nu var de här i Vilsta tillsammans.

"Ja, du vet ju, farsan... nu vet du ju... Jag ville dig bara illa."

"Jo, jag har förstått det. Men att tända eld i en papperskorg på en toalett och lämna en tipskupong för att misstänkliggöra mig för mordbrand..?"

"Det är bra, farsan, vi glömmer det där nu."

"Jo, vi glömmer det. Hoppas andra också kan glömma det."

"Jag var nog också ganska pådrivande när det gällde demonstrationerna mot dig, är jag rädd..."

Sven Skougar skakade på huvudet. Tänk att hans son skulle vara lika galen och impulsiv som han själv! I ögonvrån såg han kollegorna Olle Gustafsson och Bitte Ludwigsson på området, men han hade ingen större lust för att gå fram och prata med dem.

Wanja Bäckstadh kände en lätt yrsel när hon närmade sig Olof Sjögren. Visst hade hon både pratat med honom och berört honom tidigare. Men idag, här, när hon hade lärt känna hans feghet, hur svag han var i anden... Det var både äcklande och hisnande.

Nu stod hon alldeles bakom honom, och hon visste att han måste känna hennes närvaro. Men han visade inte detta, han vände sig inte om. Han såg bara ut över festivalområdet, där ett band just höll på att stämma sina instrument på scenen.

Plötsligt såg Wanja sina egna händer lägga sig på Olof Sjögrens axlar. Det var inget hon kunde påverka, inte längre.

"Lars Levi", viskade hon, men kände inte igen sin egen röst.

Olof Sjögren ryckte till, och böjde huvudet bakåt.

"Lars Levi?" grymtade han. "Jag är fan inte... Lars Levi!"

Wanja blundade. Hon kände dofterna från Karesuando, hon kände myggen, de stickiga underkläderna. På något sätt måste det ju ha varit värt det! Och nu kände hon Laestadius djuriska närhet.

Då vände sig Olof om. "Men...", sa han förvirrat.

"Kom!" sa Wanja. "Jag vill visa dig någonting däruppe i skogen, ovanför backen."

"Vad...", sa Olof. Men då hade Wanja redan börjat gå. Och driven av både nyfikenhet och någon slags märklig fascination följde han efter henne.

Sven Skougar reagerade när han såg två personer gå uppför backen. Den ene var Olof Sjögren, och framför honom gick en kvinna som Sven inte alls kände igen.

Han förstod egentligen inte varför han reagerade på detta, kanske var det något i kvinnans förhållningssätt, det var som om hon nästan drog Olof med sig.

"Jo du, Finn... jag tar en liten promenad, du kan väl vänta här?"

"Okej..? Och vart ska du? Är det något särskilt?"

"Nej då. Såg bara en bekant."

Sven började gå mot backen, men personerna därframme var långt borta, och nu försvann de in i skogen.

Olle Gustafsson och Bitte Ludwigsson gick fram till scenen, där några personer som åtminstone Olle kände igen höll på att göra soundcheck.

"Hallå Repslagarligan, före detta Inka!" ropade han, och vinkade.

Lars-Gunnar, basisten i bandet, vinkade tillbaka. "Hallå polisen, känns tryggt att ni är här!"

Olle skrattade. "Bra att ni känner så!"

"Ja, men vi vill ju inte att det ska bli som när vi spelade på konstmuseet och ni fick utrymma hela stället! Eller som när vi skulle spela på Stålfors några dagar senare..."

"Nej, det var mycket som hände då. Det hoppas jag vi slipper idag!"

"Verkligen!"

När de kom upp till krönet av backen vände sig kvinnan om.

Olof Sjögren iakttog henne. Visst kände han igen henne, men han visste inte vad hon hette, och han kunde inte påminna sig att han hade haft några längre samtal med henne. Men han kände starkt att hon sympatiserade med hans åsikter.

"Jaa… Och nu?"

"Vi fortsätter en bit till."

"Men vad är det du vill visa mig? Och vem är du?"

"Vem jag är spelar mindre roll. Kom nu!"

Olof Sjögren svalde, och knöt händerna. Rent intuitivt kände han att han nu träffat någon som var kapabel att utföra de handlingar som var nödvändiga, som var kapabel till att ta hela händelseförloppet vidare till nästa nivå. Detta fyllde honom med någon sorts glädje, men även med fruktan. Han kände starkt att det nu inte längre var han som förde befälet.

Gruppen Novembers lilla turnébuss lyckades äntligen hitta rätt till slut. De hade snurrat runt i Eskilstuna en bra stund innan de kommit sig för med att fråga efter vägen till Vilsta. Men nu närmade de sig. Gitarristen Richard Rolf såg sig nöjt omkring, såg på människorna, såg på scenanläggningen, och på campingområdet.

"Okej, kanske hinner vi med ett bad?" sa han.

"Ett bad?!" Trummisen Björn Inge lät inte så förtjust. "Vi är väl rockstjärnor, inte några jävla charterturister!"

"Nä nä, det är klart. Att steppa ut här med prickiga badbrallor vore väl inte så bra för imagen, förstås!"

Så när de hittat en parkeringsplats nära scenen satt de en lång stund kvar inne i bussen, och såg sig omkring bland festivalbesökarna.

"Okej, Eskilstuna…", sa Richard "Vi är här nu."

"Eskilstuna. Ja… jodå…" sa Björn.

De såg på varann, och så började de, som på en given signal, sjunga "Ta mig tillbaks till Stockholm"! Folk som passerade utanför tittade nyfiket in genom turnébussens fönster.

"De tycker nog att vi är galna Stockholmare!" sa Björn Inge.

"Ja, och är vi inte det, då?" Richard kände efter så att han hade åtminstone tre plektrum i fickan. Han kände adrenalinet stiga.

Visst var det ännu några timmar kvar tills de skulle spela, men nu tyckte han att det började kännas att det skulle bli en bra spelning!

När Sven Skougar kom uppför backen såg han inte skymten av prästen och kvinnan. Rent instinktivt kände han att något inte stod rätt till. Plötsligt saknade han sin kommunikationsradio, saknade möjligheten att kontakta sina kollegor. Men om han nu sprang nedför backen igen för att kalla på Olle och Bitte skulle han tappa kontakten med paret därframme. Så han fortsatte, och hukade sig för att försöka undgå att bli upptäckt.

Sylvia Sorander kände att hennes händer skakade. Det var alltför många människor här, på en alltför liten yta. Hon klarade inte detta, hon måste bort! Hon hade varit i Vilsta många gånger under sin uppväxt, och alltid upplevt platsen som just en vilostad, ett lugnt och grönt område där Eskilstunaån flöt fram i maklig takt på väg mot Skjulsta.

Och egentligen brukade hon ju inte ha problem med folksamlingar, med röster, ljud och musik. Men den där stenen i Röksta hade förändrat mycket.

Hon reste sig upp, och började snabbt gå mot Vilstabacken. Hon ville upp, hon ville få överblick över situationen.

Det var inte förrän hon var halvvägs uppför backen som hon såg den där galne polisen framför sig. Han som kommit till konstmuseet och egentligen gjort hela situationen där ännu värre än den redan var efter bombhotet.

Vad var det som hände? Vad gjorde han där? Hon stannade och tvekade en stund, men så fortsatte hon att gå.

Wanja Bäckstadh tvekade inte. Hon hade lämnat sådant bakom sig. Nu fanns bara en väg, och det var framåt. I sina ådror kände hon hur eldsvågen närmade sig. Snart skulle alla som befann sig i och nedanför backen förtäras av den rättmätiga hettan.

Men då stannade Olof Sjögren, tvärt.

"Men herregud, det här är ju vansinne!" sa han.

"Ja, vansinne bör väl du känna till!"

Wanja slet upp en stor skrovlig sten som försynen hade placerat just där hon behövde den, och innan Olof hann reagera hade hon gett honom ett hårt slag mot vänstra tinningen.

"Men va f…!" Olof kände smärtan välla över honom, men samtidigt avdomningen. Han föll mot marken, in i medvetslösheten.

"Det är bra, Olof, vila du en stund. Du behöver alla krafter du har nu."

När Sylvia Sorander kom upp till backkrönet hade polisen försvunnit. Hon stannade till, och tog ett djupt andetag. Såhär på lite avstånd såg människorna därnere inte så skrämmande ut. Miniatyrfigurer, små dockor runt en dockscen. Och musiken som nådde upp hit var svag, liksom bräcklig. Det passade henne utmärkt, så kände hon sig. Den här utsikten ville hon måla, detta ville hon fånga på en tavla. Myllret och skogen.

Hon log. Det gladde henne att inspirationen kanske var på väg att återvända.

Men då såg hon något som rörde sig i skogen ovanför backen.

Olle Gustafsson lät blicken svepa över området. Läget föreföll vara under kontroll, och detta verkade bli ett lugnt pass. Men då fick han plötsligt syn på något oväntat. Han knuffade till Bitte Ludwigsson och pekade upp mot backen.

"Är inte det där vår vän och kollega Sven Skougar?"

Bitte följde hans blick, och nickade. "Jo, det ser faktiskt ut som bäste herr Skougar. Men vad håller han på med?"

"Ja, det har vi ju frågat oss många gånger… men, jag håller med, vad gör han här i Vilstabacken? Jag går och kollar."

"Gör du det, jag håller ställningarna här. Kolla varför Skougar springer till skogs!"

Olle log ett snett leende och gav sig iväg.

När Olof Sjögren vaknade till igen fann han att hans händer var bundna bakom hans rygg. Han hade ingen aning om hur länge han hade varit medvetslös, men det kunde inte ha varit någon längre stund. Kvinnan som fört honom hit hade arbetat snabbt.

Han slet i repet, men knuten var stadig.

"Men vad i helvete håller du på med, kärring?!"

Wanja Bäckstadh satte sig på huk bredvid honom, och smekte honom på kinden.

"Jag gör bara det som måste göras."

Och innan han hann fatta vad som hände tvingade hon in en trasa i hans mun och knöt ett skärp runt hans nacke. Han trodde han skulle kvävas, men upptäckte snart att han faktiskt kunde andas. Men att prata var helt omöjligt.

"Jag trodde så på dig, Olof", sa Wanja. "Du talade så väl, verkade så övertygad. Jag hörde Laestadius i dina ord, kände honom i dina blickar, i ditt kroppsspråk."

Laestadius? Lars Levi Laestadius? Vad i helsike hade han med detta att göra, undrade Olof Sjögren.

"Nu kommer snart vågen av eld att rinna nedför Vilstabacken och utplåna alla dessa paddor, horkarlar och horkonor, all denna huggorms-avföda. Men tack vare mig kommer du Olof att skonas, åtminstone för tillfället."

Olof vred huvudet fram och tillbaka för att försöka komma loss. Men det var lönlöst. Denna kvinna var tydligen en mästare på knutar.

"Ta det lugnt, Olof! Nu ber vi tillsammans. Och du ska vara tacksam för att jag har undanröjt flera av dina fiender, under den tiden då jag trodde att du var trogen din övertygelse."

Sven Skougar såg sig omkring. Skogen var tyst och föreföll totalt berövad på mänskligt liv. Inga joggare, inga hundägare som promenerade med sina jyckar. Men han var ju säker på att han sett prästen och kvinnan gå upp här. Vart kunde de ha tagit vägen?

Han lutade sig mot ett träd, och tog ett djupt andetag. Varför brydde han sig egentligen om detta? Han hade ju sagt upp sig, han var inte längre polis. Folk fick väl gå ut i skogen bäst de ville för honom. Han hade ifrånsagt sig ansvaret för att upprätthålla lag och ordning, för att rädda människor som riskerade att fara illa.

Eller hade han? Hur djupt satt det egentligen i hans psyke, hur mycket polis var han egentligen i sitt inre?

Just som han beslutat att låta det hela vara, att gå nedför backen igen och ansluta sig till sin son Finn, hörde han ett ljud som inte passade in här. Det lät som ett brölande, nästan, som om någon som saknade röst försökte göra sig hörd.

Sakta, försiktigt började Sven gå mot den plats som han bedömde att ljudet härstammade ifrån.

Sylvia Sorander förstod inte vad hon såg, förstod inte vad som hände. Så hon stannade tvärt, sjönk ihop och lade sig platt på marken.

En man och en kvinna. Mannen tydligen bunden, och försedd med munkavle. Hon drog efter andan när hon kände igen Olof Sjögren. Och så såg hon något ytterligare, något som fick henne att rysa – kvinnan hade en stor sten i sin hand, en sten som hon kramade och liksom vägde.

Sylvia stirrade förhäxad på den märkliga scenen.

Olle Gustafsson hade inte så bra kondis som han skulle önska, och när han närmade sig krönet av backen var han rejält andfådd. Han stannade och pustade ut, och såg sig omkring. Var var nu denne förbaskade Sven Skougar, och vad gjorde han här?

Han gick långsamt ännu en bit framåt, och då upptäckte han plötsligt Sven, som stod blickstilla och liksom lyssnade. Något som Olle knappt trodde att Sven var kapabel att göra.

Han skulle just ropa åt sin kollega, då han upptäckte ännu en person som han kände igen – Sylvia Sorander. Vad gjorde nu hon här? Var det någon märklig sammankomst som pågick, eller lekte de någon säregen kurragömma?

Han förstod inte. Kanske var allt bara ett sammanträffande, kanske hade de bara tröttnat på musiken och gått ut i skogen för att få lite lugn och ro?

Eller var det något annat som dragit dem uppför backen?

Olof Sjögren slet i repen, och försökte påverka munkavlen så

215

att han skulle kunna prata. Men det var nästan omöjligt. Kvinnan hade bundit honom väl. Nu såg hon på honom med något som nästan liknade medlidande. Hon till och med log. "Jag kanske ska presentera mig", sa hon. "Vet inte om du vet vad jag heter, fast vi träffats. Wanja, angenämt! Ibland kallar jag mig även Siri. En av dina trogna tjänarinnor."

Olof himlade med ögonen. Detta var ju så absurt! "Men varför?" sa han, fast orden kom ut mest som svårtydbara gurglanden.

Men Wanja förstod.

"Varför? Herregud! Jag såg dig ju, och jag såg Lars Levi i dig. Jag kände att du kanske hade kraften att härbärgera hans ande. Jag hörde dig tala, och ibland kände jag att Lars Levi Laestadius var närvarande i dig och i de sammanhang där du befann dig. Det gav dig tillträde till både min kropp och min själ. Om du visste vilken njutning det givit mig!"

Olof Sjögren kände hur ett illamående blandade sig med den skräck som han redan kände.

"Och det var därför som jag beslöt att hjälpa dig. Minns du Elin?"

Olof bara stirrade, slet i repet och stirrade.

"Elin Höglin. Hon kom till några av dina möten. Hon ifrågasatte dig på ett synnerligen obehagligt sätt, spydde ur sig sin tonårsaxiga jämställdhetsretorik, utan att ha en aning om vad hon pratade om, utan att ha en aning om vilka krafter hon utmanade."

Wanja såg in i Olofs ögon, och såg förvirringen där.

"Du minns henne inte ens, va? Du minns inte Elin? Du kanske aldrig förstod hennes ifrågasättande av ditt värv?"

Olof ryckte på axlarna. Det var i stort sett det enda han kunde göra för tillfället.

"Men jag förstod. Jag beslöt att rädda dig. Jag lärde känna Elin. Jag följde henne till Kungsträdgården den där helgen i maj när man beslutat att såga ned de där förbannade almarna. Jag fick henne att klätta upp med mig i träden. Jag eggade henne att klättra högre. Och jag fick henne att falla."

Olof bara stirrade.

216

"Men det kände ju inte du till, käre Olof. Liksom du inte kände till att jag även tog hand om Elins kompis Tomas Augustsson. Han var ju också en av dem som tvivlade på dina predikningar. Tomas Tvivlaren. Hans tro var nog egentligen ganska stark. Men den överlevde inte ett fall från sjunde våningen. Tyvärr tvingades jag skänka Tomas några ganska ljuva kärleksstunder innan jag drämde ljusstaken i hans huvud och hivade ut honom över balkongräcket. Men detta tillät mig Lars Levi att göra. Han insåg den högre planen. Han insåg vilka offer som var nödvändiga att göra."

Olof bara stirrade, och försökte följa med i hennes maniska babblande.

"Du är ju man, Olof, du är ju man. Men jag tror även du skulle förstå Lars Levis kroppsnärvaro, hans djuriska övertygelse, doften av hans svett, hans kraft, om du vågade ge dig hän till den. Men du trippade liksom bara på tå i utkanten av hans universum."

Plötsligt började Wanja skratta. Olof blundade, liksom för att försöka stänga ute allt detta vansinne. "Och Sylvia, kära lilla Sylvia Sorander, med sin äckliga biskopstavla, som du ju upprördes över, med all rätta… Hon satt där i sina föräldrars trädgård, och stenen låg där. Om hon inte hade böjt sig fram hade även hon varit avlägsnad från denna jord. Du förstår ju, Olof, du förstår ju vad jag har gjort för dig! Och vad jag har gjort för Lars Levi, han som var starkare i anden än vad du var."

Plötsligt snubblade Sylvia Sorander på en rot. Hon svor till, och insåg i samma sekund att det i denna stund var högst olyckligt att ge ifrån sig någon form av ljud. Men nu var det försent. Hon såg att kvinnan därframme ryckte till, och så stirrade hon åt Sylvias håll. Sylvia dök ned bakom ett träd, men visste inte om hon blivit upptäckt.

En kort tystnad följde, men så hörde Sylvia hur kvinnan därframme skrek:

"Nu kommer de, precis som väntat! Huggormarna, de förgiftade spindlarna, vidundren som lägger ägg i telefonledningarna och i den elektriska musikens kablar och förstärkare. Nu kommer de! Men vi som sett och förstått budskapet är redo. Vi tar hand om de våra. Vi vet när det är dags att utlösa eldsvågen."

Olle Gustafsson såg plötsligt Sven Skougar dyka upp i skogen bara några meter ifrån det ställe där han själv stod. Sven gav ifrån sig något slags morrande, och sedan rusade han framåt i terrängen som en galen hund. Först förstod inte Olle varför, men så upptäckte han en kvinna och en man som föreföll vara bunden med rep och försedd med munkavle längre fram. Olle kände genast igen mannen som Olof Sjögren. Vem kvinnan var hade han ingen aning om.

Utan att förstå vad som hände, och utan att morra, sprang Olle Gustafsson efter sin kollega. Jävla Sven, tänkte han. Detta skulle ju bli en lugn dag i Vilsta, med glada människor och kanske lite god musik…

Nu var tiden inne, det kände Wanja Bäckstadh. Nu skulle vågen av eld utlösas, nu skulle alla de som befann sig nedanför Vilstabacken förgöras. Visst var det möjligt att många av dem var oskyldiga och gudfruktiga, men hur skulle Lars Levi kunna göra undantag? Den heliga vreden, kärlekens andra sida, var en förtärande lidelse i Guds hjärta, den väcktes hos Gud när gränserna kränktes – och att tillåta kvinnliga präster var ju en gränskränkning som saknade motstycke. Därför måste Olof Sjögren och hans gelikar förgöras av eld, förtäras av eld.

Hon reste sig upp och sträckte på sig, kände efter så att lederna och musklerna var redo. Nu behövde hon bara lyfta armarna, utföra de magiska gesterna, och så skulle elden sluka allt det som behövde slukas för att rättfärdigheten skulle kunna leva vidare.

Hon gjorde tecknet, och kände vågen av hetta svepa nedför backen. Så förvånade de ska bli, de stackars otroende därnere, tänkte hon nästan lite galghumoristiskt.

Och så hörde hon skriken, hur musiken avbröts, hur en elgitarr föll mot scengolvet och åstadkom en öronbedövande rundgång.

Nu var det fullbordat! Nu kunde Lars Levi Laestadius gotta

218

sig i tanken på att någon fångat upp hans lära och tagit den på allvar, fört den till sin spets.

Nu brann Vilstabacken!

Kapitel 43

Olle Gustafsson sprang förbi Sven Skougar och hann fram först till kvinnan och den bundne prästen. Han slängde sig över kvinnan, och fick bort den sten som hon höll i ett krampaktigt grepp i sin högra hand. Men när han försökte tvinga ned henne på marken kände han hur stark hon var, så då var han glad att Sven hann fram. Med förenade krafter lyckades de brotta ned henne, och Olle försåg henne med handklovar. Hon spottade dem i ansiktet, och log.

"Tyvärr, grabbar", sa hon. "Ni kommer försent. Eldsvågen har redan utlösts. Allt ni försöker försvara har redan förgjorts i den heliga vreden."

"Öh, jaså?" sa Olle Gustasson. "Var då?"

Kvinnan skrattade. "Det fanns ju en scen därnere på Vilstafesten, den har nu slukats av lågorna. Orkesterbussarna har förvandlats till dödsfällor för de musiker som satt i dem och kopplade av, instrumenten och förstärkarna har brunnit upp, och Björn Ståbis fiol är bara en liten förkolnad hög av aska. Sådan är Lars Levi Laestadius, och därmed min, kraft."

Olle Gustafsson och Sven Skougar såg på varann, och sedan kastade de en blick nedåt Vilstabacken, där musikfesten föreföll pågå utan störningar.

"Jaha?" sa Olle, och blinkade åt Sven. "Vem ska berätta det för henne?"

Sven Skougar ryckte på axlarna. "Först bör vi kanske befria prästen?"

"Låter som en bra idé!"

I samma stund som Olle Gustafsson tog bort munkavlen på Olof Sjögren och knöt upp repet som höll hans armar fångna bakom hans rygg kom Sylvia Sorander fram till platsen där de befann sig. Hon stirrade på dem, och skakade på huvudet.

"Vad..?!" sa hon. "Vad i helskotta?"

"Det undrar vi också", sa Olle Gustafsson. "Men du hör

220

musiken, va?"
"Jag hör musiken."
"Bra! Då har vi inte alla blivit lika galna som den här damen."

Olof Sjögren gnuggade sig med händerna över de ställen där repet skurit in i armarna, och harklade sig för att försöka bli av med den skrämmande känslan av att ha en trasa intvingad i munnen och att försöka undgå kväljningsreflexerna.
"Jaha, polisen", sa han, "det var ju bra att ni kom fram i tid. Annars vet jag inte hur det skulle ha kunnat gå."
"Nej, inte vi heller", sa Olle Gustafsson.
"Och det här kommer som en total överraskning för er?"
"Vilket då?"
"Ja, att damen här är en totalt livsfarlig psykopat."
"Nu ska vi kanske inte föregå den rättspsykiatriska undersökningen..."
"Nej nej, för all del." Olof Sjögren såg på Wanja Bäckstadh.
"Visst ska damen här behandlas rättvist och enligt lagens alla regler. Men hon är livsfarlig! Under de senaste minuterna har hon berättat en hel del för mig, och jag anar att hon har ännu mer att berätta."

Wanja hörde musiken tystna i Vilstabacken. Hon såg de förkolnade liken. Hon såg de förbrända bilarna. Det var detta Lars Levi Laestadius hade önskat, ja det var detta han hade krävt. Visst kunde hon själv älska musik vid vissa tillfällen, men hon saknade inte den musik som gått till spillo här.
Och människorna? Visst hade många av dem kanske förtjänat att leva vidare. Men när vreden drabbade med full kraft strök även oskyldiga med.
"Så var det då fullbordat!" skrek hon.
Sven Skougar ryckte till, och vände sig från prästen till kvinnan.
"Vadå? Jävla dåre!"
Men Wanja brydde sig inte om honom, utan stirrade plötsligt rakt in i ögonen på Sylvia Sorander.
"Och du! Du..! Du som befläckade konstmuseets väggar med

din blasfemiska målning 'Sakramenten saknar kön', som med all rätta fördömdes av Olof, innan han vek ned sig i sin tro och i sin övertygelse."

Sylvia rös till. "Så det var alltså du som bombhotade...?"

"Som tur var jobbade jag då på konstmuseet, så jag satt liksom på första parkett. Och som tur var fann jag ett tillfälle att smita iväg under den där förskräckliga vernissagen." Hon skrattade till." Och jag lyckades visst bra med att förställa min röst när jag ringde in bombhotet. Det var ett rent nöje att sedan återvända till museet och skåda paniken som hade utbrutit!"

"Och... stenen?"

"Du menar stenen som slungades mot dig i Röksta? Jag erkänner att det inte var så planerat. Men att se dig sitta där i solen i lugn och ro efter den hädelse du hade åstadkommit, och även låtit världen beskåda... Det blev för mycket! Och Lars Levi visade mig sedan vägen därifrån så att jag kunde försvinna utan att bli upptäckt."

Sylvia skakade på huvudet. Hon kunde bara hålla med den vredgade polisen, kvinnan här var totalt galen!

Nu grep Sven Skougar tag i Wanjas arm, och svängde henne runt. Olle Gustafsson gav Sven ett varnande tecken så att han skulle ta det så lugnt som han kunde. De ville ju inte råka ut för några tråkigheter för sitt agerande vid hennes gripande.

"Och Stålfors? Klubb Lucidor?"

Wanja skrattade till ännu en gång. "Ja, det var väl vackra attacker! Bara tanken att anordna en konsert med djävulsdyrkande band på bönsöndagen..!"

"Men... jag visste inte att banden Inka och Mecki Mark Men dyrkade djävulen?"

"Det är nog mycket du inte vet, och inte förstår!"

"Så du anlade dessa bränder?"

"Ja, vad jag förstår förekom det två bränder på Stålforsskolan, jag stod för den stora..."

Olle Gustafsson hade fått en förklaring till den andra branden på Stålfors från Greger Högstedt. Nu gav han Sven Skougar ännu ett tecken, som betydde "Vi glömmer den andra, mindre branden!" Sven Skougar nickade tacksamt.

"Och Lucidor?"

"Tja, ni hörde väl hur Olof Sjögren uttalade sig om stället i radio, och kallade det Klubb Lucifer? Då förstod jag ju att jag måste träda in och göra det som Olof själv inte kunde eller vågade. Han var nog bra med ord, men handlingar... nej...".

Olle Gustafsson förstod att det började bli dags att ta sig därifrån. Han anropade Bitte Ludwigsson och berättade kortfattat för henne vad som hade hänt, och att de snart skulle komma nedför backen med en kvinna som skulle anhållas misstänkt för flera mordbränder.

Då reste sig plötsligt Olof Sjögren upp. "Det är inte bara mordbränder! Hon berättade mer för mig innan ni kom. Om Elin Höglin och Tomas Augustsson."

Olle Gustafsson stirrade på honom. "Kvinnan som omkom i Kungsträdgården, och mannen som blev mördad i Årby?"

"Ja!"

"Hon?"

Olof nickade.

"Men vad i helvete..?!" Olle såg på Wanja igen. Hon mötte hans blick utan att blinka. "Finns det då ingen gräns för galenskapen?"

"För vreden finns ingen gräns!" Nu var Wanjas röst mer dämpad än för en stund sedan. "Den heliga vreden förmår allt, förtär allt."

Men tyckte sig Olle inte skymta en gnista av oro i hennes blick? Hade även hon hört den svaga musiken där nedifrån, tonerna som smög sig uppför backen? Hade även hon börjat förstå att musikfesten ännu pågick?

Bitte Ludwigsson mötte dem när de var halvvägs nedför backen. Hon hade kallat på förstärkning, så bakom scenen stod två polisbilar och väntade.

Bitte tittade nyfiket på kvinnan som hölls i ett stadigt grepp av Olle och Sven.

"Men", sa hon. "Henne känner jag igen, hon jobbade ju på konstmuseet den där kvällen..."

"Jo, hon gjorde det, ja" sa Olle dystert, utan att kommentera

223

vidare.

Festivalbesökarna tittade nyfiket på dem när de banade sig väg mot polisbilen, och Olle skyddade hennes huvud när han fick henne att ta plats i bilens baksäte.

Wanja själv hade tystnat nu, hon såg sig bara omkring på allt som hände runt omkring. Och hon hörde ju musiken. Inget var förkolnat och dött, vågen av eld hade aldrig svept nedför backen.

Även Lars Levi Laestadius hade svikit henne!

Snabbt lämnade de Vilsta och satte kurs mot polishuset. Olle Gustafsson visste att nu skulle en lång och svår rättsprocess starta. Men han var väldigt lycklig för att de gripit denna kvinna som tydligen hade åstadkommit så mycket ont.

Olof Sjögren satt i den andra bilen. Han kunde ännu känna kväljningsreflexerna i halsen, och han hade ingen aning om vad som nu skulle följa, eller hur han själv skulle agera i detta. Han hade ju bara följt sin tro, och den kunde han ju inte dagtinga med. Eller… var det det han hade gjort? Han insåg att den process som nu tog sin början skulle innebära förändringar även för honom. Men han visste inte på vilket sätt.

Olle Gustafsson satt bredvid Wanja Bäckstadh i baksätet. Han iakttog henne i tysthet från sidan. Försökte förstå. Men insåg att han inte kunde.

Och detta skulle bli en lugn dag i Vilsta…

Plötsligt längtade han hem till hustrun Birgitta och barnen i villan i Brottsta. Det fick bli en lugn hemmakväll ikväll. Kanske var det något bra på TV? Eller så kunde de kanske spela något sällskapsspel? Om nu inte ungarna skulle träffa sina kompisar, förstås. Då fick det bli han och Birgitta, vilket inte var det sämsta, det heller.

Han välkomnade allt som inte andades helig vrede!

Epilog

Wanja Bäckstadh stirrade länge upp i taket på häktescellen innan hon äntligen somnade. Hon hoppades att hon än en gång skulle få träffa Lars Levi Laestadius i drömmarna. Hon kunde inte bedöma om han var arg på henne. Hon visste ju att hon gjort det hon hade kunnat, hon hade följt den riktning som föräldrarna i Karesuando hade stakat ut. Hon hade planerat de dåd som hade blivit nödvändiga, gjort de uppoffringar som hade krävts. Hela tiden hade hon satt sig själv i bakgrunden, och bara sett till helheten, till hur religionen och samhället skulle kunna interagera på bästa sätt.

Och hon visste att hon inte hade gjort sina föräldrar besvikna, hon visste att hon kunde se dem i ögonen även nu. Hur det var med hennes barndomskamrater, som Tuula Kärpi, visste hon inte, men hon själv hade hela tiden följt den enda möjliga vägen.

Och nu väntade hon på Lars Levi.

Hon märkte hans ankomst först som ett svårtydbart, nästan djuriskt, läte. Sedan som en doft som inte hörde hemma i 1970-talets Sverige. Och så kände hon hans kraft byggas upp därinne i den lilla cellen på polishuset i Eskilstuna.

Skulle han få plats? Hon fick kanske maka på sig lite?

Hon slet av sig den filt hon inte längre behövde, och blottade sig för den starkare.

Nu var han nära. Hon kände hans andedräkt. Nu skulle de förenas. Hon öppnade munnen, rabblade de predikningar hon mindes från barndomen.

Allt var nära.

Men så plötsligt stannade han, tvekade, vände sig bort.

Hon bad honom komma. Men han vägrade.

Så såg hon honom försvinna. Hon hade alltså gjort honom besviken.

Han var borta.

Långsamt domnade hennes sköte.

Nu var hon verkligen ensam, och frusen.

Hon förstod inte hur hon skulle kunna hantera den världsliga process som skulle följa, utan Lars Levi.

Och hon förstod inte hur hon skulle orka vakna.

Rizzo stirrade in i ögonlåset de 1,7 sekunder som krävdes.
Sedan öppnade han dörren till glasburen i KGM, och funderade
ett kort ögonblick på om någon ännu mindes att KGM stod för
The King's Garden Mall, Stockholms hittills modernaste
digitalanaloga samlingsplats.
Han visste ju att stället förut hade kallats Kungsträdgården,
men det var länge sedan.
Han såg på trädet, och kände någon slags vördnad. Men nu var
det dags.
Hans kollega Ejbrandt ställde in laserstrålen på sin handled,
och nickade.
"Okej, då kör vi, va?"
Rizzo nickade. "Jo, det här almträdet har nog nått slutet på sin
levnad, även om denna levnad de senaste trettio åren varit
ganska okej, i denna glasbur med perfekt anpassad celsiusgrad
och humiditet."
"Jo. Det gamla trädet har fått en fin ålderdom. Men…"
"… nu har det blivit sjukt och det är dags att förpassa det till
sina tysta släktingar i genarkivet."
Ejbrandt osäkrade strålen, och avvaktade klartecknet.
"Men du vet väl…", fortsatte Rizzo. "För hundra år sedan var
det en stor fajt här för att det här trädet och andra i samma familj
skulle få stå kvar. Man mobiliserade, skrek slagord, sjöng en
sång som troligen gick 'Almarna åt folket!', pucklade på den
tidens polis…"
"Jaha. Varför?"
"Jag vet inte. Då fanns det nog ett helt annat slags
engagemang i stadsplaneringsfrågor, och även i andra socio-
gemensamma frågor."
"Märkligt. Undrar om människor var lyckligare då, på 1970-
talet?"
"Tveksamt. Nu kör vi."

Deras förenade laserstrålar gjorde att almträdet föll ihop inom tre sekunder.